# Agatha Christie
# (1890-1976)

AGATHA CHRISTIE é a autora mais publicada de todos os tempos, superada apenas por Shakespeare e pela Bíblia. Em uma carreira que durou mais de cinquenta anos, escreveu 66 romances de mistério, 163 contos, dezenove peças, uma série de poemas, dois livros autobiográficos, além de seis romances sob o pseudônimo de Mary Westmacott. Dois dos personagens que criou, o engenhoso detetive belga Hercule Poirot e a irrepreensível e implacável Miss Jane Marple, tornaram-se mundialmente famosos. Os livros da autora venderam mais de dois bilhões de exemplares em inglês, e sua obra foi traduzida para mais de cinquenta línguas. Grande parte da sua produção literária foi adaptada com sucesso para o teatro, o cinema e a tevê. *A ratoeira*, de sua autoria, é a peça que mais tempo ficou em cartaz, desde sua estreia, em Londres, em 1952. A autora colecionou diversos prêmios ainda em vida, e sua obra conquistou uma imensa legião de fãs. Ela é a única escritora de mistério a alcançar também fama internacional como dramaturga e foi a primeira pessoa a ser homenageada com o Grandmaster Award, em 1954, concedido pela prestigiosa associação Mystery Writers of America. Em 1971, recebeu o título de Dama da Ordem do Império Britânico.

Agatha Mary Clarissa Miller nasceu em 15 de setembro de 1890 em Torquay, Inglaterra. Seu pai, Frederick, era um americano extrovertido que trabalhava como corretor da Bolsa, e sua mãe, Clara, era uma inglesa tímida. Agatha, a caçula de três irmãos, estudou basicamente em casa, com tutores. Também teve aulas de canto e piano, mas devido ao temperamento introvertido não seguiu carreira artística. O pai de Agatha morreu quando ela tinha onze anos, o que a aproximou d
A paixão por conhece
até o final da vida.

Em 1912, Agatha conheceu Archibald Christie, seu primeiro esposo, um aviador. Eles se casaram na véspera do Natal de 1914 e tiveram uma única filha, Rosalind, em 1919. A carreira literária de Agatha – uma fã dos livros de suspense do escritor inglês Graham Greene – começou depois que sua irmã a desafiou a escrever um romance. Passaram-se alguns anos até que o primeiro livro da escritora fosse publicado. *O misterioso caso de Styles* (1920), escrito próximo ao fim da Primeira Guerra Mundial, teve uma boa acolhida da crítica. Nesse romance aconteceu a primeira aparição de Hercule Poirot, o detetive que estava destinado a se tornar o personagem mais popular da ficção policial desde Sherlock Holmes. Protagonista de 33 romances e mais de cinquenta contos da autora, o detetive belga foi o único personagem a ter o obituário publicado pelo *The New York Times*.

Em 1926, dois acontecimentos marcaram a vida de Agatha Christie: a sua mãe morreu, e Archie a deixou por outra mulher. É dessa época também um dos fatos mais nebulosos da biografia da autora: logo depois da separação, ela ficou desaparecida durante onze dias. Entre as hipóteses figuram um surto de amnésia, um choque nervoso e até uma grande jogada publicitária. Também em 1926, a autora escreveu sua obra-prima, *O assassinato de Roger Ackroyd*. Este foi seu primeiro livro a ser adaptado para o teatro – sob o nome *Álibi* – e a fazer um estrondoso sucesso nos teatros ingleses. Em 1927, Miss Marple estreou como personagem no conto "O Clube das Terças-Feiras".

Em uma de suas viagens ao Oriente Médio, Agatha conheceu o arqueólogo Max Mallowan, com quem se casou em 1930. A escritora passou a acompanhar o marido em expedições arqueológicas e nessas viagens colheu material para seus livros, muitas vezes ambientados em cenários exóticos. Após uma carreira de sucesso, Agatha Christie morreu em 12 de janeiro de 1976.

# Agatha Christie

## O DETETIVE PARKER PYNE

*Tradução de* PETRUCIA FINKLER

www.lpm.com.br

**L&PM** POCKET

Coleção **L&PM** POCKET, vol. 1069

Texto de acordo com a nova ortografia.
Título original: *Parker Pyne Investigates*

Primeira edição na Coleção **L&PM** POCKET: agosto de 2012
Esta reimpressão: março de 2022

*Tradução*: Petrucia Finkler
*Capa*: designedbydavid.co.uk © HarperCollins/Agatha Christie Ltd 2008
*Preparação*: Patrícia Rocha
*Revisão*: Guilherme da Silva Braga

CIP-Brasil. Catalogação na Fonte
Sindicato Nacional dos Editores de Livros, RJ.

---

C479d

Christie, Agatha, 1890-1976
 O detetive Parker Pyne / Agatha Christie; tradução de Petrucia Finkler. – Porto Alegre, RS: L&PM, 2022.
 272p. (Coleção L&PM POCKET; v. 1069)

 Tradução de: *Parker Pyne Investigates*
 ISBN 978-85-254-2700-7

 1. Ficção policial inglesa. I. Finkler, Petrucia. II. Título. III. Série.

12-4330.                CDD: 823
                               CDU: 821.111-3

---

*Parker Pyne Investigates* Copyright © 1934 Agatha Christie Limited. All rights reserved.
AGATHA CHRISTIE and the Agatha Christie Signature are registered trade marks of Agatha Christie Limited in the UK and/or elsewhere. All rights reserved.
www.agathachristie.com

Todos os direitos desta edição reservados a L&PM Editores
Rua Comendador Coruja, 314, loja 9 – Floresta – 90220-180
Porto Alegre – RS – Brasil / Fone: 51.3225.5777 – Fax: 51.3221.5380

PEDIDOS & DEPTO. COMERCIAL: vendas@lpm.com.br
FALE CONOSCO: info@lpm.com.br
www.lpm.com.br

Impresso na Gráfica e Editora Pallotti em Santa Maria, RS, Brasil
Verão de 2022

## Prefácio da autora

Um belo dia, almoçando no Corner House, fiquei encantada com uma conversa sobre estatísticas que ouvi de uma mesa logo atrás da minha. Virei o pescoço e consegui enxergar de relance uma cabeça calva, um par de óculos e um sorriso bem aberto; ou seja, avistei o sr. Parker Pyne. Nunca antes havia dado atenção a estatísticas (e, de fato, ainda hoje raramente lhes dou importância!), mas o entusiasmo com que elas estavam sendo discutidas aguçou meu interesse. Eu mal estava começando a desenvolver a ideia de uma nova série de histórias curtas e decidi, naquele instante, qual seria a linha geral e a abrangência dos contos e, mais tarde, me diverti ao escrevê-los.

Meus favoritos são *O caso do marido descontente* e *O caso da mulher rica*; a temática deste último me foi sugerida dez anos antes, quando uma desconhecida me abordou enquanto eu admirava a vitrine de uma loja. Ela falou com extrema virulência: "Gostaria de saber o que fazer com todo o meu dinheiro. Enjoo demais para comprar um iate, já tenho alguns automóveis e três casacos de pele e comida pesada demais me revira o estômago".

Pega de surpresa, sugeri: "Que tal os hospitais?".

Ela bufou: "Hospitais? Não estava falando em fazer *caridade*. Quero fazer o meu dinheiro valer a pena", e partiu enfurecida.

Isso, é claro, aconteceu há 25 anos. Hoje, qualquer problema dessa ordem seria resolvido pelo agente fiscal do imposto de renda, e ela provavelmente ficaria ainda mais enraivecida!

*Agatha Christie*

## Sumário

O caso da esposa de meia-idade ................................. 9
O caso do soldado descontente .................................. 26
O caso da senhora angustiada .................................... 49
O caso do marido descontente .................................... 63
O caso do funcionário do escritório ........................... 80
O caso da mulher rica ................................................ 100
Você tem tudo o que quer? ........................................ 120
O portão de Bagdá ..................................................... 138
A casa de Shiraz ......................................................... 159
A pérola de grande valor ............................................ 176
Morte no Nilo ............................................................. 192
O oráculo de Delfos ................................................... 210
Problemas em Pollensa Bay ....................................... 227
O mistério da regata .................................................. 250

# O caso da esposa de meia-idade

Quatro grunhidos, uma voz indignada perguntando por que ninguém conseguia deixar um chapéu em paz, uma porta batida com estrondo, e o sr. Packington partira para pegar o trem das 8h45 para a cidade. A sra. Packington estava sentada à mesa do café da manhã. Tinha o rosto ruborizado e os lábios apertados, e o único motivo pelo qual não estava chorando é porque, de repente, a raiva tomou o lugar da tristeza.

– Isso eu não vou aguentar – disse sra. Packington. – Não vou aguentar!

Permaneceu mais alguns instantes ruminando, então resmungou:

– Aquela sirigaita. Que mulherzinha ardilosa! Como é que George pode ser tão tolo!

A raiva dissipou-se; a mágoa voltou. As lágrimas tomaram os olhos da sra. Packington e escorreram devagar por suas bochechas de meia-idade.

– É muito fácil dizer que não vou suportar isso, mas o que é que posso fazer?

De súbito, sentiu-se sozinha, indefesa, absolutamente desamparada. Devagar, puxou para si o jornal do dia e leu, não pela primeira vez, nos classificados da primeira página.

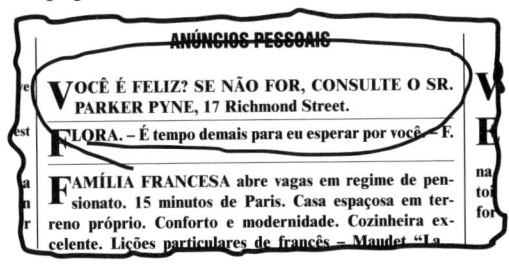

– Que absurdo! – disse sra. Packington. – Totalmente absurdo.

Depois acrescentou:

– Mas, enfim, talvez eu pudesse considerar...

O que explica por que, às onze horas, um pouco nervosa, a sra. Packington estava sendo recebida no escritório particular do sr. Parker Pyne.

Como já foi dito, a sra. Packington estava nervosa, mas, de certo modo, a simples visão do sr. Parker Pyne lhe passou uma sensação de segurança. Ele era forte, para não dizer gordo; tinha uma cabeça calva de proporções imponentes, óculos reforçados e pequeninos olhos brilhantes.

– Sente-se, por gentileza – disse o sr. Parker Pyne. – A senhora veio em resposta ao meu anúncio? – acrescentou, obsequioso.

– Sim – respondeu a sra. Packington, e não disse mais nada.

– E a senhora não é feliz – disse o sr. Parker Pyne com um jeito prático e bem-disposto. – Pouquíssimas pessoas o são. Ficaria muito surpresa se soubesse como são poucas as pessoas que são felizes.

– Verdade? – perguntou a sra. Packington, porém pouco se importando se as outras pessoas eram ou não infelizes.

– Essa informação não lhe interessa, eu sei – disse sr. Parker Pyne –, mas *a mim* interessa muito. Veja bem, passei 35 anos da minha vida me dedicando a compilar estatísticas em uma repartição pública. Agora me aposentei e me ocorreu a ideia de utilizar, de forma inovadora, toda a experiência que adquiri. É tudo muito simples. A infelicidade pode ser classificada em cinco categorias principais, apenas cinco, posso lhe garantir. Uma vez conhecida a causa de uma enfermidade, a cura já se torna possível.

"Minha função é a mesma de um médico. O médico primeiro faz o diagnóstico da doença do paciente, o próximo passo é recomendar um cronograma de tratamento. Há casos que nenhum tratamento pode resolver. Quando é assim, digo com toda a franqueza que não há nada que eu possa fazer. Mas lhe asseguro, sra. Packington, que, quando aceito um trabalho, a cura é praticamente garantida."

Seria possível? Seria tolice, ou poderia, quem sabe, ser verdade? A sra. Packington fitava-o esperançosa.

– Podemos passar ao seu diagnóstico? – perguntou o sr. Parker Pyne, sorrindo. Recostou-se na cadeira e uniu as pontas dos dedos das mãos. – O problema diz respeito ao seu marido. A senhora teve, de modo geral, um casamento feliz. Seu marido, acredito, prosperou. Acho que há uma mulher mais jovem envolvida nessa história; talvez uma jovem que trabalhe no escritório dele.

– Uma datilógrafa – disse a sra. Packington. – Uma sirigaitazinha vulgar e bem maquiada, cheia de batom e meias de seda e cachos nos cabelos – as palavras jorravam dela.

O sr. Parker Pyne assentiu, sensibilizado.

– Sem dúvida, seu marido anda dizendo que não há nada de mal nisso.

– Com essas mesmas palavras.

– Então, por que motivo ele não poderia desfrutar de uma amizade assim tão pura com a tal jovenzinha e levar algum brilho, um pouco de alegria, para a vida sem graça que ela leva? Pobrezinha, se diverte tão pouco. Imagino que sejam esses os sentimentos que ele tem expressado.

A sra. Packington balançou a cabeça com vigor afirmativo.

– Um embuste! Não passa de um embuste! Ele a leva para passear no rio; eu mesma adoro passear no rio, mas uns cinco ou seis anos atrás ele disse que o passeio atrapalhava a partida de golfe. Mas por *ela* ele pode deixar de jogar golfe. Eu gosto de teatro; George sempre dizia que estava muito cansado para sair à noite. Agora leva a moça até para dançar; para *dançar*! E volta para casa às três da manhã. Eu... eu...

— E, sem dúvida, acha deplorável que as mulheres sejam tão ciumentas, tão despropositadamente ciumentas, quando não há um motivo sequer para tanto ciúme?

Mais uma vez, a sra. Packington assentiu.

— É isso mesmo. Como sabe de tudo isso? — perguntou de forma inesperada.

— Estatísticas — respondeu ele com simplicidade.

— Estou arrasada — disse ela. — Sempre fui uma boa esposa para o George. Trabalhei até gastar os dedos no início do nosso casamento. Ajudei para que ele pudesse progredir. Jamais olhei para outro homem. As roupas dele estão sempre cerzidas, tem comida boa, a casa está em ordem e é administrada com economia. Logo agora, que estamos com a vida mais tranquila e poderíamos começar a aproveitar, viajar um pouco e fazer as coisas que sempre sonhamos em fazer um dia, acontece isso!

Ela engoliu com dificuldade.

Sr. Parker Pyne assentiu com ar solene.

— Eu lhe garanto que compreendo seu caso perfeitamente.

— E... há algo que possa fazer? — perguntou ela, quase num sussurro.

— Certamente, minha cara senhora. Existe uma cura. Ah, sim, existe uma cura.

— E qual é?

Ela aguardava com os olhos arregalados e cheios de expectativa.

O sr. Parker Pyne falou com calma e firmeza.

— A senhora deve colocar-se aos meus cuidados, e os honorários serão de duzentos guinéus.

— Duzentos guinéus!

— Exato. A senhora pode pagar esta quantia, sra. Packington. Pagaria tal soma por uma operação. A felicidade é tão importante quanto a saúde do corpo.

— O pagamento é feito no final, suponho?

— Pelo contrário – disse sr. Parker Pyne. – A senhora vai pagar adiantado.

A sra. Packington levantou-se.

— Receio não ver como eu poderia...

— Arriscar-se a comprar gato por lebre? – completou ele, com uma voz jovial. – Bem, talvez tenha razão. É bastante dinheiro para arriscar assim. Deve confiar em mim, entende? Precisa pagar para tentar a sorte. Essas são as minhas condições.

— Duzentos guinéus!

— Exato. Duzentos guinéus. É muito dinheiro. Bom dia, sra. Packington. Avise se a senhora mudar de ideia.

Ele apertou a mão dela sorridente, com ar impassível.

Assim que ela saiu, apertou o botão do interfone sobre a mesa. Uma mulher jovem, de óculos e aparência sisuda atendeu.

— Traga uma ficha, por favor, srta. Lemon. E pode avisar ao Claude que é possível que eu precise dos serviços dele em breve.

— Uma nova cliente?

— Uma nova cliente. No momento ela deu para trás, mas vai voltar. Bem provável que seja esta tarde, em torno das quatro horas. Pode dar entrada nela.

— Tabela A?

— Tabela A, é claro. É muito interessante que todo mundo imagine estar em uma situação única. Muito bem, avise o Claude. Nada de muito exótico, diga para ele. Nada de perfume e é melhor que corte os cabelos bem curtos.

Passavam quinze minutos das quatro da tarde quando a sra. Packington entrou mais uma vez pela porta do escritório do sr. Parker Pyne. Ela puxou o talão de cheques, preencheu uma folha e entregou a ele. Em troca, um recibo foi emitido.

– E agora? – a sra. Packington olhou para ele esperançosa.

– E agora – respondeu ele, sorridente –, a senhora volta para casa. Na primeira remessa do correio amanhã, vai receber um conjunto de instruções que gostaria muito que a senhora seguisse.

A sra. Packington voltou para casa em um estado de agradável antecipação. O sr. Packington chegou em casa com uma disposição defensiva, pronto para defender seu ponto de vista caso revisitassem a discussão do café da manhã. Sentiu um alívio, todavia, ao descobrir que a esposa não parecia estar num estado de espírito combativo. Ela se encontrava excepcionalmente pensativa.

George escutava o rádio e se perguntava se aquela adorada menina, Nancy, consentiria que lhe desse um casaco de pele. Ela era muito orgulhosa, ele sabia disso. Não queria ofendê-la. Ainda assim, se queixara do frio. Aquele casaco de tweed era uma bagatela; não a protegia da baixa temperatura. Poderia ajeitar a situação de tal maneira que talvez ela não se incomodasse...

Precisavam voltar a sair à noite em breve. Era um prazer levar uma garota como aquela para um restaurante chique. Pôde ver vários rapazotes com inveja dele. Ela tinha uma beleza incomum. E gostava dele. Para ela, como já lhe dissera, ele não parecia nem um pouco velho.

Ergueu os olhos e deu de cara com o olhar da esposa. Sentiu-se subitamente culpado, o que o incomodou. Que mulher mais intolerante e desconfiada essa Maria! Ela lhe negava qualquer alegria que fosse.

Desligou o rádio e foi dormir.

A sra. Packington recebeu duas cartas inesperadas na manhã seguinte. Uma era um formulário impresso, confirmando o horário com uma conhecida consultora de beleza. A segunda era uma hora marcada com a costureira. A terceira era do sr. Parker Pyne, solicitando o prazer de sua companhia para almoçar no Ritz.

O sr. Packington mencionou que talvez não chegasse para a hora do jantar naquela noite, pois tinha uma reunião de negócios com alguém. A sra. Packington simplesmente assentiu, distraída, e o sr. Packington saiu de casa se parabenizando por ter escapado de uma nova tempestade.

A consultora de beleza era impressionante. Quanta negligência! Madame, mas *por quê*? Isso deveria ter sido resolvido há vários anos. Contudo, ainda não era tarde demais.

O rosto dela passou por vários tratamentos; a pele foi massageada, espremida e exposta ao vapor. Uma máscara de lama foi aplicada. Uma série de cremes foi aplicada. O rosto recebeu uma camada de pó de arroz. Fizeram uma porção de últimos retoques.

Por fim, lhe entregaram um espelho.

"Creio que estou *mesmo* parecendo mais jovem", pensou consigo.

A sessão com a costureira foi tão emocionante quanto a anterior. Saiu de lá se sentindo elegante, rejuvenecida e na última moda.

Era uma e meia da tarde quando a sra. Packington chegou para seu encontro no Ritz. O sr. Parker Pyne, impecavelmente vestido e trazendo consigo seu ar de reconfortante tranquilidade, já a esperava.

– Encantadora – disse, com o olhar experiente a examinando dos pés à cabeça. – Cometi a ousadia de pedir um *white lady* para a senhora.

A sra. Packington, que não tinha o hábito de tomar coquetéis, não fez objeção. Enquanto bebericava com delicadeza o líquido excitante, ouvia as palavras do seu benevolente instrutor.

– Seu marido, sra. Packington – disse o sr. Parker Pyne –, precisa de um empurrãozinho para acordar. A senhora entende, para ficar atento. Para nos auxiliar nisso, vou lhe apresentar um jovem amigo meu. A senhora vai almoçar com ele hoje.

No mesmo instante, um homem mais moço despontou no restaurante, olhando para os lados. Ele avistou o sr. Parker Pyne e se aproximou deles com muita elegância.

– Sr. Claude Luttrell, sra. Packington.

O sr. Claude Luttrell tinha talvez um pouco menos de trinta anos. Era encantador, cortês, bem-vestido, extremamente bonito.

– Muito prazer em conhecê-la – murmurou.

Três minutos mais tarde, a sra. Packington estava frente a frente com seu novo mentor em uma pequena mesa para dois.

No primeiro momento, mostrou-se tímida, mas o sr. Luttrell logo a deixou à vontade. Conhecia Paris muito bem e havia passado um bom tempo na Riviera. Perguntou se a sra. Packington gostava de dançar. Ela respondeu que gostava, mas que raramente tinha a oportunidade, já que o sr. Packington não se interessava por sair à noite.

– Mas ele não pode ser tão malvado a ponto de deixar a senhora *trancada* em casa – disse Claude Luttrell, sorrindo e exibindo uma arcada dentária deslumbrante. – As mulheres não toleram mais o ciúme masculino nos dias de hoje.

A sra. Packington quase chegou a dizer que o problema não era relacionado a nenhum ciúme. Mas as palavras nunca foram ditas. Afinal de contas, era uma ideia interessante.

Claude Luttrell falava maravilhas das casas noturnas. Ficou combinado que, no dia seguinte, a sra. Packington e o sr. Luttrell fariam uma visita à popular Lesser Archangel.

A sra. Packington estava um pouco nervosa por ter de anunciar o fato ao marido. Pensava que George acharia a ideia esquisitíssima e talvez até ridícula. Porém, foi poupada de qualquer dificuldade nesse sentido. Ficara nervosa demais para anunciar o programa na hora do café da manhã, e, às duas da tarde, uma mensagem telefônica informou que o sr. Packington jantaria na cidade.

A programação da noite foi um sucesso. A sra. Packington fora uma boa dançarina desde mocinha e, sob a orientação habilidosa de Claude Luttrell, logo aprendeu os passos mais modernos. Ele a parabenizou pelo vestido e também pelo penteado do cabelo. (Ela tivera uma consulta marcada naquela manhã com um cabeleireiro da moda.) Ao despedir-se dela, beijou-lhe a mão de modo arrebatador. Fazia muitos anos que a sra. Packington não se divertia tanto em uma noite.

Os dez dias que se seguiram foram desconcertantes. A sra. Packington almoçou, tomou chá, dançou tango, jantou, bailou e ceou. Ouviu todas as histórias sobre a infância comovente de Claude Luttrell. Ficou sabendo das tristes circunstâncias nas quais o pai dele perdera tudo que tinha. Ouviu a história de seu trágico romance e do consequente sentimento de amargura que nutria em relação às mulheres em geral.

No décimo primeiro dia, foram dançar no Red Admiral. A sra. Packington viu o marido antes que ele pudesse vê-la. George estava acompanhado da jovem que trabalhava no escritório. Os dois casais estavam dançando.

– Olá, George – disse a sra. Packington, com voz suave, no momento em que ambas as órbitas se encontraram.

Foi com considerável satisfação que viu o rosto do marido ficar primeiro vermelho e depois roxo de espanto. Mesclado ao espanto, conseguiu detectar uma clara expressão de culpa.

A sra. Packington achou engraçado sentir-se dona da situação. Pobre do velho George! Sentada de volta à sua mesa, ela observou o outro casal. Como estava gordo, como estava careca e como era terrível a maneira como saltitava com os pés! Dançava no estilo de vinte anos antes. Pobre George, como queria desesperadamente parecer jovem! E aquela pobre moça com quem dançava tinha de fazer de conta que estava gostando. Aparentava estar bastante entediada, com o rosto apoiado no ombro dele, onde ele não conseguia ver sua expressão.

A sra. Packington pensou, satisfeita, no quanto a situação dela era bem mais invejável. Dirigiu o olhar ao perfeito Claude, agora num silêncio diplomático. Ele a compreendia tão bem. Nunca se irritava da mesma forma que os maridos inevitavelmente costumavam se irritar depois de alguns anos de casamento.

Ela o observou mais uma vez. Seus olhos se encontraram. Ele sorriu; os belos olhos escuros, tão melancólicos, tão românticos, perscrutaram os dela com ternura.

– Vamos dançar mais uma vez? – perguntou ele num sussurro.

Eles dançaram novamente. Foi divino!

Ela estava consciente do olhar constrangido de George seguindo seus movimentos. Essa havia sido a ideia, lembrou-se, provocar ciúmes em George. Mas isso já fazia tanto tempo! Não queria mais que George ficasse com ciúmes naquele momento. Ele poderia ficar chateado. E por que ele deveria ficar chateado, pobrezinho? Todos estavam tão felizes...

Já fazia uma hora que o sr. Packington estava em casa, quando a sra. Packington chegou. Ele parecia desconcertado e inseguro.

– Hmmpf – resmungou. – Enfim você voltou.

A sra. Packington desenrolou a fina echarpe que lhe custara quarenta guinéus naquela manhã.

– É – respondeu sorrindo. – Voltei.

George pigarreou.

– Ahn... foi muito esquisito encontrar com você.

– Foi, não é mesmo? – disse a sra. Packington.

– Eu... bem, pensei que seria muito gentil da minha parte levar aquela moça para sair. Ela está enfrentando muitos problemas em casa. Pensei... bem, em fazer uma gentileza, entende.

A sra. Packington assentiu com a cabeça. Pobre do George, dando saltinhos, passando calor e todo contente consigo mesmo.

– Quem era aquele camarada que estava com você? Não o conheço, não é?

– Luttrell é o nome dele. Claude Luttrell.

– Onde foi que o conheceu?

– Ah, uma pessoa me apresentou a ele – respondeu de forma vaga.

– Que coisa mais estranha você sair para dançar, já nessa altura da vida. Não deve se arriscar a fazer papel de ridícula, minha querida.

A sra. Packington sorriu. Sentia-se benevolente demais com o universo em geral para dar a resposta que ele merecia.

– Uma mudança sempre faz bem – respondeu em tom amigável.

– Deve ter cuidado, sabe. Existem muitos sujeitos por aí que são gaviões de boate. Às vezes, as mulheres de meia-idade fazem um tremendo papel de idiota. Só estou lhe alertando, minha querida. Não me agrada ver você fazendo qualquer coisa considerada indecente.

– Acho que o exercício faz muito bem à saúde – disse a sra. Packington.
– Ah... sim.
– Imagino que pense da mesma forma – disse ela, educada. – A melhor coisa é ser feliz, não é mesmo? Lembro de você afirmando isso uma manhã dessas, na hora do café, uns dez dias atrás.

O marido a examinou com o olhar aguçado, mas a expressão no rosto dela não denotava sarcasmo nenhum. Ela bocejou.

– Preciso dormir. A propósito, George, tenho cometido umas extravagâncias assustadoras. Vão chegar umas contas horríveis. Você não se importa, não é?

– Contas? – perguntou o sr. Packington.

– É. De roupas. E massagens. Tratamentos de cabelo. Ando fazendo umas extravagâncias tremendas, mas tenho certeza de que não se importa.

Ela subiu as escadas. O sr. Packington permaneceu ali, boquiaberto. Maria fora de uma compreensão surpreendente em relação aos acontecimentos daquela noite; não pareceu se importar nem um pouco. Mas era uma pena que, de repente, tivesse passado a esbanjar dinheiro. Logo Maria: aquele exemplo de economia!

Mulheres! George Packington balançou a cabeça. E as encrencas em que andavam metidos os irmãos daquela moça. Bem, estava feliz em poder ajudar. E no entanto, que diabos, os negócios não estavam indo tão bem assim lá na cidade.

Suspirando, o sr. Packington, por sua vez, subiu as escadas devagar.

Às vezes as palavras não surtem efeito no momento em que são ouvidas – apenas mais tarde, quando tornamos a nos lembrar delas. Só na manhã seguinte certas expressões pronunciadas pelo sr. Packington de fato penetraram a consciência de sua esposa.

Gaviões de boate; mulheres de meia-idade; tremendo papel de idiota.

A sra. Packington era no fundo muito corajosa. Sentou-se e encarou os fatos. Um gigolô. Lera muito sobre os gigolôs no jornal. Lera também sobre as loucuras cometidas pelas mulheres de meia-idade.

Será que Claude era um gigolô? Imaginou que sim. Mas, pensando bem, os gigolôs eram pagos e Claude sempre pagava a conta. É, mas era o sr. Parker Pyne quem pagava, não Claude; ou melhor dizendo, o dinheiro vinha de fato dos próprios duzentos guinéus que eram dela.

Seria ela uma tola de meia-idade? Será que Claude Luttrell ria da cara dela pelas costas? Sentiu um calor lhe subir às faces só de pensar nisso.

Bem, e se fosse? Claude era um gigolô. Ela era uma tola de meia-idade. Imaginou que fosse seu dever dar algum presente para ele. Uma cigarreira de ouro. Esse tipo de coisa.

Um estranho impulso a levou, no mesmo instante, até a Asprey's. A cigarreira foi escolhida e comprada. Ela se encontraria com Claude no Claridge's para o almoço.

Enquanto tomavam café, ela retirou a cigarreira da bolsa.

– Um presentinho – murmurou.

Ele ergueu o olhar, franzindo o cenho.

– Para mim?

– Sim. Eu... espero que goste.

A mão dele apertou o presente e empurrou o objeto de volta com violência.

– Por que está me dando isso? Não vou aceitar. Pegue de volta. Pegue isso de volta, estou dizendo.

Ele estava zangado. Os olhos escuros, furiosos.

Ela disse em voz baixa:

– Sinto muito.

E guardou o presente na bolsa.

Passaram o resto do dia constrangidos.

Na manhã seguinte, ele telefonou.

– Preciso me encontrar com você. Posso passar na sua casa esta tarde?

Ela disse para ele vir às três horas.

Ele chegou muito pálido, muito tenso. Cumprimentaram-se. O constrangimento era ainda mais evidente.

De súbito, ele levantou-se e ficou olhando para ela.

– O que pensa que eu sou? É isso que vim perguntar. Até aqui fomos amigos, não fomos? Sim, amigos. Mas, mesmo assim, você acha que sou... bem, um gigolô. Uma criatura que se aproveita das mulheres. Um gavião de boate. Acha isso, não acha?

– Não, não.

Ele desconsiderou o protesto dela. O rosto dele empalidecera ainda mais.

– Acha isso *mesmo*! Bem, é verdade. É isso que vim dizer. É verdade! Recebi ordens de levá-la para sair, de diverti-la, de fazer amor com você, de fazê-la esquecer do seu marido. Esse era o meu trabalho. Um trabalho desprezível, não é?

– Por que está me contando tudo isso? – ela perguntou.

– Porque para mim, chega. Não posso seguir adiante com isso. Não com *você*. Você é diferente. É o tipo de mulher em quem eu poderia acreditar, confiar, adorar. Acha que não estou falando sério, que isso é parte do jogo.

Ele se aproximou dela.

– Vou lhe provar que não é. Estou indo embora, por sua causa. Vou me transformar em um homem de verdade, em vez da criatura abjeta que sou hoje, por sua causa.

Ele a tomou nos braços de repente. Os lábios dele se fecharam sobre os dela. Por fim, ele a soltou e deu uns passos para trás.

– Adeus. Sempre fui um canalha. Mas juro que de hoje em diante vai ser diferente. Lembra-se de uma vez ter me contado que gosta de ler a seção de anúncios pessoais nos classificados? Todos os anos, neste mesmo dia, vai encontrar um recado meu, dizendo que eu me lembro e estou fazendo o bem. Então vai conseguir entender tudo o que significou para mim. Mais uma coisa. Não tirei nada de você. Mas quero que fique com uma coisa minha.

Ele tirou do dedo um anel de brasão de ouro.

– Era da minha mãe. Gostaria que ficasse com você. Agora, adeus.

George Packington chegou em casa mais cedo. Encontrou a esposa contemplando a lareira com o olhar distante. Ela o tratou com gentileza, mas estava distraída.

– Veja bem, Maria – balbuciou ele, de repente. – Sabe aquela moça?

– O que tem, querido?

– Eu... jamais quis aborrecer você, sabe. Com relação a ela. Não existe nada.

– Eu sei. Fui uma boba. Pode sair com ela quantas vezes quiser se isso o faz feliz.

Tais palavras, com certeza, deveriam ter alegrado George Packington. Mas, por mais estranho que pareça, elas o incomodaram. Como é que poderia se divertir saindo por aí com uma garota quando a esposa praticamente o incentivava? Às favas com aquilo, não era nada decente! Toda aquela sensação de ser um cachorro fanfarrão, do homem forte brincando com fogo, dissolveu-se e sofreu uma morte ignominiosa. George Packington sentiu-se subitamente cansado e com a carteira bem mais magra. Aquela garota era uma pequena bem esperta.

– A gente poderia fazer uma viagem para algum lugar se você quiser, Maria – sugeriu, tímido.

– Ah, não se preocupe comigo. Estou feliz.

– Mas gostaria de levá-la para algum lugar distante. Poderíamos ir para a Riviera.

A sra. Packington sorriu para ele sem sair do lugar.

Pobre George. Tinha afeição por ele. Era um velhote muito patético e amável. Não havia nenhum esplendor secreto na vida dele como havia na dela. Ela sorriu, com ainda mais ternura.

– Seria adorável, querido – disse.

O sr. Parker Pyne estava falando com a srta. Lemon.

– As despesas com o entretenimento?

– Cento e duas libras, catorze xelins e seis centavos – respondeu a srta. Lemon.

A porta abriu-se, e Claude Luttrell entrou. Parecia mal-humorado.

– Bom dia, Claude – disse o sr. Parker Pyne. – Correu tudo a contento?

– Acho que sim.

– E o anel? A propósito, que nome você gravou nele?

– Matilda – disse Claude, tristonho. – 1899.

– Excelente. E as palavras para o anúncio dos classificados?

– "Fazendo o bem. Ainda lembro. Claude."

– Anote tudo, por favor, srta. Lemon. Na coluna dos anúncios pessoais. Sempre no dia três de novembro por... deixe-me ver, os gastos foram 102 libras, catorze e seis. Sim, por dez anos, eu acho. Isso nos deixa com um lucro de 92 libras, dois xelins e quatro centavos. Razoável. Bastante razoável.

A srta. Lemon saiu.

– Olhe aqui – Claude explodiu. – Não gosto disso. Esse é um esquema sórdido.

– Mas meu caro rapaz!

– Um jogo sórdido. Aquela era uma mulher decente, uma pessoa boa. Contar para ela todas aquelas mentiras, enchê-la com esse sentimentalismo barato, às favas com tudo, isso me dá nojo!

O sr. Parker Pyne ajustou os óculos e olhou para Claude com uma espécie de interesse científico.

– Minha nossa! – falou, seco. – Não me recordo de sua consciência alguma vez ter lhe causado problemas ao longo de sua carreira um tanto, digamos, notória. Seus affairs na Riviera foram particularmente desavergonhados, e a exploração da sra. Hattie West, esposa do Rei dos Pepinos da Califórnia, foi especialmente marcante pelo instinto empedernido e mercenário que você demonstrou.

– Bem, estou começando a pensar diferente – rosnou Claude. – Não é... correto, esse jogo.

O sr. Parker Pyne falou com um tom professoral, como quem repreende seu aluno favorito.

– Você, meu caro Claude, praticou uma ação de grande mérito. Presenteou uma mulher infeliz com aquilo que todas as mulheres necessitam: um romance. Uma mulher pode se despedaçar de paixão e não guardar nada de bom daquilo; mas um romance pode ser guardado envolto em alfazema, admirado e relembrado por anos a fio. Conheço a natureza humana, meu garoto, e posso dizer que uma mulher se alimenta de um acontecimento assim por muitos anos.

Ele pigarreou.

– Concluímos nosso trabalho com a sra. Packington de modo muito satisfatório.

– Bem – resmungou Claude –, não gosto nada disso.

Ele saiu da sala.

O sr. Parker Pyne apanhou um novo fichário na gaveta. Anotou:

*"Interessantes vestígios de consciência se fazem perceptíveis em gavião de boate empedernido. Nota: acompanhar o desenvolvimento."*

# O caso do soldado descontente

I

O major Wilbraham hesitou em frente à porta do escritório do sr. Parker Pyne para reler – mais uma vez – o anúncio do matutino que o levara até lá. Era bastante simples:

O major respirou profundamente e abriu, num movimento abrupto, a porta que dava acesso à sala de espera. Uma mulher jovem, de aparência singela, levantou os olhos da máquina de escrever com uma expressão inquisitiva.

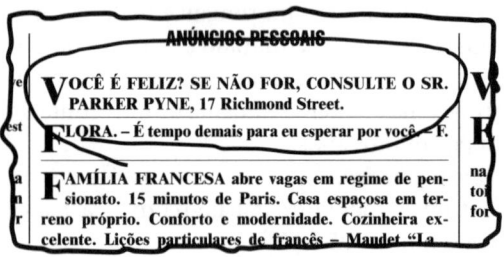

– O sr. Parker Pyne? – perguntou o major Wilbraham, ruborizado.

– Me acompanhe, por favor.

Ele a seguiu pela parte interna do escritório até a presença do afável sr. Parker Pyne.

– Bom dia – disse o sr. Pyne. – Sente-se. Agora me diga o que posso fazer pelo senhor.

– Meu nome é Wilbraham... – começou o outro.

– Major? Coronel? – perguntou Pyne.

– Major.

– Ah! E acaba de retornar do exterior? Chegou da Índia? Da África Oriental?

– África Oriental.

– Deve ser uma região muito aprazível, creio eu. Bem, então o senhor está de volta ao lar e não está gostando de sua vida aqui. É esse o problema?

– O senhor está absolutamente certo. Mas como foi que descobriu...

O sr. Parker Pyne acenou com sua mão portentosa.

– Faz parte da minha profissão saber das coisas. O senhor veja que passei 35 anos da minha vida me dedicando a compilar estatísticas em uma repartição pública. Agora me aposentei e me ocorreu a ideia de utilizar, de forma inovadora, toda essa experiência que adquiri. É tudo muito simples. A infelicidade pode ser classificada em cinco categorias principais; não mais do que isso, posso lhe garantir. Uma vez conhecida a causa de uma enfermidade, a cura já se torna possível.

"Minha função é a mesma de um médico. O médico primeiro faz o diagnóstico da doença do paciente, o próximo passo é recomendar um cronograma de tratamento. Há casos que nenhum tratamento pode resolver. Quando é assim, digo com toda a franqueza que não há nada que eu possa fazer. Mas, quando aceito um trabalho, a cura é praticamente garantida."

"Posso lhe assegurar, major Wilbraham, que 96 por cento dos construtores do império – como costumo chamá-los – que se aposentaram estão infelizes. Eles trocaram uma vida ativa, uma vida cheia de responsabilidades, uma vida de perigo iminente por... pelo quê? Por um orçamento apertado, um clima decepcionante e o sentimento generalizado de ser um peixe fora d'água."

– Tudo o que o senhor disse é verdade – concordou o major. – É o tédio o que me incomoda. O tédio e os mexericos sem fim sobre as futilidades do povoado. Mas o que é que posso fazer? Tenho um pouco de dinheiro além da pensão que recebo. Tenho uma boa casa de campo perto de Cobham. Não posso me dar ao luxo de caçar, fazer tiro ao alvo, ou pescar. Não sou casado. Meus vizinhos são pessoas agradáveis, mas os pensamentos deles não se estendem além dos limites desta ilha.

– Para encurtar a história, a questão é que o senhor está achando a vida muito aborrecida – disse o sr. Parker Pyne.

– Danada de aborrecida.

– Gostaria de ter mais agitação, até mesmo perigo, quem sabe? – perguntou o sr. Pyne.

O soldado deu de ombros.

– Não há nada do tipo neste país de meia-tigela.

– O senhor me desculpe – interrompeu o sr. Pyne com seriedade. – Nisso, o senhor está equivocado. Há bastante perigo e bastante emoção aqui em Londres, se souber onde procurar. Está enxergando apenas a superfície calma e agradável da vida inglesa. Mas existe o outro lado. Se desejar, posso lhe apresentar esse outro lado.

O major Wilbraham o observou, pensativo. Havia algo reconfortante no sr. Pyne. Ele era forte, para não dizer gordo; tinha uma cabeça calva de proporções imponentes, óculos reforçados e pequeninos olhos brilhantes. E tinha uma aura... uma aura de alguém que inspira confiança.

– Entretanto, preciso alertar o senhor – continuou o sr. Pyne –, de que há um elemento de risco.

Os olhos do soldado brilharam.

– Isso não é problema – disse. – E... seus honorários? – acrescentou abruptamente.

– Meus honorários – respondeu o sr. Pyne – são de cinquenta libras, pagamento adiantado. Se dentro de um mês o senhor ainda estiver entediado da mesma maneira, eu lhe devolvo o dinheiro.

Wilbraham refletiu.

– É justo – disse por fim. – Concordo. Vou lhe dar o cheque agora mesmo.

A transação foi feita. O sr. Parker Pyne apertou o botão do interfone sobre a mesa.

– Agora é uma da tarde – disse. – Vou lhe pedir que leve uma moça para almoçar.

A porta se abriu.

– Ah, Madeleine, minha querida, permita-me apresentar o major Wilbraham, ele vai levar a senhorita para almoçar.

Wilbraham piscou um pouco, o que não era de se surpreender. A jovem que entrou na sala era uma morena lânguida, com olhos maravilhosos, cílios longos e negros, a pele perfeita e uma boca voluptuosa e muito vermelha. Suas roupas refinadas evidenciavam a graça e o balanço de seu corpo. Ela era perfeita dos pés a cabeça.

– Hã... encantado – disse o major Wilbraham.

– Srta. De Sara – disse o sr. Parker Pyne.

– Quanta gentileza sua – murmurou Madeleine de Sara.

– Tenho seu endereço aqui – anunciou o sr. Parker Pyne. – Amanhã pela manhã, vai receber novas instruções.

O major Wilbraham e a adorável Madeleine partiram juntos.

Eram três da tarde quando Madeleine retornou.

O sr. Parker Pyne ergueu os olhos.

– E então? – perguntou.

Madeleine balançou a cabeça.

– Teve medo de mim – disse. – Acha que sou uma vampe.

– Achei que poderia acontecer isso – disse o sr. Parker Pyne. – Seguiu as minhas instruções?

– Segui. Conversamos bastante sobre os ocupantes das outras mesas. O tipo que ele gosta tem os cabelos claros, olhos azuis, é levemente anêmica e não muito alta.

– Isso é fácil – disse o sr. Pyne. – Traga a Tabela B, e vamos ver o que temos em estoque no momento.

Correu o dedo sobre uma lista, parando por fim em um nome.

– Freda Clegg. Sim, acho que Freda Clegg seria uma escolha excelente. Preciso falar com a sra. Oliver sobre isso.

## II

No dia seguinte, o major Wilbraham recebeu um bilhete que dizia:

*Na próxima segunda-feira de manhã, às onze horas, vá até Eaglemont, Friars Lane, Hampstead, e pergunte pelo sr. Jones. O senhor vai se apresentar como representante da Companhia Mercantil da Goiaba.*

Na segunda-feira seguinte (que por coincidência era um feriado bancário), o major Wilbraham, muito obediente, se pôs a caminho de Eaglemont, Friars Lane. Pôs-se a caminho, repito, porém jamais chegou lá. Pois, antes que pudesse chegar ao local combinado, algo aconteceu.

A população inteira, acompanhada de suas respectivas esposas, parecia estar a caminho de Hampstead. O major Wilbraham ficou enredado na multidão, sufocado no metrô e descobriu que não era uma tarefa fácil achar a localização de Friars Lane.

Friars Lane era um beco sem saída, uma viela esquecida, cheia de buracos, com casas de ambos os lados, um pouco afastadas da estrada. Eram umas construções grandes que aparentavam ter visto dias melhores, mas estavam abandonadas e em ruínas.

Wilbraham caminhava pelas calçadas tentando ler os nomes semiapagados nos portões quando, de repente, escutou algo que o deixou de orelha em pé. Era uma espécie de murmúrio, um choro quase engasgado.

Ouviu o choro de novo e, desta vez, quase pôde reconhecer no murmúrio o pedido de "socorro!" O som vinha do outro lado do muro da casa por onde estava passando.

Sem hesitar um instante sequer, o major Wilbraham forçou a abertura do portão que estava frouxo e disparou a correr, sem fazer barulho, pelo caminho coberto de mato. Ali, entre os arbustos, descobriu uma jovem lutando para escapar de dois negros enormes. Ela lutava com muita valentia, se torcendo, contorcendo e dando pontapés. Um dos negros cobria a boca da moça com a mão, apesar dos esforços furiosos dela para tentar desvencilhar a cabeça.

Concentrados na luta com a garota, nenhum dos negros percebeu a aproximação de Wilbraham. Apenas constataram sua presença quando um soco violento no queixo arremessou para trás o homem que tapava a boca da moça. Com o ataque surpresa, o outro soltou a mão da menina e voltou-se para o major. Wilbraham estava preparado. Mais uma vez o punho foi certeiro, e o negro cambaleou e caiu para trás. Wilbraham voltou sua atenção para o outro, que agora fechava o cerco se aproximando pelas costas dele.

Mas os dois homens decidiram parar por ali. O segundo rolou para o lado, sentando-se; então levantou e saiu em disparada para o portão. O companheiro dele fez o mesmo. Wilbraham começou a correr atrás deles, mas mudou de ideia e foi procurar a moça, que estava encostada em uma árvore, sem fôlego.

– Oh, muito obrigada! – disse quase sem ar. – Foi terrível.

O major Wilbraham enxergou pela primeira vez a pessoa que havia salvado de modo tão oportuno. Era uma moça de uns 21 ou 22 anos, com os cabelos claros, olhos azuis e de uma beleza um tanto desbotada.

– Se o senhor não tivesse chegado! – engoliu em seco.

– Já passou, já passou – disse Wilbraham confortando-a. – Já está tudo bem agora. No entanto, acho que seria melhor se saíssemos daqui. É possível que aqueles camaradas decidam voltar.

Os lábios da moça esboçaram um leve sorriso.

– Não acho que vão voltar; não depois da maneira como o senhor bateu neles. Ah, foi maravilhoso de sua parte!

O major Wilbraham ficou envergonhado ante o caloroso olhar de admiração da garota.

– Não foi nada – disse de maneira indistinta. – Não fiz mais do que minha obrigação. Uma dama sendo perturbada. Diga, se a senhorita se apoiar no meu braço, consegue caminhar? Foi um choque e tanto, eu sei.

– Estou bem agora – disse a moça.

Porém aceitou o braço que lhe fora oferecido. Estava ainda um tanto trêmula. Espiou a casa atrás de si enquanto saíam pelo portão.

– Não consigo entender – resmungou ela. – É evidente que a casa está vazia.

– Está bem vazia, isso é certo – concordou o major, examinando as persianas fechadas e a decadência generalizada do lugar.

– E, no entanto, é a *própria* Whitefriars. Apontou para o nome quase apagado no portão. – E Whitefriars é o nome do lugar onde eu deveria ir.

– Não se preocupe com nada disso agora – disse Wilbraham –, em poucos minutos poderemos pegar um táxi. Então vamos sentar em algum lugar e tomar uma xícara de café.

No fim da rua chegaram a uma avenida mais movimentada e, por sorte, um táxi acabava de deixar um passageiro em uma das casas do lugar. Wilbraham fez sinal, deu um endereço ao motorista, e os dois entraram no carro.

– Não faça esforço para falar – disse, advertindo sua acompanhante. – Apenas descanse. A senhorita passou por uma experiência muito desagradável.

Ela sorriu para ele em agradecimento.

– A propósito... ahn... meu nome é Wilbraham.

– O meu é Clegg... Freda Clegg.

Dez minutos depois, Freda estava bebendo um café bem quente, enquanto contemplava agradecida o seu herói do outro lado da mesa.

– Parece um sonho – disse. – Um pesadelo – estremeceu. – E bem pouco tempo atrás eu estava desejando que alguma coisa acontecesse, qualquer coisa! Ai, eu não gosto de aventuras.

– Conte como foi que tudo aconteceu.

– Bem, para poder explicar direito, receio que precise contar várias coisas sobre mim.

– Um assunto excelente – disse Wilbraham, com um gesto de cortesia.

– Sou órfã. Meu pai era um capitão do mar e morreu quando eu tinha oito anos. Minha mãe faleceu há três anos. Trabalho no centro da cidade. Sou da Vacuum Gas Company, sou funcionária deles. Uma noite, na semana passada, encontrei um senhor que estava esperando para falar comigo quando eu retornasse para o meu alojamento. Era um advogado, um tal de sr. Reid de Melbourne.

"Ele foi muito educado e perguntou várias coisas sobre a minha família. Explicou que havia conhecido meu pai há muitos anos. Na verdade, havia feito algumas transações legais para ele. Enfim ele me relatou o objetivo da visita: 'Srta. Clegg'– disse –, 'tenho motivos para acreditar que a senhorita poderia se beneficiar com o resultado de uma transação financeira que seu pai realizou alguns anos antes de falecer'. Fiquei muito surpresa, é claro.

"'Acho muito difícil que algum dia tenha ouvido falar a respeito do assunto', ele explicou. 'John Clegg nunca levou o negócio muito a sério, imagino. No entanto, a coisa se concretizou de maneira inesperada, mas receio que qualquer reivindicação sua vá depender da posse de certos documentos. Esses papéis fariam parte dos bens deixados por seu pai, e, é claro, existe a possibilidade de que tenham sido destruídos por serem considerados inúteis. A senhorita guardou algum dos documentos de seu pai?'

"Expliquei que minha mãe havia guardado vários dos pertences de meu pai em um velho baú marítimo. Já o havia examinado superficialmente, mas não descobri nada de interessante.

"'Seria quase impossível que fosse capaz de reconhecer a importância desses documentos', disse ele sorrindo.

"Bem, fui até o baú, retirei os poucos papéis que lá estavam e os levei até ele. Ele os examinou, mas afirmou ser impossível dizer de imediato o que poderia ou não estar ligado ao assunto em pauta. Disse que gostaria de levá-los consigo e entraria em contato comigo caso aparecesse qualquer coisa.

"No último correio de sábado, recebi uma carta dele na qual sugeria que fosse até sua casa para discutir o assunto. Ele me deu o endereço: Whitefriars, Friars Lane, Hampstead. Eu deveria chegar lá às quinze para as onze da manhã de hoje.

"Estava um pouco atrasada tentando encontrar o endereço. Cruzei o portão com pressa para chegar até a casa quando, de repente, aqueles dois homens horrorosos saltaram de trás dos arbustos. Não tive nem tempo de gritar. Um deles cobriu a minha boca com a mão. Consegui livrar meu rosto e gritar por socorro. Por sorte, o senhor me ouviu. Se não fosse pelo senhor..."

Ela interrompeu a história. Seu olhar era mais eloquente do que qualquer palavra adicional.

– Fico muito aliviado de ter estado ali naquele momento. Por Deus, gostaria de colocar as mãos naqueles brutamontes. Imagino que a senhorita nunca os havia visto antes?

Ela balançou a cabeça.

– O que acha que isso significa?

– É difícil de dizer. Mas uma coisa parece certa. Há algum papel entre os documentos do seu pai que interessa muito a alguém. Esse tal Reid lhe passou o conto do vigário para ter a oportunidade de examinar tudo. É evidente que o que ele desejava não estava lá.

– Oh! – exclamou Freda. – Será possível? Quando cheguei em casa no sábado, achei que as minhas coisas haviam sido remexidas. Para dizer a verdade, suspeitei que a proprietária do apartamento tivesse bisbilhotado o meu quarto só de curiosidade. Mas agora...

– Pode acreditar nisso. Alguém conseguiu ter acesso para vasculhar o seu quarto, mas não conseguiu encontrar o que estava procurando. Suspeitou que a senhorita soubesse do valor do documento, qualquer que fosse, e que o estava carregando consigo. Então, planejou aquela emboscada. Se estivesse portando o documento, ele teria sido arrancado à força. Caso contrário, a senhorita teria se tornado prisioneira, e assim ele tentaria fazer com que revelasse onde havia escondido o papel.

– Mas *do que* será que se trata? – disse Freda.

– Não sei, mas deve ser algo muito especial para ele se dar todo esse trabalho.

– Não me parece possível.

– Ah, não sei. Seu pai era um navegador. Ele visitava lugares remotos. Pode ter cruzado com alguma coisa cujo valor ele próprio desconhecia.

– Acredita mesmo nisso?

Um leve rubor de entusiasmo corou as bochechas pálidas da garota.

– Acredito mesmo. A questão é: qual deve ser nosso próximo passo? Não imagino que a senhorita queira envolver a polícia?

– Ah não, por favor.

– Fico aliviado de ouvi-la dizer isso. Não vejo nenhum benefício que a polícia possa trazer; no fim seria apenas algo desagradável para a senhorita. Então sugiro que consinta que eu lhe leve para almoçar em algum restaurante e, depois, a acompanhe de volta ao seu alojamento para ter certeza de que chegou sã e salva. Depois, deveríamos dar uma procurada no documento. Porque, entenda, deve estar em algum lugar.

– Meu pai pode ter destruído o papel.

– Pode, claro, mas é evidente que a outra parte interessada não pensa da mesma forma, e isto nos dá esperanças.

– O que acha que pode ser? Um tesouro escondido?

– Por Júpiter, pode muito bem ser isso! – exclamou o major Wilbraham, seu lado menino aflorando cheio de alegria à mera sugestão daquela possibilidade. – Mas primeiro, srta. Clegg, ao almoço!

Os dois fizeram uma refeição agradável. Wilbraham contou a Freda sobre suas experiências na África Oriental. Descreveu as caçadas aos elefantes, e a garota ficou empolgadíssima. Quando terminaram, insistiu em levá-la em casa de táxi.

Ela morava próximo a Notting Hill Gate. Quando chegaram, Freda teve um conversa rápida com a proprietária. Ela retornou a Wilbraham e o levou até o segundo andar, onde tinha um quartinho diminuto com uma sala de estar.

– Foi exatamente como pensamos – ela disse. – Um homem apareceu sábado pela manhã para verificar a instalação de um novo cabo de eletricidade; informou que havia uma falha na fiação do meu quarto. Ele passou um bom tempo lá.

– Mostre-me esse baú do seu pai – disse Wilbraham.

Freda mostrou uma caixa revestida de bronze.

– Como pode ver – disse ela, levantando a tampa –, está vazio.

O soldado assentiu, pensativo.

– E não existem outros papéis em lugar nenhum?

– Tenho certeza de que não. Minha mãe guardava tudo aqui.

Wilbraham examinou a parte interna da caixa. De repente, exclamou:

– Há uma abertura no forro.

Com cuidado, inseriu a mão na fenda, tateando. Um suave estalido foi sua recompensa.

– Alguma coisa escorregou lá para trás.

No minuto seguinte, já havia retirado sua descoberta. Um pedaço de papel sujo, dobrado várias vezes. Alisou a folha na mesa; Freda espiava por cima do ombro dele. Ela exclamou, desapontada:

– É só uma porção de marcas esquisitas.

– Ora veja, esse negócio está escrito em suaíli. *Suaíli*, quem poderia imaginar! – bradou o major Wilbraham. – É um dialeto nativo da África Oriental, entende.

– Que extraordinário! – disse Freda. – Então o senhor consegue ler?

– Um pouco. Mas que coisa incrível.

Levou o papel até a janela.

– Quer dizer alguma coisa? – perguntou Freda, trêmula.

Wilbraham leu o papel inteiro por duas vezes e, depois, voltou-se para a garota.

– Bem – disse, com uma risada –, eis aí o seu tesouro, ora vejam.

– Um tesouro escondido? Não pode ser *verdade*? Está falando de ouro espanhol, um galeão naufragado, esse tipo de coisa?

– Nada tão romântico assim, talvez. Mas no fundo é a mesma coisa. Este papel revela o esconderijo de um depósito de marfim.

– Marfim? – disse a garota, abismada.

– Sim. Dos elefantes, sabe. Existe uma lei sobre o número de elefantes que se pode abater. Algum caçador desobedeceu a lei em grande escala. Estavam no rastro dele, e ele escondeu o material. É uma quantidade assombrosa do negócio, e isto aqui dá explicações bastante claras de como encontrar o lote. Preste atenção, temos que ir atrás disso, nós dois.

– Está dizendo que há mesmo um monte de dinheiro envolvido?

– Uma pequena fortuna para a senhorita.

– Mas como é que esse papel veio parar no meio das coisas do meu pai?

Wilbraham deu de ombros.

– Talvez o fulaninho estivesse morrendo ou algo parecido. Pode ter escrito a informação em suaíli para se proteger e entregou o papel para o seu pai, que possivelmente tinha algum tipo de amizade com ele. Como seu pai não conseguia ler, não deu importância ao documento. Isso é apenas uma suposição da minha parte, mas ousaria dizer que não devo estar longe da verdade.

Freda suspirou.

– Isso é tão emocionante!

– A questão é: o que fazer com esse precioso documento? – disse Wilbraham. – Não gosto da ideia de deixá-lo aqui. Eles podem voltar para dar mais uma olhada. Imagino que não me confiaria esse papel?

– Claro que confiaria. Mas será que não é perigoso para o senhor? – ela esmoreceu.

– Sou um osso duro de roer – disse Wilbraham com austeridade. – Não precisa se preocupar comigo.

Ele dobrou o papel e enfiou-o numa caderneta.

– Posso lhe fazer uma visita amanhã à noitinha? – ele perguntou. – Até lá já terei planejado alguma coisa e também vou dar uma olhada nesses lugares em um mapa. A que horas retorna do centro da cidade?

– Volto em torno das seis e meia.

– Genial. Faremos um conclave e depois, quem sabe, a senhorita me permite levá-la para jantar. Precisamos comemorar. Então, até logo. Amanhã, às seis e meia.

O major Wilbraham chegou pontualmente no dia seguinte. Tocou a campainha e perguntou pela srta. Clegg. A empregada atendeu a porta.

– A srta. Clegg? Não está.

– Oh! – Wilbraham não se sentiu à vontade para sugerir a ideia de entrar para esperá-la. – Volto mais tarde – disse.

Ficou aguardando do outro lado da rua, esperando ver Freda chegar saltitando em sua direção a qualquer momento. Os minutos foram passando. Quinze para as sete. Sete. Sete e quinze. E nada de Freda. Uma sensação de mal-estar se apoderou dele. Voltou até a casa e tocou a campainha mais uma vez.

– Por favor, senhora – disse –, eu tinha um encontro marcado com a srta. Clegg às seis e meia. Tem certeza de que ela não está ou não deixou... bem... algum recado?

– O senhor é o major Wilbraham? – perguntou a empregada.

– Sim.

– Então há um bilhete para o senhor. Alguém deixou pessoalmente.

*Caro major Wilbraham,*
*Aconteceu uma coisa muito estranha. Não posso dizer mais nada no momento, mas poderia encontrar-se comigo em Whitefriars? Vá até lá assim que receber este bilhete.*

*Atenciosamente,*
*Freda Clegg.*

Wilbraham uniu as sobrancelhas e rapidamente se pôs a pensar. Retirou uma carta do bolso, com ar distraído. Era para o seu alfaiate.

– Será – disse ele para a empregada –, que poderia me conseguir um selo?

– Imagino que a sra. Parkins possa lhe conceder essa gentileza.

Retornou dali a instantes com o selo na mão. O major pagou um xelim por ele. No minuto seguinte, Wilbraham caminhou em direção à estação do metrô e jogou o envelope na caixa de correio enquanto passava.

A carta de Freda o deixara muito inquieto. O que poderia ter levado a garota a voltar, sozinha, para a cena daquele encontro sinistro do dia anterior?

Balançou a cabeça. Que coisa mais tola ela decidiu fazer! Será que Reid reaparecera? Será que, de uma forma ou de outra, havia convencido a garota a confiar nele? O que a teria levado para Hampstead?

Consultou o relógio. Quase sete e meia. Ela deveria estar pensando que ele iniciara o trajeto às seis e meia. Uma hora de atraso. Era tempo demais. Se ao menos ela tivesse se atentado a deixar-lhe uma pista.

A carta o deixara perplexo. Por algum motivo aquele tom independente não parecia característico de Freda Clegg.

Faltavam dez minutos para as oito horas quando ele chegou a Friars Lane. Estava escurecendo. Examinou os arredores com atenção; não enxergou ninguém. Empurrou o portão cambaleante com tanta delicadeza que ele se abriu sem ranger as dobradiças. O caminho até a entrada da casa estava deserto. O local estava às escuras. Seguiu pelo calçamento com cuidado, observando com atenção de um lado a outro. Não queria ser pego de surpresa.

De repente, parou. Por uma fração de segundo, uma nesga de luz brilhou através de uma das persianas. A casa não estava vazia. Havia alguém lá dentro.

Com suavidade, Wilbraham se esgueirou por entre os arbustos e circundou o caminho até a parte de trás da casa. Por fim, encontrou o que estava procurando. Uma das janelas do térreo não estava trancada. Era a janela de uma espécie de área de serviço. Ergueu a vidraça, acendeu a lanterna (havia comprado uma no caminho) para iluminar a peça deserta e saltou para dentro.

Foi cuidadoso ao abrir a porta da área de serviço. Não ouviu nada. Acendeu mais uma vez a lanterna. Era a cozinha; vazia. Mais além da cozinha, podia entrever uma meia dúzia de degraus e uma porta que evidentemente levava à parte da frente da casa.

Empurrou a porta e escutou. Silêncio. Entrou. Encontrava-se então no hall de entrada. Continuava sem ouvir coisa alguma. Havia uma porta à direita e outra à esquerda. Escolheu a da direita, ficou tentando escutar alguma coisa e por fim, virou a maçaneta. Ela girou. Abriu a porta devagar, centímetro por centímetro, e entrou.

Mais uma vez, acendeu a lanterna. A sala estava vazia e sem mobiliário.

Naquele exato momento ouviu um ruído atrás de si e virou-se rapidamente – mas já era tarde demais. Algo lhe acertou a cabeça, e ele foi arremessado para a frente, caindo desfalecido.

Wilbraham não fazia ideia de quanto tempo havia se passado até ele recuperar a consciência. Recobrou os sentidos com muita dor; a cabeça latejava. Tentou se mover, mas descobriu que era impossível. Estava amarrado com cordas.

Recuperou a razão de repente. Então, lembrou-se de tudo. Fora atingido na cabeça.

A luz fraca de uma lâmpada a gás no alto da parede revelou que estava em um pequeno porão. Olhou ao redor, e seu coração deu um pulo. Freda estava a poucos passos de distância, amarrada, assim como ele. Ela estava de olhos fechados, mas deu um suspiro e os abriu enquanto ele a observava, ansioso. Seu olhar desorientado encontrou o dele, e os dois se alegraram ao se reconhecerem.

– O senhor também! – disse. – O que houve?

– Eu a desapontei terrivelmente – disse Wilbraham. – Caí direitinho na armadilha. Diga-me, enviou um bilhete pedindo para que eu a encontrasse aqui?

Os olhos da garota se arregalaram de espanto.

– *Eu*? Mas foi o senhor quem enviou um bilhete para *mim*.

– Ah, eu mandei um para a senhorita, foi?

– Sim. Recebi ainda no escritório. Pedia para que eu viesse encontrar com o senhor aqui, e não lá em casa.

– Usaram o mesmo truque com nós dois – resmungou e então explicou a situação.

– Estou entendendo – disse Freda. – Portanto a ideia deles era...?

– Pegar o papel. Devem ter nos seguido ontem. Foi assim que me encontraram.

– E... pegaram o papel? – perguntou Freda.

– Infelizmente não consigo tatear nem enxergar nada – respondeu, olhando pesaroso para as mãos atadas.

E, então, os dois tomaram um susto. Pois uma voz falou, uma voz que parecia vir do além.

– Sim, muito obrigado – disse. – Já consegui o papel, isto é certo. Não tenham dúvidas.

A voz incorpórea fez ambos estremecerem.

– Sr. Reid – murmurou Freda.

– Sr. Reid é um dos meus nomes, minha cara jovem – disse a voz. – Mas apenas um deles. Possuo uma grande variedade. Agora, sinto em dizer, mas vocês dois atrapalharam meus planos; algo que jamais posso aceitar. A descoberta desta casa é muito séria. Ainda não contaram nada à polícia, mas podem vir a fazê-lo no futuro.

"Tenho um grande receio de que não posso confiar em vocês nessa questão. Podem me prometer, mas promessas raramente são cumpridas. E, compreendam, esta casa é muito útil para mim. Ela é, como poderíamos dizer, minha central de limpeza. O local de onde ninguém volta. Daqui, vocês são obrigados a seguir adiante... para um outro lugar. E vocês, me desculpem a franqueza, estão de partida, sem dúvida nenhuma. Lastimável... mas necessário."

A voz fez uma breve pausa de alguns segundos, então continuou:

– Nada de derramamento de sangue. Eu não suporto derramamento de sangue. Meu método é muito mais simples. E, de fato, não muito doloroso; ao menos é o que me parece. Bem, preciso deixá-los. Boa noite aos dois.

– Escute aqui! – foi Wilbraham quem falou. – Faça o que quiser comigo, mas esta moça não fez nada... nada. Não é nenhum prejuízo para você deixar que ela vá embora.

Mas não houve resposta.

Naquele momento ouviu-se um grito de Freda.

– A água, a água!

Wilbraham se contorceu com dificuldade e acompanhou a direção do olhar dela. Um fio contínuo d'água escorria de um buraco na parede.

Freda, histérica, deu um berro.

– Eles vão nos afogar!

Gotas de suor brotaram no rosto de Wilbraham.

– Não vamos nos dar por vencidos – disse. – Vamos gritar por socorro. Com certeza alguém vai nos escutar. Agora, juntos!

Eles gritaram e berraram a plenos pulmões. Não pararam até ficarem roucos.

– Receio que seja inútil – admitiu Wilbraham, entristecido. Estamos muito abaixo do nível da rua e suponho que as portas sejam à prova de som. Afinal de contas, se alguém pudesse nos escutar, sem dúvida nenhuma aquele brutamontes teria nos amordaçado.

– Ai – soluçou Freda. – E é tudo culpa minha. Eu que o meti nessa encrenca.

– Não se preocupe com isso, minha menina. É com você que estou preocupado. Já estive em maus lençóis antes e consegui me safar. Não perca as esperanças. Vou tirar você daqui. Temos tempo suficiente. No ritmo em que a água está jorrando, vai levar horas até acontecer o pior.

– Como é maravilhoso! – disse Freda. – Jamais conheci alguém como você... a não ser nos livros.

– Bobagem... é apenas uma questão de bom-senso. Agora, tenho de soltar essas cordas infernais.

Ao final de quinze minutos, de tanto se torcer e retorcer, Wilbraham teve a imensa satisfação de constatar que as amarras estavam significativamente mais frouxas. Conseguiu abaixar o pescoço e erguer os pulsos até poder atacar os nós com os dentes.

Assim que conseguiu soltar as mãos, todo o resto era apenas uma questão de tempo. Com cãibras, enrijecido, mas livre das cordas, ele foi ajudar a garota. Depois de alguns minutos, ela também estava livre.

Até ali, a água havia chegado apenas aos tornozelos deles.

– E agora – disse o soldado –, vamos dar o fora daqui.

A porta do porão ficava no alto de alguns degraus de escada. O major Wilbraham examinou-a.

– Nada complicado – disse. – Tudo meio frouxo. Logo vai soltar pelas dobradiças.

Encostou os ombros na porta e empurrou com força.

Ouviu-se um estalo na madeira, um estrondo, e as dobradiças da porta estouraram.

Do outro lado, havia um lance de escadas. No topo, mais uma porta – bem diferente – de madeira sólida com barras de ferro.

– Um pouco mais difícil esta aqui – disse Wilbraham. – Mas estamos com sorte! Não está trancada.

Empurrou para abrir, espiou ao redor e depois chamou a garota para que o seguisse. Os dois emergiram numa passagem por trás da cozinha. No instante seguinte, estavam caminhando sob as estrelas em Friars Lane.

– Ai! – Freda soluçou baixinho. – Foi tudo tão horrível!

– Minha pobre adorada – ele a envolveu em seus braços. – Você foi tão maravilhosamente corajosa. Freda, meu anjo adorado, será que poderia, digo, gostaria... Eu amo você, Freda. Quer se casar comigo?

Após um breve intervalo, muito satisfatório para ambas as partes, o major Wilbraham falou, rindo:

– E o melhor de tudo, ainda temos o segredo do esconderijo do marfim.

– Mas tiraram de você!

O major riu de novo.

– Isso é exatamente o que eles não conseguiram fazer! Olha, eu rabisquei uma cópia falsa e, antes de me encontrar com você esta noite, enfiei a verdadeira numa carta que estava mandando para meu alfaiate e coloquei no correio. Eles ficaram com a falsa, e espero que se divirtam com aquilo! Sabe o que vamos fazer, meu docinho? Vamos para a África Oriental, para passar nossa lua de mel e fazer uma caça ao tesouro.

## III

O sr. Parker Pyne deixou o escritório e subiu dois lances de escadas. Em outra sala, no andar superior da casa, trabalhava a sra. Oliver, a sensacional romancista, agora integrante da equipe do sr. Pyne.

O sr. Parker Pyne bateu à porta e entrou. A sra. Oliver estava junto da mesa sobre a qual havia uma máquina de escrever, vários cadernos, uma confusão geral de folhas soltas de um manuscrito e uma enorme sacola de maçãs.

– Uma ótima história, sra. Oliver – disse o sr. Parker Pyne, muito afável.

– Deu tudo certo? – perguntou a sra. Oliver. – Fico contente.

– Aquele negócio da água no porão – disse sr. Parker Pyne. – Não acha que, em uma oportunidade futura, poderíamos usar algo mais original... quem sabe?

Ele fez a sugestão com o devido acanhamento.

A sra. Oliver balançou a cabeça e pegou uma maçã da sacola.

– Acho que não, sr. Pyne. Deve entender que as pessoas estão acostumadas a ler sobre coisas assim. A água subindo em um porão, gás venenoso etc. Sabendo dessas coisas de antemão, a emoção é ainda maior quando acontece para elas. O público é conservador, sr. Pyne; gosta dos truques de sempre.

— Bem, a senhora é quem sabe — admitiu Parker Pyne, ciente do sucesso dos 46 livros de ficção publicados pela autora, todos eles best-sellers na Inglaterra e nos Estados Unidos, também traduzidos livremente para o francês, alemão, italiano, húngaro, finlandês, japonês e abissínio. — E quanto às despesas?

A sra. Oliver pegou uma folha de papel.

— Em geral, bastante moderadas. Os dois negros, Percy e Jerry, pediram bem pouco. O jovem Lorrimer, o ator, concordou em fazer o papel de sr. Reid por cinco guinéus. O discurso do porão era uma gravação, é claro.

— Whitefriars tem sido extremamente útil para mim — disse o sr. Pyne. — Comprei a casa por uma ninharia e já foi palco de onze dramas emocionantes.

— Ah, já estava me esquecendo — disse sra. Oliver. — Tem o pagamento de Johnny. Cinco xelins.

— Johnny?

— Sim. O garoto que jogava a água com os regadores pelo buraco da parede.

— Ah, sim. A propósito, sra. Oliver, como é que a senhora tinha conhecimentos de suaíli?

— Não tinha.

— Entendo. Recorreu ao British Museum, então?

— Não. Ao balcão de atendimento da Delfridge.

— Como são maravilhosos os recursos do comércio moderno! — murmurou ele.

— A única coisa que me preocupa — disse sra. Oliver — é que aqueles dois jovens não vão encontrar nenhum tesouro escondido quando chegarem lá.

— Não se pode ter tudo neste mundo — comentou o sr. Parker Pyne. — Eles já terão uma lua de mel.

A sra. Wilbraham estava sentada na cadeira da varanda. O marido estava escrevendo uma carta.

– Qual é a data de hoje, Freda?

– Dia 16.

– Já é dia 16. Por Júpiter!

– O que foi, querido?

– Nada. Apenas lembrei de um camarada chamado Jones.

Não importa o quanto se é feliz no casamento, há certas coisas que as pessoas guardam para si.

"Que diabos", pensou o major Wilbraham. "Deveria ter voltado até aquele lugar e exigido meu dinheiro de volta."

Mas, depois, como era um homem justo, examinou o outro lado da questão.

"No fim, fui eu quem rompeu o acordo. Suponho que, se tivesse chegado até o tal Jones, alguma coisa teria acontecido. E, de todo modo, no fim das contas, se não estivesse a caminho para encontrar o tal Jones, jamais teria ouvido o pedido de socorro de Freda, e nunca teríamos nos conhecido. Sendo assim, indiretamente, talvez eles tenham direito àquelas cinquenta libras!"

A sra. Wilbraham também estava seguindo uma linha de raciocínio.

"Fiz papel de tonta e ingênua em acreditar naquele anúncio e pagar os três guinéus para aquelas pessoas. É claro que eles nunca fizeram coisa nenhuma com aquilo e nada aconteceu. Se ao menos pudesse imaginar o que estava por vir; primeiro o sr. Reid, depois a maneira tão romântica como Charlie entrou na minha vida. E pensar que, se não fosse por mero acaso, *eu o jamais teria conhecido!*"

Ela olhou e sorriu com adoração para o marido.

# **O caso da senhora angustiada**

I

O interfone na mesa do sr. Parker Pyne emitiu um ruído discreto.

– Pois não? – respondeu aquele grande homem.

– Uma jovenzinha deseja falar com o senhor – anunciou a secretária. – Ela não tem hora marcada.

– Pode mandá-la entrar, srta. Lemon.

Alguns instantes depois, ele apertava a mão de sua visitante.

– Bom dia – disse ele. – Por favor, sente-se.

A moça sentou-se e ficou olhando para o sr. Parker Pyne. Era uma moça bonita e bastante jovem. Tinha os cabelos escuros e ondulados com uma série de cachos junto à nuca. Estava vestida de forma belíssima, começando pela boina branca tricotada que usava na cabeça, até as meias padronizadas e a delicadeza dos sapatos. Era evidente que estava nervosa.

– É o sr. Parker Pyne? – perguntou.

– Sou eu mesmo.

– O mesmo dos... anúncios?

– O mesmo dos anúncios.

– O senhor diz que se as pessoas não são... não estão felizes... elas... devem vir falar com o senhor.

– Exato.

Ela decidiu arriscar.

– Bem, estou terrivelmente infeliz. Então pensei em dar uma passada aqui para... só para ver.

O sr. Parker Pyne esperou. Sentiu que ela não terminara de falar.

– Eu... me meti em uma encrenca terrível.

Ela esfregava as mãos, muito nervosa.

– Compreendo – disse o sr. Parker Pyne. – Acha que poderia me contar o que aconteceu?

Ela não parecia ter qualquer certeza a esse respeito. Fitou o sr. Parker Pyne com uma intensidade desesperada. De súbito, despejou a história toda de uma vez.

– Sim, vou lhe contar. Acabo de me decidir. Estava quase louca de tanta preocupação. Não sabia o que fazer ou a quem recorrer. Foi quando vi o seu anúncio. Achei que provavelmente não passava de um esquema para arrancar dinheiro, mas fiquei com aquilo na cabeça. De certo modo, soava muito reconfortante. E então pensei, bem, que não havia nada de errado em vir dar uma *olhada*. Eu sempre poderia arranjar uma desculpa para ir embora se eu não... bem, se não...

– É isso mesmo, isso mesmo – disse o sr. Pyne.

– Como o senhor vê – disse a moça –, isso significaria, digamos, *confiar* em alguém.

– E a senhorita sente que pode confiar em mim? – perguntou, sorrindo.

– É até estranho – respondeu ela, sem perceber que estava sendo indelicada –, mas confio. Mesmo sem saber nada a seu respeito! Tenho *certeza* de que posso confiar.

– Posso lhe assegurar – disse o sr. Pyne – de que não vou desapontar seu voto de confiança.

– Sendo assim – disse a moça –, vou lhe contar tudo. Me chamo Daphne St. John.

Pois não, srta. St. John.

Senhora. Sou... sou casada.

Xii! – resmungou o sr. Pyne, irritado consigo mesmo, ao perceber o anel de platina no dedo da mão esquerda da moça. – Que tolice a minha.

Se não fosse casada – continuou ela –, talvez não me importasse tanto. Digo, não faria tanta diferença. Só de pensar em Gerald... bem, aí está a questão... a isso se resume todo o problema!

Ela remexeu na bolsa, tirou alguma coisa e arremessou-a sobre a escrivaninha, em cujo tampo, cintilando e reluzindo, o objeto rolou na direção do sr. Parker Pyne.

Era um anel de platina com um enorme brilhante solitário.

O sr. Pyne apanhou o anel, levou-o até a janela, testou-o contra o vidro, colocou uma lente de joalheiro e examinou a peça com cuidado.

– Um diamante de qualidade fantástica – comentou, retornando até a mesa. – Eu diria que deve valer pelo menos umas duas mil libras.

– Sim. E é roubado! Eu roubei! E não sei o que fazer.

– Minha nossa! – exclamou o sr. Parker Pyne. – Isso é deveras interessante.

A cliente desmoronou e pôs-se a soluçar sobre um lenço pequeno demais.

– Ora, ora – disse o sr. Pyne. – Tudo vai ficar bem.

A moça enxugou os olhos e fungou.

– Vai mesmo? – disse. – Ai, será que vai *mesmo*?

– Claro que vai. Agora apenas me conte a história toda.

– Bem, tudo começou porque eu estava endividada. Entenda, sou terrivelmente extravagante. E o Gerald se incomoda muito com isso. Gerald é o meu marido. Ele é muito mais velho do que eu e tem umas... bem, umas ideias muito rígidas. Acha que ficar endividado é algo aterrorizante. Portanto, não comentei nada com ele. E fui até Le Touquet com uns amigos, achei que talvez fosse ter sorte no bacará e poderia me endireitar de novo. Comecei ganhando. Depois, perdi, mas aí achei que deveria continuar. E continuei. E... e...

— Sim, claro – disse o sr. Parker Pyne. – Não precisa entrar em detalhes. Estava na pior maré de azar da sua vida. Foi isso que aconteceu, não foi?

Daphne St. John assentiu com a cabeça.

— E, naquela altura, entende, simplesmente não poderia mais contar nada ao Gerald. Porque ele odeia jogos de azar. Ah, eu estava metida numa confusão horrível. Bem, fomos passar uns dias na casa dos Dortheimer, próximo a Cobham. Ele é tremendamente rico, claro. A esposa dele, Naomi, foi minha colega de escola. Ela é bonita e uma graça de pessoa. Enquanto estávamos lá, a armação deste anel se soltou. Na manhã da nossa partida, ela pediu que eu levasse o anel até a cidade e deixasse com o joalheiro em Bond Street.

Ela fez uma pausa.

— E então chegamos à parte complicada – disse o sr. Pyne tentando ajudar. – Prossiga, sra. St. John.

— Jamais vai dizer coisa alguma, não é? – a moça exigiu e implorou.

— As confidências dos meus clientes são sagradas. E de qualquer forma, sra. St. John, já me relatou tanto que provavelmente eu poderia concluir o final da história sozinho.

— Isso é verdade. Muito bem. Mas odeio contar isso em voz alta, soa tão detestável. Fui até Bond Street. Há uma outra loja lá, a Viro's. Eles... copiam joias. Num rompante, perdi a cabeça. Levei o anel para eles e disse que queria uma réplica perfeita; disse que estava viajando para o exterior e não queria carregar joias verdadeiras comigo. Pareceram achar tudo muito natural.

"Bem, peguei a réplica de strass, era tão perfeita que ninguém conseguiria distinguir do original, e enviei como carta registrada para Lady Dortheimer. Eu tinha uma caixinha com o nome do joalheiro em cima, então parecia estar tudo certo, e embrulhei o pacote com aspecto profissional. E depois eu... eu empenhei o verdadeiro – ela escondeu o rosto entre as mãos. – Com pude fazer uma coisa dessas? Como é que *eu* pude? Agi como qualquer ladrãozinho barato, baixo e vil."

Sr. Parker Pyne pigarreou.

– Não creio que a senhora tenha concluído a narrativa – disse.

– Não, não concluí. Isso, o senhor precisa entender, foi há seis semanas. Paguei todas as minhas dívidas e acertei tudo, mas, é claro, me sentia infeliz o tempo inteiro. Foi então que um velho primo meu veio a falecer, e herdei algum dinheiro. A primeira coisa que fiz foi recuperar o maldito anel. Bem, tudo certo até esse ponto; eis aí a joia. Mas ocorreu um problema gravíssimo.

– Pois não?

– Tivemos uma discussão com os Dortheimer. Foi por causa de umas ações que Sir Reuben convenceu Gerald a comprar. Ele foi enganado de maneira terrível na negociação e disse uns desaforos para Sir Reuben... e, ai, que desastre! Agora, o senhor vê, não consigo devolver o anel.

– Não poderia fazer um envio anônimo para Lady Dortheimer?

– Isso revelaria toda a fraude. Ela examinaria o anel que está com ela, descobriria que é falso e adivinharia na hora o que eu fiz.

– A senhora diz que ela é sua amiga. Que tal contar-lhe toda a verdade e implorar pela misericórdia dela?

A sra. St. John balançou a cabeça negativamente.

– Não somos tão próximas assim. Em qualquer questão que envolva joias ou dinheiro, a Naomi é implacável. Talvez não chegasse a me processar se eu devolvesse o anel, mas contaria para todo mundo o que fiz, e eu estaria perdida. O Gerald ficaria sabendo e jamais me perdoaria. Ai, que tragédia tudo isso!

Ela recomeçou a chorar.

— Pensei e pensei e não sei o *que* fazer! Oh, sr. Pyne, será que o senhor não pode fazer alguma coisa?

— Várias coisas — respondeu o sr. Parker Pyne.

— Pode mesmo? Sério?

— Com certeza. Sugeri primeiro o caminho mais simples porque em minha vasta experiência sempre constatei ser o melhor. Evita complicações inesperadas. Ainda assim, compreendo a força de suas objeções. No momento ninguém sabe desta ocorrência desafortunada exceto a senhora?

— E o senhor — disse a sra. St. John.

— Ah, mas eu não conto. Bem, então seu segredo está seguro no momento. Tudo o que precisamos é fazer a troca dos anéis de forma a não levantar suspeitas.

— É isso — exclamou a moça com entusiasmo.

— Não deve ser difícil. Vamos precisar de algum tempo para considerar o método mais eficaz...

Ela o interrompeu.

— Mas não há tempo! Isso é o que está me deixando louca. Ela vai trocar a pedra do anel.

— Como sabe disso?

— Descobri por acaso. Estava almoçando com uma mulher outro dia e elogiei o anel que ela estava usando, era uma esmeralda imensa. Ela disse que era a última moda e que Naomi Dortheimer iria mandar refazer o anel dela daquele jeito.

— Isso significa que temos de agir rápido — falou o sr. Pyne, pensativo. — Significa que precisamos conseguir acesso à casa e, de preferência, sem nos fazer passar pela criadagem. Os empregados raramente têm a chance de manusear anéis valiosos. Tem alguma ideia, sra. St. John?

— Bom, Naomi vai dar uma festa bem grande na quarta-feira. E essa minha amiga mencionou que ela andava à procura de bailarinos profissionais. Não sei se já contratou alguém...

– Acho que isso pode ser resolvido – disse o sr. Parker Pyne. – Caso já tenha contratado alguém, sairá mais caro, essa é a única diferença. Mais uma coisa, por acaso saberia dizer onde fica a chave geral da luz?

– Por acaso sei onde fica, pois queimei um fusível uma vez, tarde da noite, quando todos os criados já haviam se retirado para dormir. A caixa fica no final do corredor, dentro de um armário pequeno.

Atendendo ao pedido do sr. Pyne, ela desenhou um esboço.

– E agora – disse o sr. Parker Pyne –, tudo vai ficar bem, portanto não se preocupe, sra. St. John. E quanto ao anel? Fico com ele desde já, ou prefere guardá-lo até a quarta-feira?

– Bom, talvez seja melhor eu ficar com ele.

– Agora nada de ficar se preocupando, estamos entendidos? – advertiu o sr. Parker Pyne.

– E quanto aos seus... honorários? – perguntou ela, tímida.

– Deixemos isso de lado para o momento. Na quarta-feira lhe comunico o valor das despesas que se fizeram necessárias. O meu preço será quase simbólico, eu garanto.

Ele a acompanhou até a porta, depois tocou o interfone sobre a mesa.

– Mande o Claude e a Madeleine virem aqui.

Claude Luttrell era um dos mais charmosos gigolôs profissionais que se poderiam encontrar na Inglaterra. Madeleine de Sara era uma mulher fatal das mais sedutoras.

Sr. Parker Pyne avaliou os dois com ar de aprovação.

– Minhas crianças – disse –, tenho um trabalho para vocês. Vão fazer o papel de bailarinos profissionais de fama internacional. Porém, Claude, preste muita atenção no que vou dizer e tenha todo o cuidado para fazer tudo certo...

## II

Lady Dortheimer estava plenamente satisfeita com os preparativos para o baile. Inspecionou os arranjos de flores e aprovou tudo, deu algumas instruções de última hora ao mordomo e comentou com o marido que até aquele momento nada havia dado errado!

Ficou um pouco decepcionada porque Michael e Juanita, os dançarinos do Red Admiral, avisaram em cima da hora que não poderiam mais honrar o contrato, por conta do tornozelo torcido de Juanita, mas dois novos dançarinos, que haviam causado furor em Paris (ao menos foi o que disseram ao telefone), seriam enviados no lugar deles.

Os dançarinos chegaram na hora combinada e Lady Dortheimer aprovou a dupla. A noite transcorreu de maneira esplêndida. Jules e Sanchia fizeram sua apresentação e foram sensacionais. Abriram com uma dança selvagem que levava o nome de Revolução Espanhola. Depois, um número chamado O Sonho de um Degenerado. E fecharam com uma demonstração sofisticada de dança moderna.

Com o fim da apresentação, os convidados voltaram à pista de dança. O galante Jules convidou Lady Dortheimer para dançar. Os dois flutuavam pelo salão. Lady Dortheimer jamais havia encontrado um parceiro tão perfeito.

Sir Reuben estava à procura da sedutora Sanchia; mas em vão. Ela não estava no salão do baile.

Estava, na verdade, a postos no corredor deserto,

rente a uma pequena caixa, com os olhos fixos no relógio de pedrarias que usava preso ao pulso.

– Você não é inglesa, não pode ser inglesa para dançar assim tão bem – sussurrou Jules ao pé do ouvido de Lady Dortheimer. A senhora é uma fada, o espírito do vento. *Droushcka petrovka navarouchi.*

– Que língua é essa?

– Russo – respondeu Jules, mentindo. – Estou lhe dizendo em russo uma coisa que jamais ousaria dizer em inglês.

Lady Dortheimer fechou os olhos. Jules a apertou mais ainda contra o peito.

De repente, as luzes se apagaram. Na escuridão, Jules inclinou o rosto e beijou a mão que descansava sobre seu ombro. No instante em que ela fez menção de recolher o braço, ele segurou a mão dela e levou até seus lábios mais uma vez. De algum modo, um anel escorregou do dedo dela para a palma da mão dele.

Para Lady Dortheimer, tudo se passara em um breve segundo até as luzes voltarem a se acender. Jules estava sorrindo para ela.

– Seu anel – disse ele. – Escorregou. Me permite?

Ele recolocou o anel no dedo dela. Seu olhar sugeriu várias outras coisas enquanto ele fazia aquilo.

Sir Reuben disse qualquer coisa a respeito do disjuntor principal.

– Algum idiota. Foi uma brincadeira de mau gosto, é o que eu acho.

Lady Dortheimer não estava interessada. Aqueles poucos minutos de escuridão haviam sido agradabilíssimos.

## III

O sr. Parker Pyne chegou ao escritório na quinta-feira pela manhã e já encontrou a sra. St. John esperando por ele.

– Pode mandá-la entrar – disse o sr. Pyne.

– E então? – ela estava ansiosíssima.

– Parece pálida – disse ele, em tom acusatório.

Ela acenou a cabeça.

– Não consegui dormir na noite passada. Fiquei imaginando coisas...

– Pois bem, aqui está a continha das despesas. Passagens de trem, fantasias e cinquenta libras para Michael e Juanita. Sessenta e cinco libras e 17 xelins.

– Ah, sim, claro! Mas e sobre ontem à noite... correu tudo bem? Deu tudo certo?

O sr. Parker Pyne olhou para ela, surpreso.

– Minha cara jovem senhora, naturalmente que correu tudo bem. Eu não tinha dúvidas de que havia compreendido isso.

– Que alívio! Eu temia que...

O sr. Parker Pyne balançou a cabeça em sinal de reprovação.

– O fracasso é uma palavra inaceitável neste estabelecimento. Se não acreditar que serei bem-sucedido, me recuso a aceitar o caso. A partir do momento em que aceito um trabalho, o sucesso do desenlace é praticamente garantido.

– Ela de fato já recuperou o anel sem suspeitar de nada?

– De nada mesmo. A operação foi conduzida com extrema sutileza.

Daphne St. John suspirou.

– Não imagina o peso que tirou da minha consciência. O que estava dizendo em termos de despesas?

— Sessenta e cinco libras e 17 xelins.

A sra. St. John abriu a bolsa e contou o dinheiro. O sr. Parker Pyne agradeceu e preencheu um recibo.

— Mas, e seus honorários? – murmurou Daphne. – Esse valor foi apenas para as despesas.

— Neste caso, não há honorários a serem pagos.

— Ah, sr. Pyne! Eu não poderia aceitar, *realmente*!

— Minha cara jovem, eu insisto. Não tocaria em um centavo sequer. Seria contra os meus princípios. Eis aqui o seu recibo. E agora...

Com o mesmo sorriso alegre de um mágico na conclusão de um truque bem executado, puxou uma caixinha do bolso e empurrou-a sobre a mesa. Daphne a abriu. Dentro da caixa, para todos os efeitos, se encontrava o anel de brilhante idêntico ao original.

— Seu ordinário! – disse a sra. St. John, fazendo uma careta para o anel. – Como eu odeio você! Tenho vontade de atirá-lo pela janela.

— Eu não faria isso – disse o sr. Pyne. – Poderia surpreender muita gente.

— Tem certeza mesmo de que este não é o verdadeiro? – disse Daphne.

— Não, não é! O anel que me mostrou outro dia está bem seguro no dedo de Lady Dortheimer.

— Sendo assim, tudo bem.

Daphne levantou-se com uma risadinha contente.

— É curioso que tenha me perguntado isso – disse o sr. Parker Pyne. – É claro que Claude, pobre coitado, não é muito inteligente. Poderia facilmente ter se confundido. Portanto, para ter certeza, mandei um expert examinar o objeto hoje de manhã.

A sra. St. John voltou a sentar-se um tanto repentinamente.

— Ah! E o que foi que ele disse?

– Que era uma réplica de qualidade extraordinária – disse o sr. Parker Pyne abrindo um largo sorriso. – Coisa de primeira linha. Bem, essa informação deve deixar a senhora tranquila, não é?

A sra. St. John abriu a boca para dizer alguma coisa, mas desistiu. Ela ficou encarando o sr. Parker Pyne.

Este último retomou seu assento atrás da escrivaninha e olhou para ela com ar benevolente.

– A mão do gato que tira as castanhas do fogo – disse devaneando. – Não é um papel agradável. Não é um papel que eu gostaria de designar a ninguém da minha equipe. Desculpe-me. A senhora disse alguma coisa?

– Eu... não, nada.

– Que bom. Quero lhe contar uma historinha, sra. St. John. Diz respeito a uma jovem. Uma jovem de cabelos louros, eu diria. Ela não é casada. Seu nome não é St. John. Seu nome de batismo não é Daphne. Muito pelo contrário, ela se chama Ernestine Richards e, até recentemente, era secretária de Lady Dortheimer.

"Bom, um belo dia o engaste do anel de brilhante de Lady Dortheimer ficou frouxo, e a srta. Richards levou a joia até a cidade para consertar. Muito parecida com a sua história, não é? A mesma ideia que ocorreu à senhora ocorreu também à srta. Richards. Ela mandou copiar o anel. Mas era uma jovem de visão. Pôde antever o dia em que Lady Dortheimer descobriria a troca. Quando isso acontecesse, ela se lembraria de quem havia levado o anel para a cidade e a srta. Richards imediatamente se tornaria suspeita.

"E o que aconteceu então? Primeiro, imagino, a srta. Richards investiu em uma metamorfose no salão La Merveilleuse; corte número 7, repartido de lado, penso eu – os olhos dele repousaram inocentes nas madeixas cacheadas da cliente –, e cor castanho-escuro. Depois, veio conversar comigo. Mostrou-me um anel, permitiu que eu tirasse minhas dúvidas de que a peça era genuína, assim desfazendo qualquer suspeita de minha parte. Feito isso e com um plano já arquitetado para efetuar a substituição, a jovenzinha finalmente levou o anel ao joalheiro, que, quando terminou o serviço, entregou-o para Lady Dortheimer.

"Ontem à noite, o outro anel, o falso, foi entregue às pressas e de última hora na estação Waterloo. Com razão, a srta. Richards não imaginou possível que o sr. Luttrell fosse uma autoridade em matéria de brilhantes. Porém, apenas para me tranquilizar de que estava tudo certo, pedi para que um amigo meu, um mercador de diamantes, estivesse no trem. Ele examinou o anel e declarou de imediato: 'Este não é um diamante verdadeiro; é uma excelente réplica feita em strass.'.

"A senhora, é claro, entende onde quero chegar, sra. St. John? Quando Lady Dortheimer descobrisse o roubo, de que ela lembraria? Do jovem e encantador dançarino que tirou o anel do dedo dela quando as luzes se apagaram! Ela faria perguntas e descobriria que os bailarinos contratados originalmente receberam propina para não aparecerem. Se as pistas levassem a investigação até o meu escritório, a minha explicação sobre uma tal sra. St. John pareceria frágil ao extremo. Lady Dortheimer nunca conheceu nenhuma sra. St. John. A história pareceria uma farsa inconsistente.

"Entende agora por que eu não poderia permitir uma coisa dessas? E, desta forma, meu amigo Claude devolveu ao dedo de Lady Dortheimer *o mesmo anel que ele retirara.*"

O sorriso do sr. Parker Pyne estava bem menos benevolente naquele instante.

– Entende por que eu não poderia cobrar meus honorários? Eu ofereço garantias de trazer a felicidade. É evidente que *não consegui* deixar a senhora feliz. Direi apenas mais uma coisa. É jovem ainda; talvez esta tenha sido a sua primeira tentativa de fazer algo do gênero. Já eu, pelo contrário, sou relativamente mais velho e tenho uma vasta experiência compilando dados estatísticos. Com essa experiência posso lhe garantir que, em 87 por cento dos casos, a desonestidade não compensa. Oitenta e sete por cento. Pense nisso!

Com um movimento brusco a falsa sra. St. John levantou-se.

– Seu velho nojento e seboso! – disse. – Me enganando! Fazendo com que eu pagasse pelas despesas! E o tempo todo...

Ela se engasgou e correu em direção à porta.

– O anel – disse o sr. Parker Pyne, estendendo a joia para ela.

Ela arrancou o anel da mão dele, examinou-o e atirou-o pela janela aberta.

A porta bateu e ela desapareceu dali.

O sr. Parker Pyne ficou observando pela janela com algum interesse.

– Bem como eu pensei – disse ele. – Causou uma surpresa considerável. O cavalheiro vendendo cachorrinhos de pelúcia ficou sem entender nada.

# O caso do marido descontente

I

Sem sombra de dúvida, uma das maiores qualidades do sr. Parker Pyne era seu jeito compreensivo. Era um jeito que inspirava confiança. Estava já acostumado com aquela espécie de paralisia que tomava conta dos clientes assim que entravam no escritório. Era tarefa do sr. Pyne preparar o terreno para que fizessem as revelações necessárias.

Naquela manhã em particular, estava sentado diante de um novo cliente, o sr. Reginald Wade. O sr. Wade, ele logo deduziu, era um sujeito inarticulado. Era do tipo que tinha dificuldade para colocar em palavras qualquer coisa ligada às suas emoções.

Era um homem alto, de grande estrutura óssea, olhos azuis de expressão suave e agradável e uma pele bem bronzeada. Sentado, ele alisava seu bigodinho distraidamente, enquanto olhava para o sr. Parker Pyne como um animal aparvalhado de dar dó.

– Vi o seu anúncio, sabe – arriscou. – Achei que poderia muito bem vir aqui. Parecia meio mirabolante, mas nunca se sabe, não é?

O sr. Parker Pyne interpretou corretamente os comentários enigmáticos.

– Quando as coisas vão mal, as pessoas estão mais dispostas a arriscar a sorte – sugeriu.

– É isso. É exatamente isso. Estou disposto a arriscar, arriscar qualquer coisa. As coisas não estão boas pra mim, sr. Pyne. Não sei o que fazer. Está difícil, entende? Pra lá de difícil.

– É aí – disse o sr. Pyne – que eu entro na história. Eu *sei* o que fazer! Sou especialista em todo tipo de problema humano.

– Oh, minha nossa... isso é o que chamo de exagero!

– De fato não é. As dificuldades humanas são facilmente divididas em algumas poucas categorias principais. Há os problemas de saúde. Há o tédio. Há esposas que estão tendo problemas com os maridos. Há os maridos que – ele fez uma pausa – estão tendo problemas com as esposas.

– Quer saber de uma coisa, o senhor acertou. Acertou em cheio.

– Conte-me tudo – disse o sr. Pyne.

– Não há muito para contar. A minha esposa quer que eu lhe dê o divórcio para poder se casar com outro camarada aí.

– Muito comum nos dias de hoje, de fato. Porém, o senhor, pelo que entendo, não está de acordo com ela nessa questão?

– Gosto dela – disse o sr. Wade de um jeito simples. – O senhor vê, bem, eu gosto dela.

Uma declaração simples e um tanto contida, mas se o sr. Wade tivesse dito: "Eu a adoro. Venero o próprio chão que ela pisa. Seria capaz de me retalhar em pedacinhos por causa dela", não poderia ter sido mais transparente para o sr. Parker Pyne.

– Não faz diferença, sabe? – prosseguiu o sr. Wade. – O que é que posso fazer? Digo, o sujeito fica muito indefeso. Se ela prefere esse outro sujeito... bom, a gente tem que colaborar; tirar o time de campo e tudo o mais.

– A proposta é de que ela se divorcie do senhor?

– É claro. Não poderia permitir que ela fosse arrastada para um tribunal de justiça.

O sr. Pyne olhou para ele, pensativo.

– Mas o senhor me procurou por quê?

O outro riu de um jeito envergonhado.

– Não sei. O senhor entende, não sou um camarada esperto. Não consigo pensar em soluções. Achei que talvez o senhor pudesse... bom, sugerir alguma coisa. Tenho um prazo de seis meses, entende. Ela concordou com isso. Se ao final de seis meses ela não tiver mudado de ideia, bem, então, tenho que sair. Achei que o senhor poderia me dar uma ou duas dicas. No momento, tudo o que faço deixa ela irritada.

"Veja bem, sr. Pyne, a coisa se resume nisso: não sou um camarada inteligente! Gosto de jogar bola. Gosto de uma rodada de golfe e uma boa partida de tênis. Não tenho jeito para música e arte e coisas assim. A minha mulher é inteligente. Ela gosta de quadros, de ópera, de concertos de música clássica e, naturalmente, se aborrece comigo. Esse outro sujeito – um camarada indecente, de cabelos compridos – sabe tudo sobre essas coisas. Sabe falar dessas coisas. Eu não sei. De certo modo, posso entender que uma mulher linda e inteligente acabe se aborrecendo com uma besta como eu."

O sr. Parker Pyne resmungou.

– Vocês estão casados há quanto tempo? ...Nove anos? E imagino que tenha adotado essa atitude desde o início. Errado, meu caro senhor; um equívoco desastroso! Jamais demonstre uma atitude insegura perante uma mulher. Ela vai acabar lhe julgando através da sua própria autoavaliação; e vai ser merecido. Deveria ter se glorificado de suas proezas atléticas. Deveria ter se referido às artes e à música como "aquelas bobagens todas que minha esposa gosta". Deveria ter se compadecido dela por não conseguir ser melhor nos esportes. O espírito de humildade, meu caro senhor, é mortal no matrimônio! Não se pode esperar que nenhuma mulher aguente uma coisa dessas. Não é de se admirar que sua esposa tenha desistido de seu compromisso.

O sr. Wade fitava-o, estupefato.

– Bom – disse ele –, o que acha que devo fazer?

– Com certeza essa é a questão. É tarde demais agora para o que o senhor deveria ter feito nove anos atrás. É preciso adotar novas táticas. Alguma vez teve um caso com outra mulher?

– Evidente que não.

– Eu deveria ter perguntado, quem sabe, sobre algum flerte discreto?

– Nunca me importei muito com outras mulheres.

– Um equívoco. Deve começar já.

O sr. Wade pareceu alarmado.

– Ora, olhe bem para mim, eu jamais poderia. Digo...

– Não será nenhum incômodo para o senhor. Alguém de minha equipe será designado para este propósito. Ela vai lhe dizer o que é esperado de sua parte, e todas as atenções que o senhor demonstrar, ela entenderá, é claro, que são apenas parte do trato.

O sr. Wade pareceu aliviado.

– Assim é melhor. Mas acha mesmo... digo, me parece que isso pode acabar deixando Iris ainda mais decidida a se ver livre de mim.

– O senhor não compreende a natureza humana, sr. Wade. Entende menos ainda da natureza humana feminina. No presente momento, do ponto de vista feminino, o senhor é um refugo. Ninguém o quer. Que utilidade pode ter para uma mulher algo que ninguém deseja? Nenhuma. Mas examine por outro ângulo. Suponhamos que sua esposa descubra que o senhor está tão ansioso quanto ela para recuperar a liberdade perdida.

– Isso a deixaria satisfeita.

– Deixaria, talvez, mas não vai deixar! Além disso, vai ver que o senhor atraiu uma jovem fascinante, uma jovem que pode escolher a dedo quem ela quiser. Imediatamente sobe a sua cotação na bolsa de valores. Sua esposa sabe que todos os amigos vão dizer que foi o senhor que se enjoou dela e queria casar-se com uma mulher mais atraente. Isso vai aborrecê-la.

– O senhor acha?

– Tenho certeza. Não vai mais ser tratado como "pobre do Reggie". Vai ser tratado como "aquele cachorro do Reggie". Isso faz toda a diferença! Sem abrir mão do outro homem, ela vai sem dúvida tentar reconquistar o senhor. Mas o senhor não vai se deixar ser reconquistado. Vai usar de sensatez e repetir todos os argumentos que ela mesma usou. "É muito melhor nos separarmos." "Incompatibilidade de gênios." Finalmente compreende que, ao mesmo tempo em que é verdade quando ela diz que nunca conseguiu entendê-la, também é verdade que *ela* jamais entendeu *você*. Mas não precisamos entrar em detalhes agora; receberá todas as instruções no momento certo.

O sr. Wade ainda parecia duvidar.

– Realmente acredita que esse seu plano vai dar resultado? – perguntou, inseguro.

– Não vou afirmar que tenho certeza absoluta – respondeu o sr. Parker Pyne, com cautela. – Há uma pequena possibilidade de que sua esposa esteja tão tomada de paixão por este outro homem que nada que possa dizer ou fazer vá afetá-la, mas acho difícil. Provavelmente foi levada a ter este caso por sentir-se entediada; entediada com a atmosfera de devoção sem limites e fidelidade absoluta com a qual cercou sua mulher por extrema insensatez. Se seguir minhas instruções, a chance de dar certo é de, diria, 97 por cento a seu favor.

– Está muito bom – disse o sr. Wade. – Vou arriscar. A propósito... hã... quanto é?

– O preço é de duzentos guinéus, com pagamento adiantado.

O sr. Wade puxou o talão de cheques.

## II

Os jardins de Lorrimer Court estavam encantadores sob o sol da tarde. Iris Wade, deitada sobre uma espreguiçadeira, trazia um colorido especial. Vestia roupas em tons delicados de lilás e, com a maquiagem bem aplicada, conseguia aparentar ser muito mais jovem do que seus 35 anos.

Estava conversando com sua amiga, sra. Massington, que sempre considerara muito compreensiva. As duas mulheres eram atormentadas por maridos atléticos, cujos únicos assuntos eram as ações, a bolsa de valores ou o golfe.

– E assim aprendemos a viver e a deixar os outros viverem – concluiu Iris.

– Você é maravilhosa, minha querida – disse sra. Massington. – Mas, me diga, *quem é* essa moça? – acrescentou logo em seguida.

Iris encolheu os ombros, exausta.

– Nem me pergunte! Foi Reggie quem a encontrou. Ela é a amiguinha dele! Tão engraçado. Sabe que ele, via de regra, jamais olha para outras garotas. Daí veio falar comigo, cheio de rodeios, e finalmente disse que queria convidar esta tal srta. De Sara para passar o fim de semana conosco. É claro que dei risada, não tive como evitar. Estamos falando do *Reggie*! Bem, e aí está ela.

– Onde foi que ele a conheceu?

– Não sei. Foi muito evasivo sobre a história toda.

– Talvez já a conhecesse há algum tempo.

– Hmm, acho que não – disse a sra. Wade. – É claro – continuou ela – que estou adorando, simplesmente adorando. Digo, fica tudo tão mais fácil para mim, assim desse jeito. Porque eu andava *preocupada* com o Reggie; ele é uma coisinha tão mimosa. Era o que eu sempre repetia para o Sinclair... que magoaria demais o Reggie. Mas ele insistia que Reggie logo superaria tudo; e isso me leva a crer que ele estava certo. Dois dias atrás, Reggie parecia arrasado e agora quis trazer essa moça para cá! Como eu ia dizendo, estou achando muito *engraçado*. Gostaria tanto de ver o Reggie aproveitando a vida. Imagino que a pobre criatura na verdade tenha pensado que eu fosse ficar enciumada. Que ideia mais absurda! Eu disse: "Mas é claro, convide sua amiga". Pobre Reggie, como se uma garota daquelas fosse algum dia se interessar por ele. Ela está só se divertindo.

– Ela é extremamente atraente – disse a sra. Massington. – De um jeito quase perigoso, se é que me entende. Do tipo de garota que só quer saber dos homens. Seja como for, não acho que seja uma pessoa muito boa.

– É provável que não seja – disse a sra. Wade.

– Tem roupas maravilhosas – comentou a sra. Massington.

– Quase que extravagantes demais, não acha?

– Mas caríssimas.

– Luxuosas. Ela tem uma aparência opulenta demais.

– Eles estão chegando – disse sra. Massington.

### III

Madeleine de Sara e Reggie Wade vinham pelo gramado. Riam, conversavam e pareciam muito felizes. Madeleine se atirou sobre uma cadeira, arrancou a boina que estava usando e passou as mãos nos cabelos, ajeitando os belíssimos cachos escuros.

Sua beleza era indiscutível.

– Tivemos uma tarde tão maravilhosa! – exclamou ela. – Estou com muito calor. Devo estar com uma cara horrível.

Reggie Wade ficou nervoso ao escutar sua deixa.

– Você está... você está...

Ele deu uma risadinha.

– Não vou nem dizer – concluiu.

Os olhos de Madeleine encontraram os dele. Foi um olhar de absoluta compreensão da parte dela. A sra. Massington atentou de imediato para o detalhe.

– Deveria jogar golfe – sugeriu Madeleine para sua anfitriã. – Não sabe o que está perdendo. Por que não aprende a jogar? Tenho uma amiga que começou mais tarde e acabou ficando muito boa, e era bem mais velha do que a senhora.

– Não me interesso por esse tipo de coisa – respondeu Iris com frieza.

– Não é boa nos esportes? Que péssimo para a senhora! Deixa a pessoa se sentindo tão de fora de tudo. Mas, de fato, sra. Wade, os treinadores hoje são tão bons que qualquer pessoa pode aprender a jogar razoavelmente bem. Melhorei muito no tênis no verão passado. Em compensação, sou uma catástrofe no golfe.

– Que bobagem! – disse Reggie. – Só precisa treinar mais. Repare como estava conseguindo dar aquelas tacadas difíceis hoje à tarde.

– Só porque você me ensinou. É um professor maravilhoso. Muita gente simplesmente não sabe ensinar. Mas você tem o dom. Deve ser maravilhoso ser você... sabe fazer de tudo.

– Bobagem. Não sou muito bom, não sirvo para nada.

Reggie estava confuso.

– Deve ter muito orgulho dele – disse Madeleine, dirigindo-se à sra. Wade. – Como é que conseguiu segurá-lo todos esses anos? Deve ter sido muito esperta. Ou será que o manteve escondido do mundo?

A anfitriã não respondeu. Ela recolheu seu livro com uma mão trêmula.

Reggie resmungou alguma coisa sobre trocar de roupa e se retirou.

– Acho tão gentil de sua parte me receber aqui – disse Madeleine para a anfitriã. – Algumas mulheres são tão desconfiadas das amigas do marido. Acho o ciúme uma coisa absurda, não acha?

– De fato acho. Jamais sonharia em ter ciúmes de Reggie.

– Quanta nobreza de sua parte! Porque qualquer um vê que ele é um homem muito atraente para as mulheres. Foi um choque para mim quando fiquei sabendo que ele era casado. Por que é que todos os homens interessantes se amarram tão cedo?

– Fico contente que ache o Reggie tão atraente – disse a sra. Wade.

– Bem, ele é, não é mesmo? Todo bonitão e todo cheio de habilidades nos esportes. E aquela pretensa indiferença dele em relação às mulheres! Aquilo provoca a gente, é claro.

– Imagino que você tenha muitos amigos homens – disse a sra. Wade.

– Ah, sim. Gosto mais dos homens do que das mulheres. As mulheres nunca são muito simpáticas comigo. Não entendo por quê.

– Talvez porque você seja simpática demais com os maridos delas – disse a sra. Massington com uma risadinha metálica.

– Bom, às vezes a gente tem pena das pessoas. Tantos homens interessantes estão amarrados a umas esposas sem graça. Vocês sabem, mulheres "artísticas" e que fazem o tipo intelectual. É natural que os homens desejem alguém jovem e alegre para conversar. Acho que as ideias modernas sobre casamento e divórcio são tão sensatas. Poder recomeçar enquanto ainda se é jovem, com alguém que compartilha dos mesmos gostos e pensamentos. No fim, é melhor para todo mundo. Digo, as esposas eruditas provavelmente acabam escolhendo alguma criatura cabeluda que faça o tipo delas e as satisfaça. Acho que limitar as nossas perdas e recomeçar é uma sábia solução, não acha, sra. Wade?

– Com certeza.

A atmosfera de frieza pareceu penetrar a consciência de Madeleine. Murmurou alguma coisa sobre trocar de roupa para a hora do chá e deixou as duas a sós.

– Que criaturas mais detestáveis são essas mocinhas modernas – disse a sra. Wade. – Não têm nada na cabeça.

– Ela tem uma ideia na cabeça, Iris – disse a sra. Massington. – Aquela garota está apaixonada pelo Reggie.

– Que bobagem!

– Está sim. Vi o jeito que olhava para ele ainda agorinha. Ela não dá a mínima se ele é casado ou não. Vai fazer de tudo para ficar com ele. Eu acho repugnante.

A sra. Wade ficou em silêncio por um momento e depois riu, um pouco hesitante.

– No fim das contas – disse –, que diferença faz?

Logo em seguida, a sra. Wade também subiu até o andar de cima. O marido estava no quarto trocando de roupa. Estava cantarolando.

– Se divertiu esta tarde, querido? – disse a sra. Wade.

– Oh, ahn... na verdade, sim.

– Fico contente. Quero que se sinta feliz.

– Sim, me diverti muito.

Representar um papel não era o forte de Reggie Wade, mas, por coincidência, o grave constrangimento que sentiu ao perceber que estava representando funcionou muito bem. Evitou o olhar da esposa e pulou de susto quando ela se dirigiu a ele. Sentia-se envergonhado; odiava aquela farsa toda. E nada poderia ter causado um efeito mais apropriado. Ele era o retrato de uma consciência culpada.

– Há quanto tempo a conhece? – perguntou a sra. Wade, de repente.

– Ahn... quem?

– A srta. De Sara, é claro.

– Bom, não lembro muito bem. Digo... ah, faz algum tempo.

– É mesmo? Nunca mencionou o nome dela.

– Não mencionei? Imagino que tenha me esquecido.

– Esqueceu mesmo! – exclamou a sra. Wade. Ela partiu num farfalhar de babados lilases.

Após o chá, o sr. Wade levou a srta. De Sara para conhecer o roseiral. Atravessaram o gramado, conscientes dos dois pares de olhos grudados nas costas deles.

– Escute.

Sem serem vistos, na segurança do roseiral, o sr. Wade desabafou.

– Escute, acho que vamos ter que abandonar esse plano. A minha esposa acaba de olhar para mim como se me odiasse.

– Não se preocupe – disse Madeleine. – Está tudo indo bem.

– Você acha? Digo, não quero colocar ela contra mim. Ela disse várias coisas desagradáveis na hora do chá.

– Está tudo indo muito bem – disse Madeleine. – Está se comportando de forma esplêndida.

– Acha mesmo isso?

– Acho.

Com uma voz mais baixa ela continuou:

– A sua esposa está fazendo a volta no terraço. Ela quer espiar o que estamos fazendo. É melhor você me beijar.

— Ah! — disse o sr. Wade, nervoso. — Isso é necessário? Digo...

— Me beije! — ordenou Madeleine, destemida.

O sr. Wade a beijou. Qualquer falta de elã na performance dele foi remediada por Madeleine. Ela o enlaçou com os braços. O sr. Wade cambaleou.

— Oh! — disse ele.

— Detestou tanto assim? — perguntou Madeleine.

— Não, é claro que não — respondeu o sr. Wade, todo galante. — É que... me pegou de surpresa.

Ávido, ele acrescentou:

— Já ficamos tempo suficiente no roseiral, o que você acha?

— Acho que sim — disse Madeleine. — Fizemos um bom trabalho por aqui.

Retornaram ao gramado. A sra. Massington os informou que a sra. Wade fora deitar-se.

Mais tarde, o sr. Wade apresentava uma expressão perturbada ao reencontrar Madeleine.

— Ela está num estado deplorável, histérica.

— Que bom.

— Ela me viu beijar você.

— Bem, era o que nós queríamos.

— Sei, mas não podia dizer isso, podia? Não sabia o que dizer. Disse que tinha apenas... apenas... bem, que aconteceu.

— Excelente.

— Ela disse que você estava tramando para se casar comigo e que não valia nada. Aquilo me chateou; pareceu uma injustiça terrível com você. Digo, quando na verdade está simplesmente fazendo seu trabalho. Eu aleguei que tinha o maior respeito por você e que o que ela disse não era verdade de jeito nenhum; e receio que tenha ficado bravo quando ela continuou insistindo naquilo.

— Magnífico.

— E daí, ela me mandou ir embora. Não quer falar comigo nunca mais. Falou em fazer as malas e ir embora.

O rosto dele era um desânimo só.

Madeleine sorriu.

— Vou lhe explicar a melhor resposta para dar a ela. Diga que você é quem vai embora. Que você vai fazer as malas e se mandar para a cidade.

— Mas não quero fazer isso!

— Tudo bem. Não vai precisar fazer. Sua esposa vai odiar a ideia de que você vai se divertir sozinho em Londres.

## IV

Na manhã seguinte, Reggie Wade tinha notícias fresquinhas para compartilhar.

— Ela disse que andou pensando que não seria justo ela ir embora quando havia concordado em ficar por seis meses. Mas disse que, assim como eu estou recebendo minhas amigas aqui, não vê motivo para não receber os amigos dela. Convidou Sinclair Jordan.

— É *esse* o sujeito?

— É, e não vou admitir receber esse indivíduo na minha casa!

— Mas precisa — disse Madeleine. — Não se preocupe, vou cuidar dele. Diga que pensou melhor sobre o assunto, que não tem nenhuma objeção e que sabe que ela não vai se importar se você pedir para eu ficar também.

— Ai meu Deus! — suspirou o sr. Wade.

— Não perca as esperanças — disse Madeleine. — Tudo está indo às mil maravilhas. Em quinze dias os seus problemas terão acabado.

— Quinze dias? Acha mesmo isso? — perguntou o sr. Wade.

— Se eu acho? Tenho certeza — respondeu Madeleine.

## V

Uma semana depois, Madeleine de Sara entrou no escritório do sr. Parker Pyne e se deixou afundar, exausta, sobre a poltrona.

– Adentra a Rainha das Vampes – disse o sr. Parker Pyne, sorridente.

– Vampes! – disse Madeleine. Ela deu uma risada oca. – Nunca havia passado tamanho trabalho para ser uma mulher fatal. Aquele homem é obcecado pela mulher! Chega a ser uma doença.

O sr. Parker Pyne sorriu.

– É, de fato. Bem, de certa maneira até facilitou nossa operação. Não é qualquer homem, minha cara Madeleine, que eu poderia expor aos seus fascínios de forma tão irresponsável.

A garota riu.

– Se soubesse a dificuldade que foi até mesmo para conseguir que ele me beijasse fazendo de conta que estava gostando!

– Uma experiência nova para você, minha cara. Bem, sua missão foi cumprida?

– Foi, acho que está tudo resolvido. Tivemos uma cena e tanto ontem à noite. Deixe-me pensar, meu último relatório foi há três dias?

– Foi.

– Bem, conforme lhe relatei, bastou olhar apenas uma vez para aquele verme miserável do Sinclair Jordan. Ficou desatinado comigo, principalmente porque, em função das minhas roupas, achou que eu tinha dinheiro. A sra. Wade ficou furiosa, claro. Lá estavam os dois homens dela se debatendo para me agradar. Logo deixei bem claro qual era a minha preferência. Debochei do Sinclair Jordan na cara dele e na frente dela. Fiz pouco caso das roupas e do comprimento dos cabelos. Chamei a atenção para o fato de que ele tinha as pernas tortas.

— Uma técnica excelente — comentou o sr. Parker Pyne, muito apreciativo.

— O caldo entornou ontem à noite. A sra. Wade decidiu abrir o jogo. Ela me acusou de ter destruído o casamento dela. Reggie Wade rebateu mencionando a situação com Sinclair Jordan. Ela afirmou que aquilo fora apenas resultado de sua solidão e infelicidade. Percebera o distanciamento do marido já há algum tempo, mas não fazia ideia da causa do problema. Disse que sempre haviam sido um modelo de felicidade, que o adorava e que ele sabia disso, e que queria o marido e mais ninguém.

"Falei que era tarde demais para isso. O sr. Wade seguiu as instruções de modo esplêndido. Disse que não se importava nem um pouco! Que iria se casar comigo! A sra. Wade podia ficar com o Sinclair dela na hora que quisesse. Não havia motivo para não dar entrada na papelada do divórcio de uma vez; esperar seis meses era um absurdo.

"Em poucos dias, disse ele, a esposa teria os documentos necessários e poderia passar as instruções para seus procuradores.

"Afirmou também que não podia viver sem mim. Com isso, a sra. Wade levou a mão ao peito e mencionou o coração fraco, e tiveram de lhe dar conhaque. Ele não fraquejou. Foi embora para a cidade hoje de manhã, e não tenho dúvidas de que, a uma hora dessas, ela já tenha ido atrás dele."

— Então está tudo resolvido – disse o sr. Parker Pyne com alegria. — Um caso deveras satisfatório.

A porta se abriu com violência. Reggie Wade apareceu parado na soleira.

— Ela está aqui? – indagou, avançando para dentro da sala. — Onde está ela?

Então viu Madeleine.

— Minha querida! – bradou e segurou as mãos dela. — Minha querida, adorada! Você sabia, não sabia, que foi tudo real ontem à noite, que cada palavra que eu disse a Iris era a mais pura verdade? Não sei como demorei tanto tempo para enxergar. Mas me dei conta nos últimos três dias.

– Se deu conta de quê? – disse Madeleine numa voz débil.

– Que tenho adoração por você. Que não existe mais nenhuma outra mulher no mundo a não ser você. Iris pode pedir o divórcio e, quando terminar o processo, você vai se casar comigo, não vai? Diga que sim, Madeleine! Estou apaixonado.

Ele envolveu a paralisada Madeleine nos braços, no mesmo instante em que a porta foi escancarada mais uma vez, agora para dar passagem a uma mulher magra vestida com uma roupa verde e desajeitada.

– Foi o que pensei – disse a recém-chegada. – Eu segui você! Sabia que iria se encontrar com ela!

– Posso lhe garantir... – interrompeu o sr. Parker Pyne, se recuperando do estado de estupefação em que se encontrava.

A intrusa não lhe deu atenção. Ela continuou:

– Oh, Reggie, não pode estar querendo me magoar tanto! Apenas volte para casa! Não vou dizer uma só palavra sobre o assunto. Posso aprender a jogar golfe. Não terei nenhum amigo de quem você não goste. Depois de todos esses anos em que vivemos tão felizes juntos...

– Nunca estive tão feliz quanto agora – disse o sr. Wade, ainda olhando, embevecido, para Madeleine. – Que diabos, Iris, você queria se casar com aquela mula do Jordan. Por que não vai e faz isso agora?

A sra. Wade deu um grito de dor.

– Eu odeio ele! Não suporto nem mesmo olhar para ele!

Ela se voltou para Madeleine.

— Mulher perversa! Sua vampira horrorosa... roubando o meu marido de mim.

— Não quero o seu marido – disse Madeleine, distraída.

— Madeleine! – o sr. Wade a fitava com agonia.

— Por favor, vá embora – disse Madeleine.

— Mas, escute, não estou fingindo nada. Estou falando sério.

— Ah, vá embora! – gritou Madeleine, histérica. – Vá *embora*!

Reggie caminhou, relutante, em direção à porta.

— Vou voltar aqui – ele a advertiu. – Esta não será a última vez que nos encontramos.

Ele saiu batendo a porta.

— Moças como você deveriam ser açoitadas e marcadas a ferro! – berrou a sra. Wade. – Reggie sempre foi um anjo para mim até você aparecer. Agora está tão mudado que não o reconheço mais.

Soluçando, ela saiu apressada atrás do marido.

Madeleine e o sr. Parker Pyne se entreolharam.

— Não posso fazer nada – desabafou Madeleine um tanto perdida. – Ele é um homem muito bom, um doce, mas não quero me casar com ele. Não podia imaginar nada disso. Se soubesse da dificuldade que foi fazer com que ele me beijasse!

— Ah, sim! – disse o sr. Parker Pyne. – Lamento muito em admitir, mas foi um erro de julgamento da minha parte.

Balançou a cabeça com pesar e, puxando a ficha do sr. Wade, anotou no prontuário:

FRACASSO – devido a causas naturais.
P.S. – As quais deveriam ter sido previstas.

# O caso do funcionário do escritório

I

O sr. Parker Pyne, pensativo, se recostou na cadeira giratória e examinou seu visitante em detalhe. Enxergou um homem baixo e corpulento, com uns 45 anos e olhos sôfregos, confusos e tímidos que o fitavam com uma espécie de esperança angustiada.

– Vi seu anúncio no jornal – disse o homenzinho com um jeito nervoso.

– Está com problemas, sr. Roberts?

– Não, não estou exatamente com problemas.

– Está infeliz?

– Prefiro não colocar as coisas desse modo também. Tenho muito a agradecer na minha vida.

– Todos temos – afirmou o sr. Parker Pyne. – Mas não é um bom sinal quando precisamos reafirmar isso.

– Eu sei – disse o homenzinho aflito. – É bem isso! O senhor acertou na mosca!

– Quem sabe o senhor me conta a sua história? – sugeriu o sr. Parker Pyne.

– Não há muito que contar. Como eu dizia ao senhor, não tenho do que me queixar. Tenho um emprego; consegui economizar um pouco de dinheiro; meus filhos são fortes e saudáveis.

– Então quer... o quê?

– Eu... não sei – enrubesceu. – Imagino que o senhor ache isso ridículo.

– De jeito nenhum – disse o sr. Parker Pyne.

Com um interrogatório habilidoso, conseguiu extrair mais confidências. Tomou conhecimento do emprego do sr. Roberts em uma firma conhecida e ficou sabendo de seu lento porém constante progresso. Ouviu-o falar sobre o casamento; sobre as dificuldades para manter uma aparência decente, para educar as crianças e deixá-las "apresentáveis"; sobre os projetos, sobre todo o planejamento, as sovinices e dificuldades econômicas para poder guardar umas poucas libras todos os anos. Ele ouviu, na verdade, a saga de uma vida de esforços semfim para sobreviver.

– E... bem, o senhor vê como é – confessou o sr. Roberts. – A esposa está viajando. Está passando uns tempos com a mãe e levou as crianças. É uma mudança de ambiente para eles e um descanso para ela. Não tem espaço para mim, e não podemos pagar uma viagem para outro lugar. E, sozinho, lendo o jornal, vi o seu anúncio e fiquei pensando. Estou com 48 anos. Apenas me pergunto... Há coisas acontecendo em todos os lugares – concluiu, com toda a avidez de sua alma suburbana estampada nos olhos.

– O senhor quer – arriscou o sr. Pyne – viver gloriosamente por dez minutos que seja?

– Bom, não gostaria de colocar as coisas desse modo. Mas talvez seja isso mesmo. Apenas para escapar da rotina. Retornaria a ela muitíssimo agradecido, se ao menos tivesse algo que eu pudesse recordar.

Ele olhava ansioso para o outro homem.

– Imagino que não haja nada possível, senhor? Receio... receio que não possa pagar muito.

– Quanto é que o senhor pode pagar?

– Poderia conseguir umas cinco libras.

Ele esperou, quase sem respirar.

– Cinco libras – disse o sr. Parker Pyne. – Acho... estou achando que poderíamos arranjar alguma coisa por cinco libras. O senhor se opõe ao perigo? – acrescentou num impulso.

Uma nuance de coloração surgiu no rosto macilento do sr. Roberts.

– O senhor disse perigo? Ah, não, não tenho nada contra. Eu... nunca fiz nada perigoso.

O sr. Parker Pyne sorriu.

– Volte para falar comigo amanhã e então vou lhe dizer o que posso fazer pelo senhor.

## II

O Bon Voyageur era uma estalagem não muito conhecida. O restaurante era frequentado por uns poucos habitués. Eles não gostavam de recém-chegados.

E foi para o Bon Voyageur que se dirigiu o sr. Pyne, e lá foi recebido com atenção respeitosa.

– O sr. Bonnington está aqui? – perguntou.

– Está, senhor. Na mesa de costume.

– Ótimo. Vou sentar com ele.

O sr. Bonnington era um cavalheiro de aparência militar, com um rosto um tanto bovino. Cumprimentou o amigo com alegria.

– Olá, Parker. Tão raro encontrá-lo hoje em dia. Não sabia que era frequentador do lugar.

– Apareço vez ou outra. Especialmente quando preciso encontrar um velho amigo.

– Está falando de mim?

– Estou falando de você. A bem da verdade, Lucas, andei repensando sobre aquilo que conversamos outro dia.

– O esquema do Peterfield? Não leu as manchetes nos jornais? Não, não pode ter lido. Só vai sair alguma coisa mais à tardinha.

– Quais são as últimas?

– Mataram o Peterfield ontem à noite – disse o sr. Bonnington, mastigando placidamente sua salada.

– Deus do céu! – exclamou o sr. Pyne.

– Ah, não foi surpresa para mim – disse o sr. Bonnington. – Que velho cabeça-dura, aquele Peterfield. Não queria saber de nos dar ouvidos. Ficava insistindo em guardar o projeto com ele.

– Pegaram o projeto?

– Não. Parece que uma mulher apareceu por lá e deu ao professor uma receita de cozido de presunto. O velho jumento, distraído como sempre, guardou a receita do presunto no cofre, e os planos na cozinha.

– Que sorte.

– Quase providencial. Mas ainda não sei quem vai poder levar a planta até Genebra. Maitland está no hospital; Carslake, em Berlim. Eu não posso sair daqui. Tudo aponta para o jovem Hooper.

Ele olhou para o amigo.

– Ainda é da mesma opinião? – perguntou o sr. Parker Pyne.

– Totalmente. Já chegaram até ele! Tenho certeza. Não tenho uma prova sequer, mas sei do que estou falando, Parker, sei quando um camarada foi marcado! E quero que aquele projeto seja levado até Genebra. A Liga das Nações precisa dele. Pela primeira vez uma invenção não será vendida para uma nação. Será entregue de forma voluntária direto para a Liga.

"Nunca antes alguém se dispôs a um gesto de paz tão grandioso, e temos de garantir que isto aconteça. E o Hooper é um pulha. Vai ver só, ele vai acabar dopado no trem! Se for de avião, o aparelho vai aterrissar em algum lugar muito conveniente! Para piorar tudo, não posso passá-lo adiante. Disciplina! É necessário ter disciplina! Foi por isso que procurei você naquele dia."

– Perguntou se eu sabia de alguém.

– É. Achei que talvez conhecesse alguém em função do seu tipo de trabalho. Algum engolidor de fogo doido por uma aventura. Qualquer um que *eu* envie corre um grande risco de ser dedurado. O seu homem, provavelmente, não ficaria sob nenhuma suspeita. Mas ele tem de ser corajoso.

– Acho que tenho uma pessoa que poderia fazer isso – disse o sr. Parker Pyne.

– Graças a Deus ainda existem pessoas que aceitam se arriscar. Bem, estamos combinados então?

– Estamos combinados – respondeu o sr. Parker Pyne.

## III

O sr. Parker Pyne estava repassando as instruções.

– Então esta parte ficou clara? O senhor vai viajar numa cabine de primeira classe para Genebra. O senhor vai partir de Londres às 10h45, via Folkestone e Boulogne, e vai entrar no vagão-dormitório da primeira classe em Boulogne. A chegada em Genebra deve acontecer às oito horas da manhã seguinte. Aqui está o endereço onde deve se apresentar. Por favor, memorize-o; assim posso destruir o papel. Logo em seguida, vá para esse hotel e aguarde novas instruções. Aqui tem dinheiro suficiente em moeda corrente francesa e suíça. Tudo entendido?

– Tudo, sir.

Os olhos de Roberts brilhavam de tanto entusiasmo.

– Perdão, senhor, mas será que me é permitido... ahn... saber alguma coisa sobre o que estarei levando?

Sr. Parker Pyne sorriu com benevolência.

– Está levando um criptograma que revela o esconderijo secreto das joias da coroa da Rússia – respondeu em tom solene. – Compreende, naturalmente, que os agentes bolcheviques estarão a postos para interceptá-lo. Caso seja necessário dar qualquer explicação a alguém, recomendaria ao senhor que falasse que herdou um dinheiro e está aproveitando para tirar umas férias curtas no exterior.

## IV

O sr. Roberts bebia uma xícara de café enquanto admirava a paisagem do lago de Genebra. Estava feliz, mas, ao mesmo tempo, desapontado.

Estava feliz porque, pela primeira vez na vida, estava num país estrangeiro. Além disso, estava hospedado em uma categoria de hotel que jamais se hospedaria novamente e não precisou se preocupar com dinheiro em momento algum! Tinha um quarto com banheiro privativo, refeições saborosas e um atendimento atencioso. Todas essas coisas o sr. Roberts havia apreciado muitíssimo.

Estava desapontado porque, até aquele momento, não havia acontecido nada que pudesse ser descrito como uma aventura. Nenhum bolchevique disfarçado ou russo misterioso cruzou o seu caminho. Uma conversa agradável no trem, com um caixeiro viajante francês que falava um inglês excelente, fora a única interação humana que tivera durante o percurso. Escondera os papéis em sua nécessaire, conforme lhe fora explicado, e os entregara de acordo com as instruções. Não correra nenhum tipo de perigo, não tivera de escapar de nada por um triz. O sr. Roberts estava desapontado.

Foi naquele momento que um homem alto e barbudo, murmurou: "*Pardon*" e sentou-se do outro lado da mesinha.

– O senhor vai me desculpar – disse –, mas acredito que conheça um amigo meu. As iniciais dele são "P.P.".

O sr. Roberts ficou feliz e emocionado. Aparecera, enfim, um russo misterioso.

– Est... está correto.

– Então acho que podemos nos entender – disse o estranho.

O sr. Roberts examinou seu interlocutor. Aquilo lembrava muito mais uma aventura de verdade. O estranho era um homem de uns cinquenta anos, de aparência distinta, embora estrangeira. Usava um monóculo e uma fitinha colorida na lapela.

– Cumpriu sua missão de modo muito satisfatório – afirmou o estranho. – Está preparado para aceitar mais uma?

– Certamente. Ah, claro que sim.

– Que bom. Vai reservar uma cabine-dormitório no trem que sai de Genebra rumo a Paris amanhã à noite. Vai pedir pelo leito número nove.

– E supondo que não esteja disponível?

– Vai estar. Já estará tudo arranjado.

– Leito número nove – repetiu Roberts. – Certo, já entendi.

– Durante o percurso de sua jornada, alguém vai lhe abordar e dizer: "*Pardon, monsieur*, mas o senhor não esteve em Grasse recentemente?". Ao que o senhor deve responder: "Sim, no mês passado". A pessoa então dirá: "Se interessa por essências?". E responderá: "Sim, sou fabricante de um óleo sintético de jasmim". Depois disso, vai se colocar ao inteiro dispor da pessoa que falou com o senhor. A propósito, está armado?

– Não – respondeu o sr. Roberts num estado de alvoroço. – Não, nunca pensei que... isto é...

– Isso poderá ser resolvido num instante – disse o homem barbudo.

Ele olhou ao redor. Não havia ninguém perto deles. Pressionou um objeto rígido e brilhante contra a mão do sr. Roberts.

– É uma arma pequena, mas eficaz – disse o estranho com um sorriso.

O sr. Roberts, que nunca havia disparado um revólver na vida, enfiou a arma no bolso com delicadeza. Tinha a sensação desagradável de que aquilo poderia disparar a qualquer momento.

Repassaram mais uma vez os códigos secretos. Depois disso, o novo amigo de Roberts levantou-se.

– Eu lhe desejo boa sorte – disse. – Que consiga sair dessa são e salvo. É um homem corajoso, sr. Roberts.

"Será que sou?", pensou Roberts, quando o outro foi embora. "Tenho certeza de que não quero acabar morto. Isso não seria nada bom."

Um arrepio agradável percorreu sua espinha e foi um pouco alterado por um segundo arrepio, que não era lá tão agradável assim.

Foi para o seu quarto e examinou a arma. Ainda não se sentia seguro quanto ao mecanismo e torceu para que não precisasse usá-la.

Saiu para reservar a passagem.

O trem partiu de Genebra às nove e meia. Roberts chegou à estação com tempo de sobra. O condutor do vagão-leito recolheu o bilhete dele com o passaporte e deu passagem para que um subalterno arremessasse a mala de Roberts sobre a grade das bagagens. Havia outras malas no bagageiro: uma valise de pele de porco e uma maleta de mão.

– O número nove é o leito de baixo – disse o condutor.

No momento em que Roberts se virava para sair, esbarrou em um homenzarrão que estava entrando na cabine. Afastaram-se com pedidos de desculpas; Roberts, em inglês, e o estranho, em francês. Era um homem grande e corpulento, com a cabeça toda raspada e óculos de lentes bem grossas, através das quais se viam olhos que pareciam perscrutar o mundo com desconfiança.

– Tem cara de malfeitor – resmungou o homenzinho para si mesmo.

Pressentiu algo sinistro a respeito de seu companheiro de viagem. Teria sido para ficar de olho naquele homem que o mandaram reservar o leito número nove? Achou que poderia ser isso.

Saiu mais uma vez para o corredor. Ainda faltavam dez minutos para o trem partir e decidiu caminhar por toda a extensão da plataforma. No meio do corredor, saiu do caminho para dar passagem a uma senhora. Ela mal havia entrado no trem, e o condutor vinha à frente dela, com o bilhete na mão. Ao passar por Roberts, a mulher deixou cair a bolsa. O inglês a apanhou e entregou para a dona.

– Obrigada, *monsieur*.

Ela falou em inglês, mas a voz era estrangeira, uma voz encorpada, grave e com um timbre muito sedutor. Quando estava prestes a seguir adiante, hesitou e murmurou:

– *Pardon, monsieur*, mas o senhor não esteve em Grasse recentemente?

O coração de Roberts deu um salto de tanta emoção. Ele deveria se colocar ao inteiro dispor daquela criatura adorável; porque ela era *muito* adorável, disso ele não tinha dúvidas. Estava usando um casaco de viagem todo de pele e um chapéu muito chique. Havia pérolas dando voltas no pescoço dela. Era morena e tinha os lábios bem vermelhos.

Roberts respondeu com a frase combinada.

– Sim, no mês passado.

– Se interessa por essências?

– Sim, sou fabricante de um óleo sintético de jasmim.

Ela baixou a cabeça e seguiu adiante, deixando para trás o mero rastro de um sussurro.

– No corredor, assim que o trem partir.

Os dez minutos seguintes pareceram uma eternidade para Roberts. Enfim, o trem partiu. Caminhou devagar pelo corredor. A senhora do casaco de pele estava tendo dificuldades em lidar com uma janela. Apressou-se para ajudá-la.

– Obrigada, *monsieur*. Apenas um pouco de ar fresco antes que insistam em fechar tudo.

E então prosseguiu com uma voz baixa, suave e apressada:

– Depois de cruzar a fronteira, quando nosso companheiro de viagem estiver adormecido, mas não antes disso, vá até o lavatório e atravesse por ali até o compartimento do outro lado. Entendeu?

– Entendi.

Ele abaixou a vidraça e disse num tom de voz mais alto:

– Está melhor assim, madame?

– Muitíssimo obrigada.

Ele se retirou para seu compartimento. O companheiro de cabine já estava estendido no leito superior. Seus preparativos para dormir foram obviamente simples. Consistiram apenas na remoção das botas e do casaco.

Roberts deliberou sobre seus próprios trajes. Era óbvio que, se iria visitar a cabine de uma senhora, não deveria tirar a roupa.

Encontrou um par de chinelos e colocou-os no lugar das botinas; então se deitou, apagando a luz. Poucos minutos depois, o homem acima dele começou a roncar.

Passava um pouco das dez horas quando chegaram à fronteira. A porta fora escancarada; a pergunta perfunctória, feita: *messieurs* tinham algo a declarar? A porta foi fechada outra vez. Em seguida, o trem começou a se afastar de Bellegarde.

O homem no beliche de cima recomeçou a roncar. Roberts deixou passar vinte minutos, então se pôs de pé e abriu a porta do compartimento do lavatório. Uma vez lá dentro, trancou a porta atrás de si e examinou a que ficava do outro lado. Não estava trancada. Hesitou. Deveria bater primeiro?

Talvez fosse um absurdo bater à porta. Mas não gostava muito da ideia de entrar sem bater antes. Aventurou-se; abriu a porta com delicadeza, pouco mais de dois centímetros, e esperou. Até ousou dar uma tossidinha.

A resposta foi imediata. A porta foi aberta, ele foi agarrado pelo braço, arrastado para dentro da outra cabine, e a moça fechou e passou o trinco na porta atrás dele.

Roberts recuperou o fôlego. Jamais imaginara algo tão cativante. Ela usava um vestido longo, leve, de chiffon e renda bege-claros. Ela encostou-se contra a porta que dava para o corredor, ofegante. Roberts lera muitas vezes sobre essas belas criaturas em situação de perigo. Agora, pela primeira vez, deparava-se com uma – era uma visão emocionante.

– Graças a Deus! – murmurou a moça.

Ela era bastante jovem, percebeu Roberts, e sua beleza era tanta que, para ele, parecia um ser de outro mundo. Finalmente um acontecimento romântico... e ele era um dos participantes daquela história!

Ela falou com uma voz baixa e apressada. O inglês dela era bom, mas a entonação era inteiramente estrangeira.

– Estou tão feliz que tenha vindo – disse. – Estava sentindo um medo terrível. Vassilievitch está neste trem. Entende o que isso quer dizer?

Roberts não fazia a mínima ideia do que aquilo significava, mas assentiu com a cabeça.

– Achei que eu tivesse conseguido despistá-los. Deveria ter percebido logo. O que vamos fazer? Vassilievitch está na cabine ao lado da minha. O que quer que aconteça, ele não pode se apoderar das joias.

– Ele não vai matá-la e não vai se apoderar das joias – afirmou Roberts com determinação.

– Então o que devo fazer com elas?

Roberts olhou para a porta atrás dela.

– A porta está trancada – disse.

A garota deu risada.

– E portas trancadas têm algum poder contra Vassilievitch?

Roberts se sentia cada vez mais como parte do enredo de um de seus romances favoritos.

– Só há uma coisa a fazer. Entregue-as para mim.

Ela olhou para ele, indecisa.

– Elas valem 250 mil.

Roberts enrubesceu.

– Pode confiar em mim.

A garota hesitou por mais alguns instantes, então declarou:

– Está bem, vou confiar em você – disse.

Ela fez um movimento brusco. No instante seguinte, estava entregando a ele um par de meias de seda enrolado – meias de seda rendadas.

– Leve-as, meu amigo – disse ao estupefato Roberts.

Ele as apanhou e logo compreendeu. Em vez de serem leves como o ar, as meias tinham um peso inesperado.

– Leve-as para seu compartimento – ela disse. – Pode me devolvê-las pela manhã... se... se eu ainda estiver aqui.

Roberts pigarreou.

– Veja bem – disse. – Quanto à senhorita – ele parou de falar. – Eu... eu... tenho que ficar de guarda para protegê-la.

Em seguida, enrubesceu de agonia com sua falta de educação.

– Não aqui, digo. Vou ficar do lado de lá.

Fez sinal com a cabeça na direção do lavatório.

– Se quiser ficar aqui...

Ela dirigiu o olhar para o leito superior desocupado. Roberts corou até a raiz dos cabelos.

– Não, não – protestou. – Vou ficar melhor do outro lado. Se precisar de mim, é só chamar.

– Obrigada, meu amigo – disse a garota, com doçura.

Ela se enfiou na cama de baixo, puxou as cobertas e sorriu, agradecida, para ele.

Ele se retirou para o banheiro.

De repente, deviam ter se passado umas duas horas, achou que tinha ouvido alguma coisa. Escutou com atenção – nada. Talvez tivesse se enganado. No entanto, com certeza tinha a impressão de ter ouvido um ruído bem baixinho vindo da cabine ao lado. Supondo, apenas supondo que...

Abriu a porta devagar. O compartimento estava como ele o havia deixado, com a pequena lâmpada azul acesa no teto. Ficou ali parado, forçando os olhos para que se acostumassem à penumbra. A garota não estava mais lá! Acendeu todas as luzes. O compartimento estava vazio. De repente, farejou alguma coisa. Apenas um resquício, mas logo pôde reconhecer o odor adocicado e enjoativo de clorofórmio!

Saiu do compartimento (agora com a porta destrancada, reparou) e foi procurar no corredor, olhando para os lados. Vazio! Seus olhos focaram na porta adjacente à cabine da moça. Ela havia dito que Vassilievitch estava no compartimento ao lado. Com todo o cuidado, Roberts experimentou a maçaneta. A porta estava trancada por dentro.

O que deveria fazer? Pedir para entrar? Mas o homem não deixaria e, no fim das contas, a moça poderia não estar lá! E se estivesse, será que ficaria agradecida por ele ter levado o assunto ao conhecimento público? Já entendera que o sigilo era uma regra essencial na partida que estavam jogando.

O homenzinho perturbado andava devagar pelo corredor. Parou no último compartimento. A porta estava aberta, e o condutor estava lá deitado, dormindo. Logo acima dele, pendurados em um gancho, *estavam o casaco do uniforme e o quepe pontiagudo.*

## V

Num piscar de olhos, Roberts decidiu o que iria fazer. No minuto seguinte, já havia vestido o casaco e o quepe e estava correndo, apressado, pelo corredor. Parou na porta ao lado da cabine da moça, armou-se com toda sua bravura e bateu à porta de modo decisivo.

Quando o chamado não foi atendido, bateu novamente.

– *Monsieur* – falou, com seu melhor sotaque.

A porta entreabriu-se um pouco e uma cabeça espiou pelo vão; era a cabeça de um estrangeiro, todo barbeado, a não ser por um bigode preto. Era um rosto irritado, malévolo.

– *Qu'est-ce-qu'il y a?* – vociferou.

*Votre passeport, monsieur.*

Roberts deu um passo para trás e chamou o outro com a mão.

O outro hesitou, depois deu um passo para fora da porta. Roberts estava contando com isso. Se estivesse com a garota lá dentro, naturalmente não iria querer que o condutor entrasse. Num rompante, Roberts entrou em ação. Empurrou o estrangeiro para o lado com toda a força, o homem estava desprevenido e o balanço do trem ajudou, saltou para dentro da cabine, fechou e passou a tranca na porta.

Lá estava a garota, deitada com o corpo atravessado no fundo do beliche, com uma mordaça ao redor da boca e os pulsos amarrados um no outro. Ele a libertou rapidamente, e ela se atirou sobre ele com um suspiro.

– Estou me sentindo tão fraca e enjoada – resmungou ela. – Acho que foi o clorofórmio. Ele... ele pegou as joias?

– Não – Roberts deu uma palmadinha no bolso. – O que vamos fazer agora? – perguntou ele.

A moça sentou-se. Estava voltando a si. Reparou no uniforme que ele estava usando.

– Que ideia inteligente. Imagine pensar em fazer algo assim! Ele disse que me mataria se não revelasse onde estavam as joias. Eu estava com muito medo e, então, você apareceu.

De repente, ela deu uma gargalhada.

– Mas fomos mais espertos do que ele! Ele não vai se atrever a fazer nada. Não pode nem sequer voltar para o próprio compartimento.

"Temos que ficar aqui até de manhã. É possível que ele desça do trem em Dijon; o trem vai parar lá dentro de meia hora. Vai telegrafar para Paris, e eles vão continuar seguindo nossa pista por lá. Nesse meio-tempo, seria melhor jogar fora esse casaco e o quepe pela janela. Podem causar problemas para você."

Roberts obedeceu.

– Não devemos dormir – ela decidiu. – Devemos ficar de guarda até de manhã.

Foi uma vigília estranha e emocionante. Às seis horas da manhã, Roberts abriu a porta com cuidado e olhou para fora. Não havia ninguém ali. A garota entrou rapidamente em sua própria cabine. Roberts a seguiu. Era evidente que o local fora vasculhado. Ele retornou à sua própria cabine usando a passagem do lavatório. Seu companheiro de viagem continuava roncando.

Chegaram a Paris às sete horas. O condutor estava esbravejando sobre o sumiço de seu quepe e casaco. Ainda não descobrira o sumiço de um de seus passageiros.

Uma caçada das mais divertidas teve início. A garota e Roberts tomaram vários táxis diferentes para cruzar Paris. Entraram em hotéis e restaurantes por uma porta e saíram pela outra. Por fim, a moça fez um sinal.

– Tenho certeza de que não estamos mais sendo seguidos – disse. – Conseguimos despistá-los.

Tomaram o café da manhã e dirigiram para o Le Bourget. Três horas mais tarde, chegaram ao aeroporto de Croydon. Roberts nunca havia andado de avião.

Em Croydon, um cavalheiro alto, que lembrava um pouco o mentor do sr. Roberts em Genebra, os aguardava. Ele cumprimentou a moça com uma deferência especial.

– O carro já está aqui, madame – disse ele.

– Este cavalheiro vai nos acompanhar, Paul – disse a moça. E o apresentou para Roberts: – O conde Paul Stepanyi.

O carro era uma limusine imensa. Eles dirigiram por mais de uma hora, depois, entraram no terreno de uma propriedade rural e estacionaram junto à porta de uma mansão imponente. O sr. Roberts foi levado até uma sala com mobiliário de escritório. Lá, devolveu o precioso par de meias rendadas. Foi deixado a sós por um instante. Em seguida, o conde Stepanyi retornou.

– Sr. Roberts – disse –, o senhor merece nosso agradecimento e nossa profunda gratidão. Demonstrou ser um homem de coragem que tem muitas aptidões.

Ele trazia um estojo de marroquim vermelho.

– Permita-me lhe conferir a insígnia da Ordem de Santo Estanislau; décimo grau com louros.

Como em um sonho, Roberts abriu a caixa e vislumbrou a condecoração incrustada de pedras preciosas. O cavalheiro de mais idade continuou falando.

– A grã-duquesa Olga gostaria de lhe agradecer pessoalmente antes de sua partida.

Foi levado a uma grande sala de estar. Lá, lindíssima, com um vestido esvoaçante, encontrou sua companheira de viagem.

Ela fez um gesto imperioso com a mão, e os outros homens se retiraram da sala.

– Devo-lhe a minha vida, sr. Roberts – disse a grã-duquesa.

Ela estendeu a mão. Roberts a beijou. Subitamente, ela se inclinou na direção dele.

– O senhor é um homem corajoso – disse.

Os lábios dele encontraram os dela; foi envolvido por um sopro penetrante de perfume oriental.

Por um instante, ele teve aquele corpo lindo e esbelto em seus braços...

Ainda estava sonhando quando alguém falou:

– O automóvel vai levá-lo aonde desejar.

Uma hora depois, o carro voltou para buscar a grã-duquesa Olga. Ela entrou, acompanhada pelo homem de cabelos brancos. Ele removera sua barba por causa do calor. O carro deixou a grã-duquesa Olga em uma casa em Streatham. Ela entrou, e uma senhora idosa levantou os olhos da mesa posta para o chá.

– Ah, Maggie, querida, aí está você.

No expresso Genebra-Paris, aquela moça fora a grã-duquesa Olga; no escritório do sr. Parker Pyne, era Madeleine de Sara e, naquela casa de Streatham, era Maggie Sayers, a quarta filha de uma família honesta e trabalhadora.

Tal era a decadência da nobreza!

## VI

O sr. Parker Pyne estava almoçando com o amigo.

– Meus parabéns – disse este –, o seu emissário cumpriu a missão sem nenhum contratempo. A gangue dos Tormali deve estar desesperada só em pensar que o projeto daquele revólver chegou até a Liga. Contou ao seu homem o que ele estava levando?

– Não. Achei melhor... ahn... enfeitar.

– Muito discreto de sua parte.

– Não foi exatamente por discrição. Queria que ele se divertisse. Imaginei que poderia achar um revólver um pouco pacato. Queria que ele vivesse algumas aventuras.

– Pacato? – disse o sr. Bonnington, olhando fixo para ele. – Ora, aquela turma seria capaz de matá-lo assim que pusesse os olhos nele.

– Seria – disse o sr. Parker Pyne, concordando. – Mas não queria que ele fosse assassinado.

– O senhor ganha muito dinheiro com seu negócio, Parker? – perguntou o sr. Bonnington.

– Às vezes, eu perco – respondeu ele. – Isto é, quando é um caso que vale a pena.

## VII

Três senhores furiosos insultavam-se mutuamente em Paris.

– Aquele Hooper é um atrapalhado! – disse um deles. – Nos deixou na mão.

– O projeto não foi levado por ninguém do escritório – afirmou outro. – Mas foi entregue na quarta-feira, tenho certeza disso. Na minha opinião, foi *você* quem arruinou tudo.

– Não arruinei nada – disse o terceiro, cabisbaixo –, não havia nenhum inglês no trem, a não ser por aquele homenzinho com cara de funcionário público. Nunca ouvira falar de Peterfield ou da arma. Eu sei. Testei o homem. Peterfield e o revólver não significavam nada para ele.

O homem deu risada.

– Ele tinha algum tipo de obsessão bolchevista.

## VIII

O sr. Roberts estava sentado em frente do aquecedor a gás. Sobre o joelho, tinha uma carta do sr. Parker Pyne. Em anexo, trazia um cheque no valor de cinquenta libras "de certas pessoas que ficaram felicíssimas com a forma como certa missão fora executada".

No braço da poltrona havia um livro da biblioteca. O sr. Roberts abriu em uma página aleatória. "Ela se agachou contra a porta como uma linda criatura acuada em situação de perigo."

Enfim sabia muito bem como era aquilo.

Leu outra frase: "Tentou farejar alguma coisa. Suas narinas captaram o cheiro fraco e enjoativo de clorofórmio".

Também sabia o que era aquilo.

"Ele a tomou nos braços e sentiu ser correspondido pelos trêmulos lábios escarlate."

O sr. Roberts deu um suspiro. Não fora um sonho. Tudo aquilo acontecera. A viagem de ida fora bem desinteressante, mas o trajeto da volta! Tinha adorado a experiência. Mas estava feliz em voltar para casa. Tinha a vaga impressão de que a vida não poderia ser vivida naquele ritmo de forma permanente. Até mesmo a grã--duquesa Olga – até mesmo aquele último beijo – já partilhava daquela atmosfera irreal digna dos sonhos.

Mary e as crianças chegariam no dia seguinte. O sr. Roberts sorriu, contente.

Ela diria: "Foram umas férias maravilhosas. Fiquei incomodada em pensar que você estava aqui tão só, pobrezinho". E ele responderia: "Está tudo bem, garotona. Tive que ir a Genebra para tratar de um assunto da firma, umas negociações um pouco mais delicadas, e veja só o que me mandaram como recompensa". E lhe mostraria o cheque de cinquenta libras.

Pensou na insígnia da Ordem de Santo Estanislau, décimo grau com louros. Estava escondida, mas imagine se Mary um dia a encontra! Seria preciso dar várias explicações...

Ah, isso mesmo; diria a ela que foi algo que comprara no estrangeiro. Uma lembrancinha.

Abriu o livro mais uma vez e leu com alegria. Não tinha mais a velha expressão melancólica no rosto.

Agora ele também fazia parte do glorioso grupo para quem aquelas coisas aconteciam.

# O caso da mulher rica

## I

O nome da sra. Abner Rymer foi anunciado ao sr. Parker Pyne. Ele conhecia o nome e levantou as sobrancelhas ao escutá-lo.

Em seguida, a cliente foi encaminhada até a sala dele.

A sra. Rymer era uma mulher alta, de ossatura grande. Sua silhueta era deselegante e nem o vestido de veludo nem o pesado casaco de peles que vestia conseguiam ocultar o fato. As mãos grossas tinham os nós dos dedos pronunciados. Seu rosto era grande, largo e bem corado. Os cabelos negros estavam arrumados com o penteado da moda, e várias penas de avestruz decoravam o chapéu.

Ela largou o peso sobre a cadeira e o cumprimentou com um aceno da cabeça.

— Bom dia — disse com a voz carregada de forte sotaque. — Se o senhor tiver um mínimo de competência, vai me dizer como gastar o meu dinheiro!

— Muito original — murmurou o sr. Parker Pyne. — Poucas pessoas me fazem esse tipo de consulta hoje em dia. Então a senhora acha que isso é mesmo difícil, sra. Rymer?

— Sim, eu acho — respondeu prontamente. — Tenho três casacos de pele, montes de vestidos de Paris e coisas do gênero. Tenho um automóvel e uma casa em Park Lane. Já tive um iate, mas não gosto do mar. Tenho montes desses serviçais de primeira classe que olham de nariz empinado para as pessoas. Já viajei um bocado e conheci lugares no estrangeiro. E seria uma benção se conseguisse pensar em mais alguma coisa para fazer ou comprar.

Ela olhou esperançosa para o sr. Pyne.

– Há os hospitais – ele sugeriu.

– O quê? Fazer uma doação, é isto que está sugerindo? Não, isso não serve! Esse dinheiro é o resultado de muito trabalho, está entendendo, de trabalho duro. Se o senhor pensa que vou entregá-lo assim de mão beijada; bem, está enganado. Quero gastá-lo; aproveitar e fazer alguma coisa que preste com ele. Agora, se tiver alguma ideia que valha a pena nesse sentido, pode contar com uma boa recompensa.

– Sua proposta me interessa – disse o sr. Pyne. – Não disse nada sobre uma casa de campo.

– Esqueci, mas tenho uma. É para morrer de tédio.

– Precisa me contar mais sobre a senhora. Seu problema não é fácil de solucionar.

– Vou lhe contar tudo de bom grado. Não me envergonho de minhas raízes. Trabalhei em uma casa de fazenda, trabalhei mesmo, quando era mocinha. E era um trabalho bem duro. Então, me envolvi com o Abner; ele trabalhava nos moinhos ali perto. Ele me cortejou durante oito anos, e então nos casamos.

– E foi feliz? – perguntou o sr. Pyne.

– Fui. Ele era um homem bom para mim, o Abner. No entanto, passamos por várias dificuldades; ele ficou sem trabalho duas vezes e os filhos não paravam de nascer. Tivemos quatro, três meninos e uma menina. E nenhum deles sobreviveu e teve a chance de crescer. Garanto que teria sido diferente se eles tivessem vingado.

O rosto dela suavizou-se; de repente parecia mais jovem.

– O coração dele era fraco, o do Abner. Não queriam mandá-lo para a guerra. Ele se deu bem ficando em casa. Acabou se tornando contramestre. Era um sujeito esperto, sugeriu um novo processo industrial. Diria que foi recompensado com justiça; pagaram um bom dinheiro. Ele usou o que recebeu em outra ideia que tinha. Aquela deu dinheiro como nunca. Até hoje o dinheiro não para de entrar.

"Então veja, no começo foi tudo diversão, novidade. Ter uma casa própria com banheiro de luxo e criados para servir a gente. Não tinha mais que ficar cozinhando, esfregando e lavando. Era só sentar nas almofadas de seda na sala de visitas e tocar a sineta para pedir o chá; como qualquer condessa! Era um grande divertimento, e nós apreciávamos aquilo. Depois viemos para Londres. Passei a frequentar costureiras maravilhosas para fazer as minhas roupas. Fomos a Paris e à Riviera. Era tudo divertidíssimo."

– E depois? – indagou o sr. Parker Pyne.

– Nos acostumamos com aquilo, eu acho – disse a sra. Rymer. – Depois de pouco tempo já não parecia mais tão prazeroso. Ora, havia dias em que nem aproveitávamos direito as nossas refeições, sendo que podíamos escolher o prato que quiséssemos! Quanto aos banhos, bem, no fim das contas, um banho por dia é o suficiente para qualquer um. E a saúde de Abner começou a preocupá-lo. Pagamos um bom dinheiro para os médicos, pagamos mesmo, mas eles não podiam fazer nada. Tentaram isso e aquilo. Mas foi tudo em vão. Ele morreu.

Ela fez uma pausa.

– Era um homem jovem, tinha só 43 anos.

O sr. Pyne balançou a cabeça, compreensivo.

– Isso foi há cinco anos. O dinheiro segue entrando como sempre. Parece um desperdício não poder fazer nada com ele. Mas, como estou lhe dizendo, não consigo pensar em mais nada para comprar que eu já não tenha.

– Em outras palavras – disse o sr. Pyne –, sua vida está monótona. Não está conseguindo aproveitar nada.

– Não aguento mais – desabafou a sra. Rymer, melancólica. – Não tenho amigos. Os mais recentes só querem que eu pague a mensalidade dos clubes sociais e riem de mim pelas costas. Os mais antigos não querem se relacionar comigo. O fato de eu chegar sempre de automóvel os deixa constrangidos. O senhor pode fazer ou sugerir alguma coisa?

– É possível que sim – disse o sr. Pyne devagar. – Vai ser difícil, mas creio que tem chances de dar certo. É possível que eu consiga lhe devolver o que foi perdido; seu interesse pela vida.

– Como? – perguntou a sra. Rymer, ríspida.

– Isso – disse o sr. Parker Pyne –, é segredo profissional. Jamais revelo meus métodos antecipadamente. A questão é: a senhora é capaz de arriscar? Não dou garantias de sucesso, mas acho que há uma chance razoável de dar certo.

"Terei de lançar mão de métodos inusitados, portanto, vai sair caro. Meu preço vai ser de mil libras, em pagamento adiantado."

– O senhor sabe abrir a boca direitinho, não é? – disse a sra. Rymer, revelando apreciação. – Bem, vou arriscar. Estou acostumada a pagar pelo que há de mais caro. Acontece que, quando eu pago por uma coisa, me certifico de que vou recebê-la.

– Vai recebê-la – disse o sr. Parker Pyne. – Não tenha receios.

– Enviarei o cheque esta noite – disse a sra. Rymer ao levantar-se. – Não sei por que deveria confiar no senhor. Dizem que os tolos e o dinheiro deles não permanecem juntos por muito tempo. Ousaria dizer que sou uma tola. O senhor tem peito para anunciar em todos os jornais que é capaz de fazer as pessoas felizes!

– Aqueles anúncios me custam dinheiro – disse ele. – Se eu não fosse capaz de transformar as minhas palavras em realidade, aquele investimento todo seria desperdiçado. Eu *sei* o que causa a infelicidade e, por consequência, tenho uma ideia clara de como produzir a situação oposta.

A sra. Rymer balançou a cabeça, duvidosa, e partiu, deixando uma nuvem de vários aromas caros atrás de si.

O atraente Claude Luttrell infiltrou-se no escritório.

– Alguma coisa na minha linha?

O sr. Pyne balançou a cabeça.

– Nada tão simples assim – disse. – Não, este não é um caso dos mais simples. Receio que precisemos correr alguns riscos. Devemos tentar algo mais insólito.

– A sra. Oliver?

O sr. Pyne sorriu ao ouvir o nome da novelista mundialmente famosa.

– A sra. Oliver – disse – é, no fim das contas, a mais convencional de todos nós. Estou pensando em um golpe ousado e audacioso. A propósito, seria bom telefonar para o dr. Antrobus.

– Antrobus?

– Sim. Vamos precisar dos serviços dele.

## II

Uma semana mais tarde, a sra. Rymer mais uma vez adentrou o escritório do sr. Parker Pyne. Ele levantou-se para recebê-la.

– A demora, eu lhe asseguro, foi necessária – disse. – Tivemos de organizar muitas coisas, e tive de contratar os serviços de um homem extraordinário que precisou atravessar metade da Europa para chegar até aqui.

– Ah! – disse ela, desconfiada. Lembrava-se constantemente de que assinara um cheque de mil libras, e que o mesmo já fora descontado.

O sr. Parker Pyne tocou a campainha. Uma moça jovem, morena, de aparência oriental, mas vestida com uniforme branco de enfermeira, apareceu.

– Está tudo preparado, enfermeira De Sara?

– Sim. O dr. Constantine está esperando.

– O que o senhor vai fazer? – perguntou a sra. Rymer com uma leve inquietação.

– Apresentá-la a um pouco da magia oriental, minha cara senhora – respondeu Parker Pyne.

A sra. Rymer acompanhou a enfermeira até o piso superior. Dali, ela foi encaminhada para uma sala que não se parecia em nada com o restante da casa. Bordados orientais cobriam as paredes. Havia divãs com almofadas macias e tapetes belíssimos espalhados pelo chão. Um homem estava debruçado sobre um bule de café. Ele se endireitou ao vê-las entrar.

– Dr. Constantine – disse a enfermeira.

O doutor estava vestido com roupas europeias, mas a pele tinha uma tonalidade morena e os olhos eram escuros e oblíquos; no olhar, demonstrava um poder peculiar e penetrante.

– Então esta é a minha paciente? – perguntou com a voz grave e vibrante.

– Não sou uma paciente – disse a sra. Rymer.

– Seu corpo não está doente – afirmou o médico –, mas sua alma está exaurida. Nós, do Oriente, sabemos como curar essa enfermidade. Sente-se e tome uma xícara de café.

A sra. Rymer sentou-se e aceitou uma minúscula xícara do líquido aromático. Enquanto ela bebia, o doutor explicava.

– Aqui no Ocidente, tratam apenas do corpo. É um equívoco. O corpo é apenas o instrumento. Ele é usado para tocar uma melodia. Pode ser uma melodia triste, melancólica. Pode ser uma melodia alegre, carregada de deleite. Esta última é a canção que queremos lhe dar. A senhora tem dinheiro. Vai poder gastá-lo e aproveitá-lo. A vida voltará a valer a pena de novo. É fácil, fácil... tão fácil...

Uma sensação de languidez foi tomando conta da sra. Rymer. As silhuetas do doutor e da enfermeira foram ficando embaçadas. Sentiu-se imensamente feliz e muito sonolenta. A imagem do doutor foi ficando maior. O mundo inteiro foi ficando maior.

O médico olhava dentro dos olhos dela.

– Durma – dizia ele. – Durma. Suas pálpebras estão se fechando. Logo a senhora vai adormecer. Vai adormecer. Vai adormecer...

As pálpebras da sra. Rymer se fecharam. Ela se sentiu flutuando em um mundo imenso e maravilhoso...

## III

Quando seus olhos se abriram, pareceu-lhe que havia se passado muito tempo. Lembrava-se de várias coisas, mas tudo muito vagamente... sonhos estranhos, impossíveis; e então, a sensação de estar acordando; em seguida, mais sonhos. Lembrava de alguma coisa envolvendo um automóvel e uma moça morena muito bonita com um uniforme de enfermeira que se debruçava por cima dela.

De qualquer forma, ela estava enfim devidamente acordada e em sua própria cama.

Mas seria mesmo sua própria cama? Parecia diferente. Faltava aquela maciez deliciosa de sua cama. Esta trazia uma vaga reminiscência de tempos quase esquecidos. Ela se mexeu, e a cama estalou. A cama da sra. Rymer em Park Lane jamais estalava.

Olhou ao redor. Decididamente, aquilo não era Park Lane. Seria um hospital? Não, concluiu, não era um hospital. Também não era um hotel. Era um quarto singelo, as paredes em um tom duvidoso de lilás. Havia um lavatório de pinho, com um jarro e uma bacia em cima. Havia uma cômoda de pinho com gavetas e um baú de latão. Havia roupas que não lhe eram familiares penduradas nos ganchos. Havia uma cama coberta com uma colcha já muito remendada, e ela própria deitada sobre a cama.

– *Onde* é que estou? – falou a sra. Rymer.

A porta se abriu e uma mulherzinha rechonchuda se alvoroçou para entrar. Ela tinha as bochechas vermelhas e um ar bem-humorado. As mangas da roupa estavam dobradas para cima e ela usava um avental.

– Agora sim! – exclamou a mulher. – Ela está acordada. Entre, doutor.

A sra. Rymer abriu a boca para dizer uma série de coisas; mas no fim não disse nada, pois o homem que estava acompanhando a mulher rechonchuda até o quarto não era nada parecido com o moreno e elegante dr. Constantine. Era um homem velho e corcunda, que olhava para ela através das grossas lentes dos óculos.

– Melhor assim – disse ele, avançando em direção à cama e apertando o pulso da sra. Rymer. – Vai ficar boa logo, logo, minha querida.

– O que foi que aconteceu comigo? – indagou a sra. Rymer.

– Teve uma espécie de síncope – respondeu o médico. – Esteve inconsciente por um ou dois dias. Não há nada com que se preocupar.

– Você nos deu um susto e tanto, Hannah – disse a mulher rechonchuda. – Andava devaneando também, falando coisas estranhíssimas.

– Sim, foi sim, sra. Gardner – disse o médico em atitude repreensiva. – Mas não devemos perturbar a paciente. Logo vai estar de pé e fazendo suas tarefas normalmente, minha querida.

– Mas não se preocupe com o trabalho, Hannah – disse a sra. Gardner. – A sra. Roberts esteve aqui para me dar uma mão e estamos dando conta de tudo. Apenas fique aí deitada, quieta, até ficar boa, minha querida.

– Por que estão me chamando de Hannah? – disse a sra. Rymer.

– Bom, este é o seu nome – respondeu a sra. Gardner, assombrada.

– Não, não é. Meu nome é Amelia. Amelia Rymer. Sra. Abner Rymer.

O médico e a sra. Gardner se entreolharam.

– Bem, fique aí deitada bem quieta – disse a sra. Gardner.

– Claro, isso mesmo; não se preocupe com nada – disse o doutor.

Os dois se retiraram. A sra. Rymer ficou intrigada. Por que a estavam chamando de Hannah e por que se entreolharam, risonhos e incrédulos, quando lhes disse seu nome verdadeiro? Onde estava e o que havia acontecido com ela?

Deslizou para fora da cama. Sentiu-se um pouco fraca nas pernas, mas caminhou devagar até a pequena trapeira e olhou para fora... para o quintal de uma fazenda! Completamente embasbacada, voltou para a cama. Como é que fora parar numa fazenda onde nunca havia estado antes?

A sra. Gardner retornou ao quarto com uma tigela de sopa sobre uma bandeja.

A sra. Rymer deu início a sua lista de perguntas.

– O que estou fazendo nesta casa? – perguntou. – Quem me trouxe para cá?

– Ninguém trouxe você, querida. É a sua casa. Pelo menos está morando aqui nos últimos cinco anos; e em nenhum momento suspeitei que estivesse sujeita a ter esses ataques.

– *Morando* aqui! Por *cinco* anos?

– Isso mesmo. Ora, Hannah, não vá me dizer que ainda não se lembra de nada?

– Nunca morei aqui! Nunca vi você antes.

– Veja só, teve essa doença e agora está esquecendo de tudo.

– Nunca morei aqui.

– Claro que morou, querida.

Num rompante, a sra. Gardner atravessou o quarto e foi buscar na cômoda uma foto desbotada em um porta-retratos para a sra. Rymer.

Na foto havia um grupo de quatro pessoas: um homem de barba, uma mulher rechonchuda (sra. Gardner), um homem alto e esguio, com um sorriso acanhado e agradável, e outra pessoa num vestido estampado e avental; era ela mesma!

Estupefata, a sra. Rymer fitou a fotografia. A sra. Gardner depositou o prato de sopa ao lado dela e saiu do quarto sem fazer barulho.

A sra. Rymer tomou a sopa de forma mecânica. Era uma sopa boa, quente e reforçada. Durante todo o tempo, o cérebro dela estava em parafuso. Quem é que estava louca? A sra. Gardner ou ela mesma? Uma delas tinha de estar! E também havia o doutor.

– Meu nome é Amelia Rymer – disse para si mesma com firmeza. – Sei que me chamo Amelia Rymer, e ninguém vai me convencer de qualquer outra coisa.

Terminara a sopa. Recolocou a tigela de volta na bandeja. Um jornal dobrado chamou sua atenção, ela o apanhou e olhou para a data impressa ali: 19 de outubro. Que dia ela fora até o escritório do sr. Parker Pyne?

Aquilo fora dia 15 ou dia 16. Sendo assim, deve ter ficado adoecida por três dias.

– Aquele médico de araque! – exclamou ela, furiosa.

Mesmo assim, estava um pouco aliviada. Já ouvira falar de casos em que as pessoas esqueciam de quem elas eram às vezes por muitos anos. Chegara a temer que alguma coisa do tipo tivesse acontecido com ela.

Começou a virar as páginas do jornal, passando os olhos pelas colunas com indiferença, quando, de repente, um parágrafo chamou sua atenção.

> A sra. Abner Rymer, viúva de Abner Rymer, o rei do "botão bombê", foi internada ontem em uma clínica particular para problemas mentais. Nos dois últimos dias, ela insistia em declarar que não era ela mesma, mas sim uma criada de nome Hannah Moorhouse.

– Hannah Moorhouse! Então é isso – disse a sra. Rymer. – Ela é eu, e eu sou ela. Alguma duplicidade, imagino. Bem, em breve poderemos acertar *este* problema! Se aquele hipócrita e seboso do Parker Pyne estiver fazendo algum tipo de joguinho...

Mas, no mesmo instante, seu olhar foi fisgado pelo nome Constantine, que chamava a atenção diretamente da página impressa. Desta vez, era uma manchete.

### A TEORIA DO DR. CONSTANTINE

> *Em uma palestra de despedida dada ontem à noite, às vésperas de sua partida para o Japão, dr. Claudius Constantine sugeriu algumas teorias surpreendentes. Declarou ser possível provar a existência da alma através da transferência de uma alma de um corpo para outro. No decorrer de suas experiências, no Oriente, ele alega que conseguiu efetuar com sucesso uma dupla transferência: a alma de uma pessoa*

*hipnotizada A sendo transferida para a pessoa hipnotizada B, e a alma da pessoa B para o corpo da pessoa A. Ao acordarem do sono hipnótico, A declarou ser a pessoa B, e B pensava ser a pessoa A. Para que a experiência tivesse êxito, era necessário encontrar duas pessoas com uma grande semelhança física. Era um fato indiscutível que duas pessoas que se assemelham muito estavam* en rapport. *Isso é bastante perceptível no caso de gêmeos, mas também descobriu-se que dois indivíduos estranhos, com vasta diferença de posição social, mas de aparência marcadamente semelhante, também apresentavam a mesma harmonia em termos de estrutura.*

A sra. Rymer atirou o jornal para longe.
– O cafajeste! Aquele cafajeste infame!
Ela finalmente enxergou a totalidade do plano! Era uma trama covarde para se apoderar do dinheiro dela. A tal Hannah Moorhouse era um joguete na mão do sr. Pyne; talvez de forma inocente. Ele e aquele demônio do Constantine conseguiram engendrar esse golpe fantástico.

Mas ela iria desmascará-lo! Mostrar quem ele de fato é! Colocaria a lei no encalço dele! Contaria para todo mundo...

De maneira abrupta, a sra. Rymer interrompeu seu fluxo de indignação. Lembrou-se do primeiro parágrafo. Hannah Moorhouse não se comportara como um brinquedinho dócil. Ela protestara; declarara sua individualidade. E o que aconteceu?

– Foi enfiada em um asilo para loucos, pobrezinha – disse a sra. Rymer.

Um calafrio percorreu sua espinha.

Um asilo de loucos. Eles aprisionam a pessoa lá e jamais deixam que saia. Quanto mais a pessoa afirma que não é doida, menos eles acreditam. Uma vez lá dentro, acabaria ficando por lá. Não, a sra. Rymer, não correria esse risco.

A porta se abriu e a sra. Gardner entrou.

– Ah, tomou a sopa, minha querida? Que bom. Logo vai ficar bem melhor.

– Quando foi que adoeci? – perguntou a sra. Rymer.

– Deixe-me ver. Foi há três dias, na quarta-feira. Era o dia 15. Você passou mal por volta das quatro da tarde.

– Ah!

A exclamação era carregada de significado. Fora justamente em torno das quatro horas que a sra. Rymer foi levada à presença do dr. Constantine.

– Você caiu da sua cadeira – disse a sra. Gardner. – "Oh!", você falou. Bem assim: "Oh!". E depois: "Estou caindo no sono", vosmecê falou com uma voz sonolenta. "Estou caindo no sono." E foi isso que fez, caiu no sono, e nós a levamos pra cama e chamamos o doutor e, desde então, ficou por aqui mesmo.

– Suponho – arriscou a sra. Rymer – que não haja nenhuma maneira de confirmar quem eu sou, a não ser pelo meu rosto, digo.

– Bom, que coisa estranha de se dizer – disse a sra. Gardner. – Que outro jeito existe de se reconhecer alguém se não for pela cara da pessoa, eu gostaria de saber? Mesmo assim, tem a sua marca de nascença, se isto deixa você mais satisfeita.

– Uma marca de nascença? – a expressão da sra. Rymer iluminou-se. Ela não tinha nenhuma.

– Uma manchinha vermelha como um morango, logo embaixo do cotovelo direito – disse a sra. Gardner. – Veja você mesma, querida.

– Isso vai ser a prova definitiva – disse a sra. Rymer consigo mesma. Sabia que não tinha nenhuma mancha com cara de morango abaixo do cotovelo direito. Ela puxou para cima a manga da camisola. A mancha cor de morango estava lá.

A sra. Rymer se pôs a chorar.

## IV

Quatro dias depois, a sra. Rymer levantou-se da cama. Havia arquitetado e logo rejeitado vários planos de ação.

Poderia mostrar o parágrafo do jornal para a sra. Gardner e explicar tudo para ela. Mas será que acreditariam? A sra. Rymer tinha certeza que não.

Poderia ir até a polícia. Será que acreditariam nela? Mais uma vez, achou que não.

Poderia fazer uma visita ao escritório do sr. Pyne. Aquela ideia, sem dúvida, era a que mais lhe agradava. Um dos motivos era porque queria dizer para aquele cafajeste seboso o que realmente achava dele. Porém, estava impedida de colocar o plano em prática em razão de um obstáculo vital. No presente momento, encontrava-se na Cornualha (foi o que lhe disseram) e não tinha dinheiro para fazer a viagem até Londres. Dois xelins e quatro centavos em uma bolsa surrada pareciam representar sua posição financeira.

E assim, depois de quatro dias, a sra. Rymer tomou uma decisão audaciosa. Para o momento presente, iria aceitar as circunstâncias! Se era Hannah Moorhouse, muito bem, seria então Hannah Moorhouse. Por enquanto aceitaria aquele papel e, mais adiante, quando tivesse economizado dinheiro suficiente, iria a Londres e arrastaria aquele vigarista pelas barbas em seu próprio covil.

E, tomada a decisão, a sra. Rymer aceitou seu papel com toda a boa vontade, até mesmo com uma espécie de sarcasmo zombeteiro. A história de fato se repetia. Aquela vida ali a lembrava de sua infância. Como tudo parecia tão distante!

## V

O trabalho era um bocado difícil depois de tantos anos de mordomias, mas, passada a primeira semana, habituou-se à vida do campo.

A sra. Gardner era uma mulher bondosa e de temperamento dócil. O marido dela, um homem grande e taciturno, também era afável. O homem esguio e desajeitado da fotografia não estava mais lá; outro ajudante viera trabalhar no lugar dele, um gigante bem-humorado de uns 45 anos, lento no jeito de falar e no pensar, mas com um brilho acanhado nos olhos azuis.

As semanas se passaram. Por fim chegou o dia em que a sra. Rymer tinha dinheiro suficiente para pagar uma passagem para Londres. Mas acabou não indo. Postergou. Tinha tempo de sobra, pensou. Ainda não conseguira afastar o medo de ir parar em algum hospício. Aquele canalha, Parker Pyne, era inteligente. Arranjaria algum médico para dizer que ela estava louca, e seria trancafiada às escondidas, sem que ninguém ficasse sabendo.

– Além disso – disse para si mesma –, uma mudança de ares sempre faz bem.

Ela levantava cedo da cama e trabalhava duro. Joe Welsh, o novo ajudante, ficou doente naquele inverno, e ela e a sra. Gardner cuidaram dele. Um homem grande daquele jeito dependia das duas de maneira comovente.

A primavera chegou, e nasceram os cordeirinhos; as flores silvestres desabrochavam nas sebes, uma suavidade traiçoeira tomava conta do ar. Joe Welsh ajudava Hannah com o trabalho dela e Hannah remendava as roupas de Joe.

Algumas vezes, aos domingos, eles saíam para dar uma caminhada juntos. Joe era viúvo. A esposa dele falecera quatro anos antes. Desde a morte dela, confessou com toda a franqueza, passara a beber uns goles a mais.

Já não frequentava mais tanto o bar por aqueles dias. Comprou umas roupas novas. O sr. e a sra. Gardner acharam graça.

Hannah caçoava de Joe. Zombava do jeito desajeitado dele. Joe não se importava com aquilo. Ele parecia encabulado, mas feliz.

Depois da primavera, veio o verão; fez um verão muito bom naquele ano. Todos trabalharam arduamente.

A colheita chegou ao fim. As folhas das árvores estavam vermelhas e douradas.

Já era dia 8 de outubro quando Hannah ergueu os olhos do repolho que estava cortando e deparou-se com Parker Pyne debruçado sobre a cerca.

– O senhor! – disse Hannah, codinome sra. Rymer. – O senhor...

Custou para que ela conseguisse colocar tudo para fora e, quando concluiu tudo que tinha para dizer, estava sem fôlego.

O sr. Parker Pyne sorriu de maneira afável.

– Concordo plenamente com a senhora – disse ele.

– Um enganador e um mentiroso, isto é o que o senhor é! – praguejou a sra. Rymer, se repetindo. – O senhor com os seus Constantines e hipnotismos, e aquela pobre moça Hannah Moorhouse trancafiada com um bando de... lunáticos.

– Não – defendeu-se o sr. Pyne –, está me julgando mal. Hannah Moorhouse não está em um asilo para doentes mentais, porque Hannah Moorhouse nunca existiu.

– Ah é? – disse a sra. Rymer. – E o que me diz da fotografia dela que vi com meus próprios olhos?

– Forjada – respondeu o sr. Pyne. – Algo bastante simples de se conseguir.

– E o artigo falando dela no jornal?

– O jornal inteiro foi forjado para que pudéssemos incluir duas notícias de forma bem natural, o que deixaria a história mais convincente. Como de fato aconteceu.

– Aquele trapaceiro, o tal dr. Constantine!

– Um nome inventado, inventado por um amigo meu com talento para interpretação.

A sra. Rymer resfolegou.

– Pfff! E eu também não fui hipnotizada, suponho?

– Para falar a verdade, a senhora não foi. No seu café a senhora ingeriu um preparado de cânhamo da Índia. Depois daquilo, outras drogas foram administradas, a senhora foi trazida para cá e só então lhe permitiram recobrar a consciência.

– Quer dizer que a sra. Gardner sabia de tudo o tempo todo? – perguntou a sra. Rymer.

Sr. Parker Pyne fez um gesto afirmativo.

– Subornada pelo senhor, imagino! Ou enganada por montes de mentiras!

– A sra. Gardner confia em mim – disse o sr. Pyne. – Uma vez ajudei seu único filho a escapar de uma pena na prisão.

Algo no jeito dele fez a sra. Rymer desistir daquela abordagem.

– E o que me diz da marca de nascença? – perguntou.

O sr. Pyne sorriu.

– Já está desbotando. Daqui mais uns seis meses, terá desaparecido por completo.

– E qual o significado deste contrassenso todo? Me fazendo passar por idiota, me metendo neste lugar como uma empregada; logo eu com aquela montanha de dinheiro no banco. Mas imagino que eu nem precise perguntar. O senhor deve estar se servindo muito bem dele, meu nobre camarada. Eis o significado de todo esse disparate.

– É verdade – confessou o sr. Parker Pyne – que obtive da senhora, enquanto esteve sob a influência dos medicamentos, uma procuração e que, durante a sua... ahn... ausência, assumi o controle dos seus assuntos financeiros, mas posso lhe assegurar, minha cara madame, de que, a não ser por aquelas mil libras que me pagou originalmente, nenhum centavo seu veio parar no meu bolso. A bem da verdade, por conta de investimentos criteriosos, a sua situação financeira melhorou ainda mais.

Ele abriu um largo sorriso para ela.

– Então por quê...? – começou a indagar.

– Vou lhe fazer uma pergunta, sra. Rymer – disse o sr. Parker Pyne. – A senhora é uma mulher honesta. Vai me responder com sinceridade, eu sei. Gostaria de perguntar se está feliz.

– Feliz! Que gracinha de pergunta! Então o senhor rouba o dinheiro de uma mulher e ainda pergunta se ela está feliz. Estou adorando o seu descaramento!

– Ainda está zangada – disse ele. – É muito natural. Mas deixe minhas transgressões de lado por um momento. Sra. Rymer, quando veio até o meu escritório, exatamente um ano atrás, a senhora era uma mulher infeliz. Vai me dizer que está infeliz agora? Se for assim, peço desculpas, e tem toda a liberdade para tomar qualquer providência que lhe aprouver contra mim. Ademais, vou lhe devolver as mil libras que me pagou. Diga, sra. Rymer, ainda é uma mulher infeliz?

A sra. Rymer fitou o sr. Parker Pyne, mas baixou os olhos quando por fim se pronunciou.

– Não – disse. – Não estou infeliz.

Um tom de surpresa e admiração permeou a voz dela.

– O senhor me pegou. Eu confesso. Desde que o Abner faleceu, não me sentia tão feliz como estou agora. Eu... vou me casar com um homem que trabalha aqui: Joe Welsh. Os proclamas vão começar a correr no próximo domingo; quer dizer, eles *começariam* a correr no próximo domingo.

– Mas agora, é claro, tudo mudou.

O rosto da sra. Rymer se inflamou. Ela deu um passo à frente.

– Que quer dizer com tudo mudou? Está achando que todo o dinheiro do mundo me transformaria em uma dama? Não quero ser uma madame, muito obrigada; são um bando de inúteis que não servem para nada. O Joe é bom o suficiente para mim, e eu, para ele. Combinamos muito bem e seremos felizes juntos. Quanto ao senhor, sr. Abelhudo Parker, o senhor fique fora disso e não venha se meter no que não lhe diz respeito!

O sr. Parker Pyne retirou um papel do bolso e entregou a ela.

– A procuração – explicou. – Devo rasgá-la? A senhora agora vai querer reassumir o controle de sua fortuna, posso imaginar.

Uma expressão estranha tomou conta do rosto da sra. Rymer. Ela recusou o papel com veemência.

– Pegue isto. Usei algumas palavras severas demais com o senhor, embora algumas delas fossem bem merecidas. O senhor é um sujeito meio escorregadio, mas mesmo assim inspira confiança. Preciso transferir setecentas libras para o banco daqui; isso é o suficiente para comprarmos uma fazenda em que estamos de olho. O resto do dinheiro... bem, deixe que os hospitais fiquem com o resto.

– Não pode estar dizendo que vai doar toda a sua fortuna para os hospitais?

– É exatamente isso o que estou dizendo. Joe é um doce, um sujeito bom, mas é fraco. Dar dinheiro a ele é o mesmo que levá-lo à ruína. Consegui agora que parasse de beber; e vou mantê-lo longe da bebida. Graças a Deus sei bem o que quero. Não vou deixar que o dinheiro se transforme em um obstáculo para a minha felicidade.

– A senhora é uma mulher excepcional – falou o sr. Pyne devagar. – Apenas uma em mil seriam capazes de agir como a senhora está fazendo.

– Então apenas uma em cada mil mulheres tem bom-senso – disse a sra. Rymer.

– Tiro meu chapéu para a senhora – declarou o sr. Parker Pyne, com uma inflexão um pouco incomum na voz.

Levantou o chapéu com um gesto solene e se afastou.

– E Joe nunca deverá saber de nada, lembre-se bem disto! – bradou a sra. Rymer atrás dele.

Ela ficou lá parada, com o sol se pondo às suas costas, um enorme repolho azul-esverdeado nas mãos, a cabeça pendendo para trás e os ombros alinhados. A figura majestosa de uma camponesa, delineada contra o sol poente...

## Você tem tudo o que quer?

### I

– *Par ici, madame.*

Uma mulher alta com um casaco de vison acompanhou o rapaz sobrecarregado de bagagens pela plataforma da Gare de Lyon.

Ela usava um chapéu de tricô marrom-escuro, repuxado, cobrindo um dos olhos e a orelha. O outro lado revelava um perfil encantador, com o nariz arrebitado e cachinhos dourados se amontoando sobre uma orelha em formato de concha. Uma típica americana, ela era, no conjunto, uma criatura de aspecto muito atraente, e mais de um homem virou-se para admirá-la passar pelos altos vagões dos trens que aguardavam o momento da partida.

Umas placas grandes estavam encaixadas em suportes nas laterais dos vagões.

PARIS–ATENAS. PARIS–BUCARESTE.
PARIS–ISTAMBUL.

No último destino listado, o carregador da bagagem deteve-se de maneira abrupta. Desamarrou a tira que prendia as malas, e elas escorregaram pesadas até o chão.

– *Voici, madame.*

O condutor do *wagon-lit* estava parado ao lado dos degraus. Ele se adiantou, reforçando seu "*Bonsoir, madame*" com um *empressement*, talvez em função da exuberância e da perfeição do casaco de vison.

A mulher lhe estendeu o bilhete em papel fino para o vagão-leito.

– Número seis – disse ele. – Por aqui.

Saltou com agilidade para dentro do trem, e a mulher o seguiu. Ao se apressar corredor acima atrás do condutor, quase colidiu com um cavalheiro corpulento que estava saindo da cabine ao lado da dela. Ela teve apenas a visão fugaz de um rosto grande e afável com olhos bondosos.

– *Voici, madame.*

O condutor apontou para o compartimento. Ele deslizou a janela para cima e fez um sinal para o carregador. O empregado subalterno levou as malas para dentro e as depositou no bagageiro. A mulher sentou-se.

Ao lado dela, sobre o assento, colocou um pequeno estojo vermelho e sua bolsa de mão. O vagão estava quente, mas parece que não lhe ocorreu tirar o casaco. Ficou olhando para fora da janela com o olhar distante. As pessoas passavam apressadas de um lado a outro da plataforma. Havia vendedores de jornais, de travesseiros, de chocolate, de frutas, de água mineral. Erguiam as mercadorias para que pudesse vê-las, mas seus olhos passavam vazios por cada um dos itens. A Gare de Lyon desapareceu de seu campo de visão. Em seu rosto havia tristeza e ansiedade.

– Se madame puder me alcançar seu passaporte?

As palavras não surtiram efeito. O condutor, de pé junto à porta, repetiu o pedido. Elsie Jeffries despertou do transe com um susto.

– Perdão?

– Seu passaporte, madame.

Abriu a bolsa, tirou o passaporte e entregou-o ao rapaz.

– Não se preocupe com nada, madame; eu vou cuidar de tudo.

Fez uma breve e significativa pausa.

– Acompanharei a madame até chegar a Istambul.

Elsie retirou uma nota de cinquenta francos da carteira e ofereceu a ele. Ele aceitou o dinheiro com uma atitude profissional e perguntou quando gostaria que lhe arrumassem a cama e se pretendia jantar.

Uma vez resolvidas aquelas questões, retirou-se, e, quase em seguida, o homem do restaurante passou apressado pelo corredor tocando uma sineta de maneira frenética e berrando:

– *Premier service. Premier service.*

Elsie levantou-se, despojou-se do pesado casaco de pele, deu uma rápida olhada para seu reflexo no espelhinho e, apanhando a bolsa e o estojo incrustado, saiu para o corredor. Andara apenas uns poucos passos quando o homem do restaurante se aproximou, fazendo o caminho de volta.

Para evitá-lo, Elsie deu uns passos para trás, entrando por um instante no compartimento adjacente, que se encontrava vazio. Enquanto o homem passava, e ela se preparava para continuar a jornada até o vagão-restaurante, seu olhar pousou distraído sobre a etiqueta de uma mala que se encontrava sobre o assento.

Era uma valise reforçada de couro de porco, um tanto gasta. Na etiqueta liam-se as palavras: "J. Parker Pyne, passageiro para Istambul". A mala em si continha as iniciais "P.P.".

Uma expressão de assombro tomou conta do rosto da moça. Hesitou por um momento no corredor, e então, voltando à sua própria cabine, apanhou uma cópia do *The Times* que deixara na mesinha com outros livros e revistas.

Percorreu com os olhos as colunas dos classificados da primeira página, mas não encontrou ali o que estava buscando. Com o cenho um pouco franzido, fez o trajeto até o vagão-restaurante.

O atendente indicou para ela uma mesinha já ocupada por outra pessoa: o homem com o qual quase colidira no corredor. Na verdade, o proprietário da valise de couro de porco.

Elsie o observou com total discrição. Ele parecia muito dócil, muito bondoso e, de um jeito quase impossível de explicar, deliciosamente reconfortante. Comportava-se no estilo reservado dos britânicos e foi só depois de servirem as frutas na mesa que ele falou.

– Eles mantêm esses lugares extremamente abafados – disse.

– Concordo – disse Elsie. – Seria tão bom se a gente pudesse abrir uma janela.

Ele deu um sorriso pesaroso.

– Impossível! Exceto por nós dois, todos os presentes iriam protestar.

Ela sorriu em resposta. Nenhum deles disse mais nada.

Trouxeram o café e a habitual conta indecifrável. Depois de colocar algumas notas para a despesa, Elsie subitamente encheu-se de coragem.

– Desculpe-me – murmurou. – Vi o nome na sua valise, Parker Pyne. É o senhor... é o senhor... por um acaso...?

Ela titubeou, e ele depressa decidiu acudi-la.

– Creio que sim. Digo, o mesmo do... – ele citou o anúncio que Elsie havia lido mais de uma vez no *The Times* e pelo qual procurara em vão alguns minutos antes – "Você é feliz? Se não for, consulte o sr. Parker Pyne." Sim, sou eu mesmo, está correto.

– Sei – disse Elsie. – Que... que coisa extraordinária!

Ele balançou a cabeça negativamente.

– Nem tanto. Extraordinário do seu ponto de vista, mas não do meu.

Sorriu de modo reconfortante, depois inclinou-se para frente. A maioria dos outros clientes já havia saído do vagão.

– Então está infeliz? – perguntou.

– Eu... – Elsie começou a falar, mas deteve-se.

– Não teria usado a expressão "que coisa extraordinária" se não fosse o caso – frisou ele.

Elsie ficou em silêncio por um momento. Tinha uma sensação estranha de tranquilidade graças à mera presença do sr. Parker Pyne.

– Po... pois é – admitiu por fim. – Estou... infeliz. Pelo menos, estou preocupada.

Ele assentiu, compreensivo.

– Veja o senhor que – continuou – aconteceu algo muito curioso; e não faço a mínima ideia de como interpretar o significado disso.

– Quem sabe a senhora me conta mais sobre o que aconteceu? – sugeriu o sr. Pyne.

Elsie lembrou dos classificados. Ela e Edward comentavam o anúncio com frequência e achavam graça. Jamais pensara que um dia ela... talvez fosse melhor que não... se o sr. Parker Pyne fosse um charlatão... mas ele parecia... tão correto!

Elsie tomou sua decisão. Faria qualquer coisa para tirar aquela preocupação da cabeça.

– Vou lhe contar. Estou indo para Constantinopla para me encontrar com meu marido. Ele tem uma porção de negócios no Oriente e, este ano, achou que era necessário passar um tempo lá. Partiu faz duas semanas. Usaria esse tempo para deixar tudo preparado para quando eu fosse me juntar a ele. Andei muito entusiasmada com a ideia. Entenda, nunca havia estado no exterior antes. Chegamos na Inglaterra faz seis meses.

– A senhora e seu marido são ambos americanos?

– Somos.

– E talvez não sejam casados há muito tempo?
– Estamos casados há um ano e meio.
– São felizes?
– Ah, se somos! Edward é um anjo perfeito.
Ela hesitou.
– Não aceita, talvez ele não aceite bem certas coisas. É um pouquinho... bem, diria que é pudico. Herdou muito dos antepassados puritanos e tudo o mais. Mas é um *doce* – apressou-se em acrescentar.

O sr. Parker Pyne a observou pensativo por alguns instantes, depois disse:

– Prossiga.

– Fazia mais ou menos uma semana que Edward viajara. Eu estava escrevendo uma carta no escritório dele e percebi que o mata-borrão estava novo e limpo, exceto por umas poucas linhas de escrita esboçadas ali. Havia acabado de ler uma história de detetive que mencionava uma pista no mata-borrão e, então, só para me divertir, ergui o objeto contra um espelho. De fato era *apenas* por diversão, sr. Pyne... digo, ele é um carneirinho tão sossegado que ninguém sonharia com alguma coisa daquele tipo.

– Claro, claro; compreendo bem.

– O negócio era bem fácil de ler. Primeiro havia a palavra "esposa", depois "Simplon Express" e, mais abaixo, "logo antes de Veneza seria o momento mais propício".

Ela parou.

– Curioso – comentou o sr. Pyne. – Deveras curioso. A letra era do seu marido?

– Ah, era sim. Mas quebrei a cabeça e não consigo entender sob que circunstâncias ele escreveria uma carta usando justamente aquelas palavras.

– "Logo antes de Veneza seria o momento mais propício" – repetiu o sr. Pyne. – Deveras curioso.

A sra. Jeffries estava debruçada para a frente, olhando para ele com uma esperança lisonjeira.

– O que devo fazer? – perguntou de maneira simplória.

– Temo – respondeu o sr. Parker Pyne – que teremos de aguardar até logo antes de Veneza.

Apanhou um folheto da mesa.

– Aqui estão os horários de parada do nosso trem. Chega a Veneza amanhã à tarde, às 14h27.

Os dois se entreolharam.

– Deixe comigo – disse Parker Pyne.

## II

Haviam passado cinco minutos das duas da tarde. O Simplon Express estava 11 minutos atrasado. Passara por Mestre há mais ou menos um quarto de hora.

O sr. Parker Pyne estava sentado com a sra. Jeffries no compartimento dela. Até ali a viagem havia sido agradável e rotineira. Mas era chegada a hora na qual, caso fosse para acontecer alguma coisa, presumia-se que fosse aquele o momento. O sr. Parker Pyne e Elsie estavam de frente um para o outro. O coração dela batia depressa e seus olhos buscavam os dele numa espécie de apelo angustiado em busca de garantias.

– Pode ficar perfeitamente calma – disse ele. – Está muito segura. Estou aqui.

De repente, ouviu-se um grito no corredor.

– Oh, vejam, vejam! O trem está pegando fogo!

De um salto, Elsie e o sr. Parker Pyne foram até o corredor. Uma mulher agitada com fisionomia eslava apontava o dedo com ar dramático. De uma das cabines dianteiras, via-se jorrar uma nuvem de fumaça; o sr. Parker Pyne e Elsie correram pelo corredor. Outros se juntaram a eles. A cabine em questão estava tomada pela fumaça. Os que chegaram lá primeiro recuaram tossindo. O condutor apareceu.

– O compartimento está vazio! – gritou. – Não há motivo para alarme, *messieurs et dames*. *Le feu*, o fogo será controlado.

Dúzias de perguntas e respostas agitadas se seguiram. O trem estava passando sobre a ponte que une Veneza ao continente.

De repente, o sr. Parker Pyne virou-se, forçou passagem pelo pequeno aglomerado de pessoas atrás dele e se apressou corredor acima até o compartimento de Elsie. A senhora com o rosto eslavo estava sentada lá dentro, inspirando profundamente pela janela aberta.

– Com licença madame – disse Parker Pyne. – Mas esta não é a sua cabine.

– Sei. Eu sei – disse a eslava. – *Pardon*. É o choque, a emoção... coitado do meu coração.

Ela se afundou no assento e apontou para a janela aberta. Inspirava o ar em grandes golfadas.

O sr. Parker Pyne ficou parado na entrada da porta. O tom de voz dele era paternal e consolador.

– Não precisa ter medo – disse. – Não suspeito nem um pouco que o fogo seja sério.

– Não? Ah, que alívio! Já me sinto recuperada.

Ela fez menção de se levantar.

– Vou retornar ao meu compartimento.

– Ainda não.

A mão do sr. Parker Pyne empurrou-a de volta com delicadeza.

– Peço que aguarde um momento, madame.

– *Monsieur*, isto é um ultraje!

– Madame, a senhora deve permanecer aqui.

A voz dele ecoou com frieza. A mulher sentou-se quieta e ficou olhando para ele. Elsie juntou-se ao par.

– Parece que foi uma bomba de fumaça – disse sem fôlego. – Uma brincadeira de mau gosto ridícula. O condutor está furioso. Está questionando todo mundo...

Ela interrompeu-se ao deparar com a segunda ocupante da cabine.

– Sra. Jeffries – disse o sr. Parker Pyne –, o que leva em seu estojo vermelho?

– Minhas joias.

– Talvez pudesse, por gentileza, dar uma olhada e verificar se estão todas lá.

Imediatamente a mulher eslava proferiu uma enxurrada de palavras. Recorreu então ao francês, para melhor fazer justiça aos seus sentimentos.

No meio-tempo, Elsie apanhara o estojo de joias.

– Oh! – gritou. – Está destrancado.

– *Et je porterai plainte à La Compagnie des Wagons-Lits* – completou a eslava.

– Elas sumiram! – gritou Elsie. – Todas! Minha pulseira de brilhantes. E o colar que o papai me deu. E os anéis de esmeralda e rubi. E uns broches lindos de diamantes. Graças a Deus eu estava usando as minhas pérolas. Oh, sr. Pyne, o que devemos fazer?

– Se puder buscar o condutor – disse o sr. Parker Pyne –, vou me certificar de que esta senhora não saia deste compartimento até ele chegar.

– *Scélérat! Monstre!* – guinchou a mulher. Ela deu continuidade aos insultos. O trem se aproximou de Veneza.

Os eventos da meia hora que se seguiu podem ser resumidos rapidamente. O sr. Parker Pyne lidou com vários oficiais diferentes, em várias línguas diferentes; e foi derrotado. A senhora suspeita consentiu em ser revistada; e emergiu do incidente com seu caráter imaculado. As joias não estavam com ela.

Entre Veneza e Trieste, o sr. Parker Pyne e Elsie debateram o caso.

– Quando foi a última vez que de fato viu suas joias?

– Hoje pela manhã. Guardei um par de brincos de safira que estava usando ontem e tirei um par de brincos de pérolas simples.

– E todas as joias estavam lá intactas?

– Bem, não remexi a caixa toda, naturalmente. Mas me pareceu tudo como de costume. Poderia talvez estar faltando um anel ou outra coisa assim, mas nada além disso.

O sr. Parker Pyne aquiesceu.

– Diga, e quando o condutor arrumou a cabine esta manhã?

– Tinha o estojo comigo... no vagão-restaurante. Sempre levo comigo. Jamais deixo para trás, exceto quando saí correndo agora há pouco.

– Portanto – disse o sr. Parker Pyne –, aquela inocente injuriada, a madame Subayska, ou como quer que se chame, *tem* de ser a ladra. Mas que diabos ela fez com as peças? Não ficou aqui mais do que um minuto e meio, tempo suficiente apenas para abrir o estojo com uma cópia da chave e retirar as coisas; sim, mas e depois disso?

– Será que ela pode ter entregado as joias para outra pessoa?

– Difícil. Eu estava voltando e forçando minha passagem pelo corredor. Se alguém tivesse saído dessa cabine, eu teria visto a pessoa.

– Talvez ela tenha atirado para alguém pela janela.

– Uma sugestão excelente; só que, por acaso, estávamos passando por cima do mar naquele momento. Estávamos sobre a ponte.

– Então na verdade deve ter escondido as joias no vagão.

– Vamos fazer uma busca.

Com a energia genuína de quem cruzou o Atlântico, Elsie começou a vasculhar tudo. O sr. Parker Pyne participou da tentativa de modo um tanto ausente. Envergonhado de não estar se esforçando, ele pediu licença.

– Estou pensando em enviar um telegrama bastante importante em Trieste – explicou.

Elsie recebeu a explicação com frieza. O sr. Parker Pyne caíra de modo desastroso em seu conceito.

– Temo que esteja incomodada comigo, sra. Jeffries – disse ele com humildade.

– Bem, o senhor não conseguiu ajudar muito – retrucou ela.

– Mas, minha cara senhora, é bom lembrar que não sou um detetive. Roubos e crimes não fazem parte da minha linha de trabalho. O coração humano é o meu território de atuação.

– Bem, estava um pouco chateada quando entrei neste trem – disse Elsie –, mas isso não é nada comparado a como estou me sentindo agora! Poderia chorar rios de lágrimas. Minha pulseira amada, querida; e o anel de esmeralda que Edward me deu quando noivamos.

– Mas com certeza a senhora tem seguro contra roubo, não? – interrompeu o sr. Pyne.

– Tenho? Não sei. É, imagino que tenha. Mas é o *sentimento* da coisa toda, sr. Pyne.

O trem reduziu a velocidade. O sr. Parker Pyne espiou pela janela.

– Trieste – disse. – Preciso enviar meu telegrama.

## III

– Edward! – a expressão de Elsie iluminou-se ao ver o marido se apressando para encontrá-la na plataforma em Istambul. Naquele momento, até a perda das joias desvaneceu de sua memória. Esqueceu-se das palavras instigantes que encontrara no mata-borrão. Esqueceu de tudo, menos que não via o marido há quinze dias e que, apesar de austero e pudico, ele era de fato um homem muitíssimo atraente.

Mal estavam saindo da estação quando Elsie sentiu um toque amigável no ombro e virou-se para se deparar com o sr. Parker Pyne. O rosto afável exibia um sorriso magnânimo.

– Sra. Jeffries – disse –, poderia vir me encontrar no Hotel Tokatlian em meia hora? Acho que terei boas notícias para a senhora.

Elsie olhou sem jeito para Edward. Então tratou de fazer as apresentações.

– Este é... ahn... meu marido... sr. Parker Pyne.

– Acredito que sua senhora tenha lhe telegrafado; as joias dela foram roubadas – disse o sr. Parker Pyne. – Estou fazendo o possível para ajudar a recuperá-las. Acho que posso vir a ter boas notícias para ela em torno de meia hora.

Elsie perscrutou Edward com o olhar. Ele respondeu prontamente:

– É melhor você ir, querida. No Tokatlian, o senhor disse, sr. Pyne? Certo; vou cuidar para que ela chegue na hora marcada.

## IV

Meia hora mais tarde, Elsie foi acompanhada até a sala de estar particular do sr. Parker Pyne. Ele levantou-se para recebê-la.

– Está desapontada comigo, sra. Jeffries – anunciou ele. – Não, não tente negar. Bem, nunca insinuei ser nenhum mágico, mas faço o que posso. Dê uma olhada aqui dentro.

Ele depositou na mesa uma pequena caixa de papelão reforçado. Elsie abriu. Anéis, broches, pulseiras, colar; estavam todos lá.

– Sr. Pyne, que maravilha! Isso... isso é tão maravilhoso!

O sr. Parker Pyne sorriu com modéstia.

– Fico contente de não ter falhado, minha cara senhora.

– Oh, sr. Pyne, o senhor me faz sentir como se fosse uma megera! Desde que passamos por Trieste que tenho agido de modo detestável com o senhor. E agora... isto. Mas como foi que colocou as mãos nelas? Quando? Onde?

Sr. Parker Pyne balançou a cabeça pensativo.

– É uma longa história – afirmou. – Pode ser que fique sabendo algum dia. Na verdade, pode ser que fique sabendo muito em breve.

– E por que não posso ficar sabendo agora?

– Existem motivos – respondeu o sr. Parker Pyne.

Assim, Elsie teve de partir com sua curiosidade insatisfeita. Depois que ela se foi, o sr. Parker Pyne pegou o chapéu e a bengala e saiu pelas ruas do bairro de Pera. Caminhou sorrindo para si mesmo, chegou por fim a um pequeno restaurante que estava deserto naquele momento e tinha vista para o Chifre de Ouro. Do lado oposto, as mesquitas de Istambul exibiam seus esguios minaretes contra o céu azul da tarde. Era muito bonito. O sr. Pyne sentou-se e pediu dois cafés. Chegaram à mesa fortes e adocicados. Mal começara a beber o dele quando um homem enfiou-se na cadeira em frente. Era Edward Jeffries.

– Pedi um café para você – disse o sr. Parker Pyne, apontando para a pequena xícara.

Edward empurrou o café para o lado. Debruçou-se por cima da mesa.

– Como soube? – perguntou.

O sr. Parker Pyne bebericou o café com ar sonhador.

– Sua esposa já lhe contou sobre a descoberta que fez no mata-borrão? Não? Ah, mas vai lhe contar; ela esqueceu desse detalhe no momento.

Ele mencionou a descoberta de Elsie.

– Muito bem; aquilo fazia uma conexão perfeita com o curioso incidente que aconteceu logo antes de Veneza. Por algum motivo, o senhor estava arquitetando o roubo das joias de sua esposa. Mas por que a frase "logo antes de Veneza seria o momento mais propício"? Aquilo não parecia fazer sentido nenhum. Por que não deixar que sua... emissária... escolhesse ela própria a melhor hora e o lugar?

"E então, de repente, vislumbrei o sentido. *As joias de sua esposa já haviam sido roubadas, antes mesmo que o senhor saísse de Londres, e foram substituídas por cópias falsificadas.* Mas aquela solução não o satisfazia. O senhor é um jovem altruísta, consciencioso. Ficaria horrorizado que algum empregado ou outra pessoa inocente acabasse sob suspeita. Um roubo precisava ocorrer de fato, em um local e de tal maneira que não deixasse qualquer suspeita recair sobre ninguém de seu círculo de conhecidos ou de sua casa.

"Sua cúmplice recebeu uma chave para o estojo de joias e uma bomba de fumaça. No momento certo, ela dá o alarme, se joga para dentro do compartimento de sua esposa, destranca o estojo de joias e arremessa as cópias falsas no mar. Ela poderia tornar-se suspeita e ser revistada, mas nada ficaria provado contra ela, já que não estava de posse das joias.

"E assim o significado do local escolhido torna-se evidente. Se as cópias tivessem apenas sido jogadas ao lado da linha do trem, poderiam ser encontradas. Daí a importância do momento certo, quando o trem estivesse passando sobre o mar.

"Nesse meio-tempo, o senhor se organiza para vender as peças verdadeiras aqui. Só precisa entregar as pedras depois que o roubo de fato acontecesse. Meu telegrama, no entanto, o alcançou a tempo. O senhor obedeceu às minhas instruções e depositou a caixa de joias no Tokatlian para aguardar minha chegada, sabendo que, se não fosse assim, eu levaria a cabo a ameaça de deixar o caso nas mãos da polícia. Também obedeceu as minhas instruções para se encontrar comigo neste local."

Edward Jeffries lançou um olhar suplicante para o sr. Parker Pyne. Era um rapaz bonito, alto e claro, com o queixo redondo e olhos muito redondos também.

– Como posso fazê-lo compreender? – disse sem esperanças. – Para o senhor devo parecer apenas um ladrão qualquer.

– De jeito nenhum – contestou o sr. Parker Pyne. – Pelo contrário, poderia dizer que é quase de uma honestidade brutal. Estou acostumado com a classificação das pessoas em tipos. Você, meu caro senhor, cai naturalmente na categoria das vítimas. Agora, conte-me a história toda.

– Posso lhe resumir com uma só palavra: chantagem.

– Ah, é?

– O senhor conheceu minha esposa, pode entender a criatura pura e inocente que ela é, sem nenhum conhecimento ou pensamento malévolo.

– Sim, sim.

– Tem os ideais mais puros e maravilhosos. Se fosse para ela ficar sabendo sobre... sobre qualquer coisa que eu tivesse feito, ela me abandonaria.

– Não tenho tanta certeza. Mas isso não vem ao caso. O que foi que você *fez*, meu jovem amigo? Imagino que tenha tido algum caso com alguma mulher?

Edward Jeffries assentiu.

– A partir do seu casamento, ou antes?
– Antes... ah, muito antes.
– Bem, muito bem, o que houve?
– Nada, nada mesmo. Esta é a parte mais cruel de tudo. Foi em um hotel nas Índias Ocidentais. Havia uma mulher muito atraente, uma sra. Rossiter, hospedada lá. O marido dela era um homem violento; tinha ataques selvagens de mau humor. Uma noite, ele ameaçou a mulher com um revólver. Ela escapou dele e veio para o meu quarto. Estava meio desatinada de medo. Ela... ela me pediu para deixar que ficasse lá até de manhã. E... o que mais eu poderia fazer?

O sr. Parker Pyne fitou o rapaz, e o outro retribuiu o olhar com consciência de sua integridade. O sr. Parker Pyne deu um suspiro.

– Em outras palavras, sendo curto e grosso, o senhor fez papel de trouxa, sr. Jeffries.

– Na verdade...

– Sei, sei. Um truque muito antigo, mas em geral ainda funciona com rapazes quixotescos. Suponho então que, quando foi feito o anúncio da data do seu casamento que se aproximava, a coisa apertou?

– Foi. Recebi uma carta. Se não enviasse certa quantia de dinheiro, tudo seria revelado ao meu futuro sogro. Como eu tivera sido capaz de... de alienar o afeto que a moça sentia pelo marido; como ela fora vista entrando no meu quarto. O marido entraria com um pedido de divórcio. De fato, sr. Pyne, estavam me pintando como o mais terrível dos bandidos.

Perturbado, ele secou o suor da testa.

– Sei, sei, entendo. E então entregou o dinheiro. E, de tempos em tempos, eles dão uma apertada, uma pressionada no senhor.

– Sim. Essa foi a gota d'água. Nossa empresa foi gravemente afetada pela crise. Era impraticável eu colocar minhas mãos em qualquer quantia de dinheiro. Então pensei nesse plano.

Levantou a xícara de café frio, ficou olhando para ela, absorto, e bebeu do líquido.

– O que é que eu vou fazer agora? – indagou com um jeito patético. – Como vou *sair* dessa, sr. Pyne?

– Será orientado por mim – respondeu Parker Pyne com firmeza. – Vou acertar as contas com seus algozes. Quanto à sua esposa, vá direto falar com ela e contar toda a verdade; ou ao menos uma parte dela. O único ponto em que vai mascarar a realidade é com relação ao que de fato se passou nas Índias Ocidentais. Deve ocultar dela o fato de que o senhor... bem, fez papel de trouxa, como eu disse antes.

– Mas...

– Meu caro sr. Jeffries, o senhor não entende as mulheres. Se uma mulher tiver de escolher entre um trouxa e um Don Juan, vai escolher o Don Juan sem sombra de dúvida. Sua esposa, sr. Jeffries, é uma moça encantadora, ingênua e altruísta, e a única maneira de ela ter algum tipo de emoção sendo casada com o senhor é acreditando que ela reformou um libertino.

Edward Jeffries ficou olhando para o outro, boquiaberto.

– Sei do que estou falando – garantiu o sr. Parker Pyne. – Neste exato momento, sua esposa é apaixonada pelo senhor, mas já enxergo os indícios de que não deverá permanecer assim se continuar lhe apresentando esse quadro de tamanha bondade e retidão de caráter que é quase sinônimo de monotonia.

"Vá falar com ela, meu garoto – disse o sr. Pyne com seu jeito suave. – Confesse tudo; quero dizer, confesse tudo que puder imaginar. Depois explique que a partir do momento em que a conheceu, abandonou aquela vida. Chegou até a roubar para que nada chegasse aos ouvidos dela. Ela vai perdoá-lo ardentemente."

— Mesmo quando não há nada de fato para perdoar...

— Afinal, o que é a verdade? — sugeriu o sr. Parker Pyne. — Na minha experiência é geralmente aquilo que bagunça o coreto! Uma das máximas fundamentais do casamento é que o homem tem a *obrigação* de mentir para a mulher. Elas adoram isso! Vá e seja perdoado, meu garoto. E seja feliz para todo o sempre. Arriscaria até dizer que sua esposa vai ficar de olho, desconfiada de agora em diante, sempre que uma mulher bonita chegar perto de você; alguns homens se incomodariam com a ideia, mas não acho que você vá se importar.

— Jamais quero sequer olhar para outra mulher que não seja a Elsie — declarou o sr. Jeffries com simplicidade.

— Esplêndido, meu rapaz — disse o sr. Parker Pyne. — Mas não deixaria que ela soubesse disso se eu fosse você. Mulher nenhuma gosta de sentir que escolheu um cordeirinho manso.

Edward Jeffries levantou-se.

— O senhor acha mesmo...?

— Eu *sei* — afirmou o sr. Parker Pyne com convicção.

# O portão de Bagdá

I

*"São quatro as portas de Damasco..."*

O sr. Parker Pyne repetiu as estrofes de Flecker baixinho para si mesmo.

*"O Portal do Destino, o Portão do Deserto, a Caverna da Tragédia, o Forte do Medo,*
*Sou eu o Portão de Bagdá, e a Soleira do Diarbekir."*

Ele se encontrava nas ruas de Damasco e, encostado do lado de fora do Oriental Hotel, viu um daqueles gigantescos vagões de seis rodas, o mesmo que partiria de manhã e atravessaria o deserto, transportando a ele e mais onze pessoas até Bagdá.

*"Não passe, ó Caravana, ou passe sem cantar. Já ouviu*
*Aquele silêncio quando os pássaros estão mortos, mas alguma coisa pipila como um pássaro?*
*Passe por baixo, ó Caravana, Caravana da Perdição, Caravana da Morte!"*

Era grande o contraste com os dias de hoje. Antigamente, o Portão de Bagdá *era* o portão da Morte. Seiscentos quilômetros de deserto para se atravessar de caravana. Longos e cansativos meses de viagem. Agora, os universais monstros engolidores de gasolina faziam a viagem em 36 horas.

– O que estava dizendo, sr. Parker Pyne?

Era a voz ansiosa da srta. Netta Pryce, o espécime mais jovem e encantador de toda a raça turística. Embora sufocada por uma tia sisuda, com uma barba incipiente e dotada de uma sede de conhecimento bíblico, Netta conseguia se divertir com uma variedade de futilidades que a outra srta. Pryce, sua sênior, possivelmente não aprovaria.

O sr. Parker Pyne repetiu as estrofes de Flecker para ela.*

– Que emocionante – disse Netta.

Três homens de uniforme da Força Aérea estavam parados ali perto. Um deles, um admirador de Netta, intrometeu-se.

– Ainda há muitas emoções ao se fazer essa viagem – disse. – Mesmo hoje em dia, o comboio às vezes pode sofrer um ataque de bandidos. Também há o perigo de se perder, o que acontece algumas vezes. E nós somos enviados para fazer o resgate. Um sujeito ficou perdido por cinco dias no deserto. Por sorte, estava levando bastante água com ele. E ainda tem os solavancos. Uns senhores solavancos! Um homem morreu por causa deles. É verdade, estou lhes falando! Estava dormindo, a cabeça dele bateu no teto do automóvel e ele morreu.

– Num desses vagões de seis rodas, sr. O'Rourke? – perguntou a srta. Pryce sênior.

– Não, não em um desses de seis rodas – admitiu o rapaz.

– Mas temos de visitar alguns dos pontos turísticos – protestou Netta.

A tia dela puxou um guia de viagem.

Netta se esquivou.

---

* James Elroy Flecker, poeta inglês. (N.T.)

– Sei que ela vai querer me levar para algum lugar onde São Paulo desceu por uma janela – sussurrou a moça. – E eu queria tanto passear nos bazares.

O'Rourke respondeu rapidamente.

– Venha comigo. Vamos começar por uma rua chamada...

Eles se afastaram.

O sr. Parker Pyne voltou-se para um homem discreto parado ao lado dele, de nome Hensley. Pertencia ao departamento de serviços públicos de Bagdá.

– Damasco é um pouco decepcionante quando se visita pela primeira vez – comentou, constrangido. – Um pouco civilizada demais. Tem bondes, construções modernas e lojas.

Hensley concordou. Era um homem de poucas palavras.

– Não tem nenhum... lugar muito exótico ...quando se acha que tem – balbuciou ele.

Outro homem foi se aproximando, um jovem de pele clara que usava uma gravata no antigo estilo de Eton. Tinha uma expressão amigável e levemente obtusa, mas no momento aparentava preocupação. Ele e Hensley trabalhavam no mesmo departamento.

– Olá, Smethurst – disse o amigo. – Perdeu alguma coisa?

O capitão Smethurst balançou a cabeça. Era um homem jovem de intelecto um tanto quanto lento.

– Apenas dando uma olhada por aí – respondeu de forma vaga.

Então, pareceu se acordar.

– Temos que fazer uma farra hoje à noite. Que tal?

Os dois amigos partiram juntos. O sr. Parker Pyne comprou um jornal local publicado em francês.

Não achou nada de muito interessante. As notícias locais não lhe diziam respeito, e nada de importante estava acontecendo em nenhum outro lugar. Encontrou alguns parcos parágrafos sob o cabeçalho: *Londres.*

O primeiro tratava de assuntos financeiros. O segundo discutia o suposto paradeiro do sr. Samuel Long, o financista inadimplente. Seus desfalques chegavam até o momento ao valor de três milhões, e corriam boatos de que teria escapado para a América do Sul.

— Nada mau para um homem que acabou de completar trinta anos — disse o sr. Parker Pyne para si mesmo.

— Perdão, mas o que foi que disse?

Parker Pyne virou a cabeça e deparou-se com o general italiano que estivera no mesmo barco que ele de Brindisi até Beirute.

O sr. Parker Pyne explicou seu comentário. O general italiano balançou a cabeça várias vezes seguidas.

— É um tremendo criminoso aquele homem. Até na Itália já sofremos por causa dele. Inspirou confiança no mundo inteiro. Ele é um homem de berço também, é o que dizem.

— Bem, ele frequentou Eton e Oxford — disse o sr. Parker Pyne, cauteloso.

— Será que vai ser preso, o senhor acha?

— Depende do quanto ele já conseguiu ganhar tempo. Pode ser que ainda esteja na Inglaterra. Pode estar em... em qualquer lugar.

— Até aqui conosco? — riu o general.

— É possível — o sr. Parker Pyne ficou sério. — Não há como ter certeza, general, que *eu* mesmo não seja esse homem.

O general olhou para Pyne com assombro. Em seguida, seu rosto bronzeado relaxou em um sorriso de quem finalmente entendeu.

— Ah! Essa é boa... muito boa mesmo. Mas o senhor...

Os olhos dele deixaram o rosto do sr. Parker Pyne e examinaram seu corpo de cima a baixo.

O sr. Parker Pyne interpretou corretamente a expressão do outro.

– Não deve julgar pelas aparências – disse. – Um pouquinho a mais de... digamos... adiposidade... é coisa fácil de se arranjar e tem um efeito excepcional de envelhecimento.

Acrescentou com ar sonhador:

– E ainda temos a tintura do cabelo, é claro, o pigmento aplicado ao rosto e até mesmo uma mudança de nacionalidade.

O general Poli, na dúvida, se retirou. Nunca sabia quando os ingleses estavam falando sério ou não.

O sr. Parker Pyne divertiu-se naquela noite indo ao cinema. Depois da sessão, lhe indicaram um tal "Palácio de festejos noturnos". O lugar não lhe pareceu nem um palácio e muito menos festivo. Diversas mulheres dançavam com uma evidente ausência de *verve*. Os aplausos eram tão desanimados quanto.

De repente, o sr. Parker Pyne viu Smethurst. O rapaz estava sentado sozinho em uma mesa. O rosto dele estava avermelhado, e ocorreu ao sr. Parker Pyne que o moço já bebera mais do que devia. Atravessou o salão e juntou-se ao jovem.

– Uma desgraça, o jeito com que essas garotas tratam a gente – disse o capitão Smethurst, taciturno. – Paguei dois drinques para ela, três drinques, vários drinques. Para depois ela ir embora dando risada com um latino. Isso é o que chamo de desgraça.

O sr. Parker Pyne se compadeceu. Sugeriu um café.

– Já pedi um *arak* – disse Smethurst. – Um negócio pra lá de bom. Tem de experimentar.

O sr. Parker Pyne sabia uma coisa ou outra sobre as propriedades do *arak*. Fez uso da diplomacia. Smethurst, no entanto, balançava a cabeça.

— Me meti numa enrascada – disse. – Preciso me animar um pouco. Não sei o que faria no meu lugar. Não gosto de trair um amigo, não é? Quero dizer que... e ainda assim... o que é que o sujeito pode fazer?

Estudou o sr. Parker Pyne como se o estivesse enxergando pela primeira vez.

— Quem é você? – perguntou com a secura característica advinda de suas libações. – Faz o que da vida?

— Sou um golpista – respondeu o sr. Parker Pyne com delicadeza.

Smethurst o encarou com intenso interesse.

— O quê... você também?

O sr. Parker Pyne retirou da carteira um recorte. Esticou o papel na mesa, de frente para Smethurst.

"*Você está infeliz?*" Assim lia-se no anúncio. "*Se estiver, consulte o sr. Parker Pyne.*"

Smethurst conseguiu focalizar as palavras com algum esforço.

— Bem, estou chocado – declarou ele. – Está me dizendo... que as pessoas vêm e contam coisas pra você?

— Elas me fazem confidências... sim.

— Um bando de mulheres idiotas, imagino eu.

— Um bom número de mulheres – admitiu o sr. Parker Pyne. – Mas homens também. O que me diz de você, meu jovem amigo? Não estava querendo um conselho agora há pouco?

— Fecha essa maldita matraca – disse o capitão Smethurst. – Ninguém tem nada que se meter... é assunto meu. Cadê o maldito *arak*?

O sr. Parker Pyne balançou a cabeça, entristecido.

Desistiu do capitão Smethurst e o considerou um caso perdido.

## II

O comboio para Bagdá partiu às sete horas da manhã. O grupo era formado por doze pessoas: o sr. Parker Pyne e o general Poli, a srta. Pryce e a sobrinha, três oficiais da Força Aérea, Smethurst e Hensley, e uma senhora armênia com o filho de nome Pentemian.

A viagem começou sem maiores acontecimentos. As árvores frutíferas de Damasco logo ficaram para trás. O céu estava nublado e o jovem motorista olhou para cima hesitante uma ou duas vezes. Ele trocou algumas palavras com Hensley.

– Andou chovendo um bocado do outro lado de Rutba. Espero que a gente não atole.

Fizeram uma parada ao meio-dia, e cada um recebeu uma caixa quadrada de papelão contendo seu almoço. Os dois motoristas fizeram um chá que foi servido em copos de papel. Depois seguiram viagem atravessando aquela planície monótona e interminável.

O sr. Parker Pyne pensou nas lentas caravanas e suas muitas semanas de viagem...

Exatamente ao pôr do sol, chegaram ao forte do deserto de Rutba.

Os grandes portões estavam destravados e o longo veículo cruzou por eles, entrando no pátio interno do forte.

– Estou achando isto emocionante – disse Netta.

Depois de fazer a toalete, estava ansiosa para dar uma caminhada. O tenente de voo O'Rourke e o sr. Parker Pyne se ofereceram para acompanhá-la. Assim que começaram a andar, o encarregado foi falar com eles e implorou para que não se distanciassem muito, pois poderiam ter dificuldades de encontrar o caminho de volta no escuro.

– Vamos aqui pertinho – prometeu O'Rourke.

Caminhar acabou não sendo das coisas mais interessantes de fato, dada a mesmice dos arredores.

Por um momento, o sr. Parker Pyne curvou-se e apanhou algo do chão.

– O que é? – perguntou Netta com curiosidade.

Ele mostrou para ela.

– Um sílex pré-histórico, srta. Pryce; uma broca.

– E eles... se matavam uns aos outros usando isso?

– Não... tinha uma utilidade mais pacífica. Mas imagino que poderiam ter usado isto para matar, se o quisessem. É o *desejo* de matar que conta; o instrumento em si não faz diferença. Sempre se pode achar *alguma coisa* para essa finalidade.

Estava escurecendo, e correram de volta ao forte.

Depois de um jantar com muitos pratos, todos do tipo enlatado, sentaram-se para fumar. À meia-noite, o veículo deveria seguir viagem.

O motorista parecia ansioso.

– Há alguns trechos complicados perto daqui – disse. – Pode ser que fiquemos atolados.

Todos subiram no imenso veículo e se acomodaram em seus lugares. A srta. Pryce estava incomodada por não ter tido acesso a uma de suas malas.

– Gostaria de pegar os meus chinelos – disse.

– É mais provável que vá precisar de suas galochas – disse Smethurst. – Do jeito que as coisas vão, vamos acabar ilhados num mar de lama.

– Não tenho nem sequer uma muda de meias – reclamou Netta.

– Isso não é problema. A senhorita não vai descer do carro. Apenas os representantes do sexo mais forte terão de sair para empurrar.

– Sempre leve um par de meias de reserva – disse Hensley, dando um tapinha no bolso do casaco. – Nunca se sabe.

As luzes foram apagadas. O veículo seguiu viagem noite adentro.

O trajeto não estava muito bom. Não estavam sofrendo com os solavancos como teriam sofrido caso estivessem em um ônibus turístico, mas, mesmo assim, sentiam uma sacudida mais forte aqui e ali.

O sr. Parker Pyne ocupava um dos assentos dianteiros. Do outro lado do corredor, estava a senhora armênia, envolta em mantas e xales. O filho estava atrás dela. Atrás do sr. Parker Pyne estavam as duas senhoritas Pryce. O general, Smethurst, Hensley e os homens da Royal Air Force estavam sentados ao fundo.

O carro seguiu acelerando durante a noite. O sr. Parker Pyne teve dificuldades para dormir. Sua posição era muito apertada. Os pés da senhora armênia estavam invadindo seu espaço. Ela, para todos os efeitos, estava confortável.

Todos os outros pareciam estar dormindo. O sr. Parker Pyne sentia o sono começando a chegar quando uma sacudida violenta o projetou em direção ao teto do carro. Ouviu um protesto sonolento vindo da parte traseira do veículo.

– Calma. Está querendo quebrar nosso pescoço?

Então o torpor retornou. Alguns minutos depois, com o pescoço desconfortavelmente caindo para a frente, o sr. Parker Pyne adormeceu...

Foi acordado de repente. O veículo havia parado. Alguns dos homens estavam descendo. Hensley foi sucinto.

– Estamos atolados.

Ansioso para entender o que estava acontecendo, o sr. Parker Pyne pisou com cautela na lama. Não estava chovendo naquele momento. Na verdade, havia uma lua e, sob a claridade, podia se enxergar os motoristas trabalhando freneticamente com alavancas e pedras, tentando erguer as rodas. A maioria dos homens estava ajudando. As três mulheres observavam das janelas do veículo. A srta. Pryce e Netta, com interesse; a senhora armênia, com indisfarçável desgosto.

Seguindo o comando do motorista, os passageiros do sexo masculino empurravam todos juntos e obedientes.

– Onde está aquele sujeito armênio? – perguntou O'Rourke. – Mantendo os dedos dos pés quentinhos e confortáveis como um bichano? Vamos chamá-lo aqui para fora.

– O capitão Smethurst também – observou o general Poli. – Não está aqui conosco.

– O safado ainda está dormindo. Olhem só para ele.

Era verdade, Smethurst ainda estava sentado em sua poltrona, a cabeça pendia para a frente e o corpo inteiro estava entregue à força da gravidade.

– Vou acordá-lo – disse O'Rourke.

Saltou para dentro pela porta. Um minuto depois, reapareceu. Seu tom de voz estava mudado.

– Não sei o que dizer. Acho que está doente... ou algo assim. Cadê o médico?

O líder de esquadrão Loftus, médico da Força Aérea e um homem de aspecto discreto com cabelos grisalhos, destacou-se do grupo que estava lidando com a roda.

– O que há de errado com ele? – perguntou.

– Eu... não sei.

O doutor entrou no veículo. O'Rourke e Parker Pyne o seguiram. Debruçou-se sobre o vulto caído. Um olhar e um toque foram o suficiente.

– Está morto – disse baixinho.

– Morto? Mas como?

As perguntas jorraram.

– Oh! Que coisa horrível! – exclamou Netta.

Loftus virou-se, muito irritado.

– Deve ter batido a cabeça no teto do carro – disse. – O carro deu uma sacudida muito forte.

– Com certeza aquilo não poderia matá-lo! Não pode ter sido outra coisa?

– Não posso confirmar nada a menos que faça um exame completo – estourou Loftus.

Olhou ao redor com um ar aflito. As mulheres estavam se acotovelando para chegar mais perto. Os homens do lado de fora estavam começando a se amontoar.

O sr. Parker Pyne falou com o motorista. Era um homem jovem e atlético. Ele carregou as passageiras no colo, uma de cada vez, atravessando o lamaçal até deixá-las em terra seca. Foi fácil levar madame Pentemian e Netta, mas cambaleou sob o peso da vigorosa srta. Pryce.

O interior da camionete foi evacuado para que o doutor conduzisse o exame.

Os homens voltaram aos seus esforços de alavancar o veículo. Em seguida, o sol raiou no horizonte. Era um dia glorioso. A lama estava secando rapidamente, mas o carro continuava atolado. Três alavancas partiram-se e, até o momento, nenhum esforço tinha dado resultado. O motorista começou a preparar o café da manhã, abrindo latas de salsicha e fervendo água para o chá.

A uma curta distância dali, o líder de esquadrão Loftus dava seu veredito.

– Não há nenhuma marca ou ferimento nele. Como eu disse, deve ter batido a cabeça no teto.

– Está satisfeito com a hipótese de que ele morreu de causas naturais? – perguntou o sr. Parker Pyne.

Algo na sua voz fez com que o doutor rapidamente olhasse para ele.

– Existe apenas uma outra possibilidade.

– Diga.

– Bem, a de que alguém o acertou na parte de trás da cabeça com algo semelhante a um saco de areia – falou desculpando-se.

– Isso não me parece muito provável – disse Williamson, o outro oficial da Força Aérea. Era um rapaz com aparência de cupido. – Digo, ninguém poderia ter feito algo assim sem que um de nós visse.

– Mas nós estávamos dormindo – sugeriu o médico.

– O camarada não teria como estar tão seguro disso – salientou o outro.

– Só o fato de ele se levantar e tudo o mais já teria acordado uma ou outra pessoa.

– A única maneira – disse o general Poli – seria se a pessoa estivesse sentada atrás dele. Poderia escolher bem o momento e não precisaria sequer se levantar de sua poltrona.

– Quem estava sentado atrás do capitão Smethurst? – perguntou o doutor.

O'Rourke respondeu com firmeza.

– Hensley, senhor; o que não ajuda muito. Hensley era o melhor amigo de Smethurst.

Houve um silêncio. Então, o sr. Parker Pyne levantou a voz com uma certeza tranquila.

– Acho – disse ele – que o tenente de voo Williamson tem algo a nos relatar.

– Eu, senhor? Eu... bem...

– Desembucha, Williamson – disse O'Rourke.

– Não é nada importante, sério... não é nada.

– Fale de uma vez.

– É só um pedaço de uma conversa que escutei por acaso... em Rutba... no pátio. Tinha voltado para a camionete para pegar minha cigarreira. Estava procurando lá dentro. Dois camaradas estavam do lado de fora conversando. Um deles era o Smethurst. Ele estava dizendo...

Ele se deteve.

– Vamos lá, homem, desembuche.

– Alguma coisa sobre não querer desapontar um amigo. Ele parecia bastante angustiado. Depois, ele disse: "Vou segurar minha língua até Bagdá, mas nem um minuto mais. Você vai ter que fugir depressa".

– E o outro homem?

– Não sei, senhor. Juro que não sei. Estava escuro e ele disse apenas uma ou duas palavras que não consegui entender.

– Quem entre vocês conhece bem o Smethurst?

– Acho que a palavra... amigo... só poderia se referir ao Hensley – disse O'Rourke devagar. – Eu conhecia o Smethurst, mas muito superficialmente. Williamson é novato, bem como o líder de esquadrão Loftus. Não acho que nenhum dos dois sequer o conhecia antes disso.

Ambos concordaram.

– O senhor, general?

– Nunca havia visto o rapaz até cruzarmos o Líbano no mesmo carro que apanhamos em Beirute.

– E aquele rato armênio?

– Não teria como ser camarada dele – disse O'Rourke com convicção. – E nenhum armênio teria coragem de matar ninguém.

– Talvez eu tenha um fragmento adicional de prova – disse o sr. Parker Pyne.

E repetiu a conversa que tivera com Smethurst no café em Damasco.

– Ele usou a frase: "Não gosto de trair um amigo" – disse O'Rourke, pensativo. – E ficou preocupado.

– Alguém mais tem algo a acrescentar? – perguntou o sr. Parker Pyne.

O doutor pigarreou.

– Isso pode não ter relação nenhuma com o caso – começou.

Os outros o encorajaram a continuar.

— Foi apenas que escutei Smethurst dizer para o Hensley: "Você não pode negar que alguém vaza informação no seu departamento".

— Quando foi isso?

— Logo antes de sairmos de Damasco ontem de manhã. Achei que estavam apenas discutindo coisas de trabalho. Não podia imaginar...

Ele não terminou a frase.

— Meus amigos, isso é interessante – disse o general. – Juntando as peças vocês estão montando o quebra-cabeça das provas.

— O senhor disse uma saca de areia, doutor – perguntou Parker Pyne. – Um homem seria capaz de fabricar ele mesmo uma arma assim?

— Com bastante areia – disse o médico sem rodeios.

Ele apanhou um punhado com a mão enquanto falava.

— E se colocasse um punhado dentro de um pé de meia – O'Rourke começou a falar, mas hesitou.

Todos se lembraram das duas frases curtas faladas por Hensley na noite anterior.

"*Sempre leve um par de meias de reserva. Nunca se sabe.*"

Fez-se um silêncio. Então, o sr. Parker Pyne disse baixinho:

— Líder de esquadrão Loftus. Acredito que as meias reserva do sr. Hensley estejam no bolso do casaco dele que está dentro do veículo.

O olhar deles, por um instante, foi conduzido até o local onde uma figura taciturna andava de um lado para o outro contra o horizonte. Hensley se mantivera distante desde a descoberta do morto. Seu desejo de isolamento fora respeitado porque todos sabiam que ele e o morto eram amigos próximos.

— Pode buscá-las e trazê-las aqui?

O médico hesitou.

– Não me sinto bem em... – resmungou ele.

Ele olhou mais uma vez para a figura andando de um lado a outro.

– Parece um golpe baixo...

– Deve buscá-las, por favor – disse o sr. Parker Pyne. – As circunstâncias são inusitadas. Estamos ilhados aqui. E temos de descobrir a verdade. Se puder buscar aquelas meias, acredito que conseguiremos avançar um passo na direção certa.

Loftus afastou-se, obediente.

O sr. Parker Pyne puxou de lado o general Poli.

– General, acho que era o senhor quem estava sentado do lado oposto do capitão Smethurst.

– Isso mesmo.

– Alguém se levantou e foi até o fundo do ônibus?

– Só aquela senhora inglesa, a srta. Pryce. Ela foi até o lavatório lá atrás.

– Ela chegou a tropeçar, o senhor lembra?

– Deu uma guinada com o movimento do carro, naturalmente.

– Foi a única pessoa que o senhor viu se movimentando?

– Foi.

O general o encarou com curiosidade e perguntou:

– Estou tentando entender quem o senhor é de fato. É capaz de assumir o comando e, no entanto, não é militar.

– Já vi muita coisa na vida – respondeu Parker Pyne.

– Já viajou muito, hein?

– Não – disse o sr. Parker Pyne. – Fiquei sentado em um escritório.

Loftus retornou trazendo as meias. O sr. Parker Pyne as apanhou da mão dele e examinou. *No interior de uma delas, ainda havia um pouco de areia molhada.*

O sr. Parker Pyne inspirou profundamente.

– Agora eu sei – disse.

Todos os olhares se voltaram para a figura caminhando no horizonte.

– Gostaria de dar uma examinada no corpo, se me permite – disse o sr. Parker Pyne.

Foi com o médico até o local onde o corpo de Smethurst fora colocado, coberto com uma lona.

O médico removeu a cobertura.

– Não há nada para ver – afirmou.

Mas os olhos do sr. Parker Pyne estavam fixos na gravata do morto.

– Então Smethurst era do clube dos ex-alunos de Eton – disse.

Loftus pareceu surpreso.

Em seguida, o sr. Parker Pyne o surpreendeu ainda mais.

– O que sabe sobre o jovem Williamson? – perguntou.

– Não sei nada. Só fui apresentado a ele em Beirute. Vim direto do Egito. Mas por quê? Não está dizendo que...?

– Bem, estamos nos baseando nas provas apresentadas por ele para enforcar um homem, não é mesmo? – disse o sr. Parker Pyne, animado. – Precisamos ser cautelosos.

Ele ainda parecia interessado na gravata e no colarinho do morto. Abriu os botões e removeu o colarinho. Então veio a exclamação.

– Está vendo isto?

Na parte de trás da nuca, havia uma manchinha redonda de sangue.

Examinou mais de perto o pescoço descoberto.

– Este homem não foi morto por um golpe na cabeça, doutor – disse com rispidez. – Foi apunhalado, na base do crânio. Mal se pode ver o furinho diminuto.

— E deixei passar uma coisa dessas!

— Estava com uma ideia preconcebida – disse o sr. Parker Pyne, constrangido. – Uma pancada na cabeça. Fica fácil deixar passar algo assim. Mal dá para ver o ferimento. Uma rápida estocada com um instrumento afiado, e a morte seria instantânea. A vítima sequer teria tempo de gritar.

— Está sugerindo que foi um punhal? Acha que o general...?

— Italianos e punhais andam juntos na imaginação popular... Ora veja, aí vem um ônibus!

Um ônibus de turismo apareceu no horizonte.

— Que bom – disse O'Rourke enquanto vinha juntar-se a eles. – As mulheres podem seguir viagem com eles.

— Mas e quanto ao nosso assassino? – perguntou o sr. Parker Pyne.

— Está falando de Hensley...?

— Não, não estou falando de Hensley – disse o sr. Pyne. – Por acaso sei que o Hensley é inocente.

— Sabe... mas como?

— Bem, entenda, tinha areia dentro da meia dele.

O'Rourke ficou olhando espantado para ele.

— Eu sei, meu garoto – explicou Parker Pyne com calma –, não parece fazer muito sentido, mas faz. Smethurst não foi golpeado na cabeça, compreenda, ele foi apunhalado.

Esperou um instante e então prosseguiu.

— Apenas procure se lembrar da conversa que lhe relatei; a conversa que tive com ele no café. Destacou o que era, para você, a frase de maior significado. Mas foi outra frase que me chamou a atenção. Quando eu disse a ele que eu era um golpista, ele disse: "*O quê... você também?*". Isso não lhe soa muitíssimo curioso? Não sei se poderia descrever uma série de peculatos de um departamento como o artifício do golpe. A descrição de um golpista que se utiliza da boa vontade alheia serve muito mais para se referir a algum fugitivo, como o sr. Samuel Long, por exemplo.

O médico tomou um susto. O'Rourke disse:

– É... pode ser...

– Eu falei brincando que talvez o fugitivo sr. Long estivesse presente no nosso grupo de viagem. Suponhamos que isso seja verdade.

– Como... mas é impossível!

– De forma alguma. O que sabemos sobre as pessoas a não ser pelas informações dos passaportes e as histórias que contam sobre si mesmas? Será que sou mesmo o sr. Parker Pyne? E o general Poli é de fato um general italiano? E o que dizer da masculinidade da srta. Pryce sênior, que claramente precisa dar um jeito naquela barba?

– Mas ele... mas Smethurst... não conhecia Long?

– Smethurst é do clube dos ex-alunos de Eton. Long também estudou naquela escola. Smethurst devia conhecê-lo, embora não tenha comentado nada com vocês. Deve ter reconhecido o antigo colega entre nós. E, se foi isso mesmo, o que é que ele podia fazer? É um sujeito simples e fica preocupado com o assunto. Por fim, se compromete a não dizer nada até chegarmos a Bagdá. Mas, a partir dali, não vai mais segurar a língua.

– Está achando que um de *nós* é o Long – disse O'Rourke, ainda embasbacado.

Ele inspirou profundamente.

– Só pode ser o camarada italiano... *tem* de ser ele... ou então quem sabe o armênio?

– Se fazer passar por estrangeiro e conseguir um passaporte de outra nacionalidade é de fato muito mais difícil do que permanecer inglês – afirmou o sr. Parker Pyne.

– A srta. Pryce? – disse O'Rourke, incrédulo.

– Não – disse Parker Pyne. – *Este* é o homem que procuramos!

Ele pousou a mão, num gesto quase amigável, no ombro do homem ao seu lado. Mas não havia nada amigável no tom de voz, e os dedos tinham uma qualidade quase malévola na firmeza com que agarravam a carne do outro.

– Líder de esquadrão Loftus ou sr. Samuel Long, não importa como o chamem!

– Mas isto é impossível... impossível – disse O'Rourke atabalhoado. – Loftus está no exército há anos.

– Mas não o conhecia antes disso, conhecia? Ele era um estranho para todos vocês. Naturalmente, não se trata do *verdadeiro* Loftus.

O homem calado encontrou sua voz.

– Muito inteligente de sua parte ter adivinhado. A propósito, como conseguiu descobrir?

– Com sua declaração ridícula de que Smethurst tinha morrido com uma pancada na cabeça. Foi O'Rourke quem lhe deu aquela ideia ontem, quando estavam jogando conversa fora em Damasco. Você pensou: que fácil! É o único médico nos acompanhando, o que quer que diga será aceito por todos. Está com a maleta do Loftus. Tem todos os instrumentos dele. Foi fácil escolher a ferramenta perfeita para os seus propósitos. Você se debruça para falar com ele e, enquanto conversa, enfia a arma no local preciso. Fica falando por mais um ou dois minutos. Está escuro lá dentro. Quem é que vai suspeitar?

"Então chega o momento da descoberta do cadáver. Dá o seu veredito. Mas as coisas não transcorrem tão tranquilas quanto havia imaginado. Surgem dúvidas. Procura então uma segunda estratégia de defesa. Williamson repete a conversa que ouviu quando Smethurst estava falando com você. Todos pensam que se tratava de Hensley, e você acrescenta um pequeno detalhe prejudicial que inventou na hora, sobre um vazamento no departamento do Hensley. E então eu faço o teste final. Menciono a areia e as meias. Você está segurando uma mão cheia de areia. Mando você buscar as meias para *que possamos descobrir a verdade*. Mas com aquilo eu não quis dizer o que pensou que eu queria dizer. *Eu já havia examinado as meias do Hensley*. Não havia areia em nenhuma delas. Você mesmo pôs a areia lá."

O sr. Samuel Long acendeu um cigarro.

– Desisto – disse. – Minha sorte virou. Bem, foi bom enquanto durou. Já estavam chegando no meu encalço quando desembarquei no Egito. Foi quando encontrei Loftus. Ele estava indo se reunir com os outros em Bagdá e não conhecia nenhum dos homens que estariam lá. Não poderia desperdiçar uma chance daquelas. Comprei o sujeito. Paguei vinte mil libras. Que diferença faria um dinheiro desses? Então, por um azar maldito, dei de cara com Smethurst... um imbecil como nenhum outro! Era meu lacaio em Eton. Ele me tratava quase como um herói naquela época. Estava incomodado com a ideia de me entregar. Fiz o que pude, e enfim ele prometeu não dizer nada até chegarmos a Bagdá. Que chance eu teria então? Nenhuma. Só havia um jeito... eliminá-lo. Mas posso lhes garantir que não sou um assassino por natureza. Meus talentos residem numa categoria bem diferente.

A expressão dele se transformou, contraiu-se. Balançou o corpo e tombou para a frente.

O'Rourke se debruçou sobre ele.

– Provavelmente foi ácido prússico... no cigarro – disse o sr. Parker Pyne. – O grande jogador perdeu sua última aposta.

Olhou ao redor de si, para a vastidão do deserto. O sol brilhava causticante. Fazia apenas um dia que haviam partido de Damasco, atravessando o Portão de Bagdá.

*"Não passe, ó Caravana, ou passe sem cantar. Já ouviu*
*Aquele silêncio quando os pássaros estão mortos, mas alguma coisa pipila como um pássaro?"*

# A casa de Shiraz

## I

Eram seis horas da manhã quando o sr. Parker Pyne deixou a Pérsia logo após uma parada em Bagdá.

O espaço para passageiros no pequeno avião era limitado, e a estreita dimensão dos assentos não era tal que pudesse acomodar a massa do sr. Parker Pyne com qualquer espécie de conforto. Tinha dois companheiros de viagem: um homem grande e rosado, que Parker Pyne julgou ser de natureza muito falante, e uma mulher magra de lábios franzidos e ar determinado.

"Seja como for", pensou o sr. Parker Pyne, "não me parece que nenhum deles se interessaria por uma consulta profissional comigo."

E não se interessariam mesmo. A mulher franzina era uma missionária americana, abarrotada de trabalho e bastante feliz, e o homem corado era funcionário de uma empresa exploradora de petróleo. Já haviam fornecido ao companheiro de viagem o currículo completo de suas vidas antes mesmo de o avião decolar.

– Receio que eu seja um mero turista – declarara o sr. Parker Pyne de modo depreciativo. – Estou a caminho de Teerã, Ispahan e Shiraz.

E a simples musicalidade dos nomes já o encantava tanto que, após dizê-los, fez questão de repetir. Teerã. Ispahan. Shiraz.

O sr. Parker Pyne contemplou a paisagem lá embaixo. Era puro deserto. Teve a sensação do mistério dessas regiões vastas e despovoadas.

Em Kermanshah, o avião aterrissou para que apresentassem seus passaportes e passassem pela alfândega. Uma das malas do sr. Parker Pyne foi revistada. Uma pequena caixa de papelão foi investigada com alguma euforia. Fizeram várias perguntas. Como o sr. Parker Pyne não falava nem compreendia a língua persa, a situação ficou difícil.

O piloto da aeronave se aproximou. Era um jovem alemão de cabelos claros, um homem bem-apessoado, com olhos de um azul profundo e o rosto curtido pelo sol.

– Por favor? – indagou, de maneira agradável.

O sr. Parker Pyne, que estivera empenhado em fazer excelentes mímicas muito realísticas mas que não pareciam estar surtindo efeito, virou-se para ele, aliviado.

– É um pó contra insetos – disse. – Acha que poderia explicar para eles?

O piloto parecia confuso.

– Por favor?

O sr. Parker Pyne repetiu sua explicação em alemão. O piloto sorriu e traduziu a frase para o persa. Os oficiais sisudos e lúgubres ficaram satisfeitos; as expressões pesarosas abrandaram-se; eles sorriram. Um até chegou a rir. Acharam a ideia engraçada.

Os três passageiros retomaram seus lugares, e o voo continuou. Deram um rasante sobre Hamadã para largar as correspondências, mas o avião não parou. O sr. Parker Pyne espiava o mundo lá embaixo, tentando ver se conseguia visualizar a Rocha de Behistun, aquele local histórico onde Dário descreve a vastidão de seu império e de suas conquistas em três idiomas diferentes: babilônico, medo e persa.

Era uma hora da tarde quando chegaram a Teerã. Passaram por mais formalidades policiais. O piloto alemão se avizinhara e ficara por perto, sorrindo, enquanto o sr. Parker Pyne terminava de responder um longo interrogatório, que não conseguira compreender.

– Que foi que eu disse? – perguntou ele para o alemão.

– Que o nome de batismo de seu pai é turista, que sua profissão é Charles, que o sobrenome de solteira de sua mãe é Bagdá, e que está chegando de Harriet.

– Isso faz diferença?

– Não faz a mínima diferença. Precisa apenas responder alguma coisa; é só o que eles querem.

O sr. Parker Pyne ficou desapontado com Teerã. Achou a cidade irritante de tão moderna. Chegou até a declarar isso na noite seguinte quando, por acaso, encontrou Herr Schlagal, o piloto, no momento em que estava entrando no hotel. De impulso, convidou o outro para jantar, e o alemão aceitou.

O garçom georgiano ficou rondando a mesa deles e anotou os pedidos. A comida chegou.

Quando chegaram ao momento da sobremesa, *la torte*, um confeito grudento de chocolate, o alemão falou:

– Então o senhor vai a Shiraz?

– Sim. Vou de avião até lá. Depois vou retornar de Shiraz para Ispahan e Teerã pela estrada. É você quem vai pilotar o voo até Shiraz amanhã?

– *Ach*, não. Volto para Bagdá.

– Já está aqui há muito tempo?

– Três anos. Só foi estabelecido há três anos o nosso serviço. Até agora nunca tivemos um acidente; *unberufen*!

Ele bateu na madeira.

Umas xícaras pesadas de café doce chegaram à mesa. Os dois homens fumaram.

– Meus primeiros passageiros foram duas mulheres – disse o alemão, perdido em lembranças. – Duas senhoras inglesas.

– Ah é? – disse o sr. Parker Pyne.

– Uma delas era uma jovem senhorita muito bem nascida, a filha de um dos ministros de vocês, a... como é que se diz? ... Lady Esther Carr. Era bonita, muito bonita, mas louca.

– Louca?

– Completamente louca. Mora lá em Shiraz, em uma casa enorme no estilo original daqui. Ela usa as roupas do Oriente. Não quer se encontrar com nenhum europeu. Isso lá é vida para uma senhora de berço?

– Já ouvi falar de outras – comentou o sr. Parker Pyne. – Tem Lady Hester Stanhope...

Essa de quem estou falando é doida – interrompeu o outro de forma abrupta. – Dá para ver nos olhos dela. Igualzinho à expressão dos olhos do meu comandante no submarino durante a guerra. Ele agora está internado num hospício.

O sr. Parker Pyne ficou pensativo. Lembrava-se bem de Lord Micheldever, o pai de Lady Esther Carr. Trabalhara sob a supervisão dele quando este fora Secretário da Casa Civil; era um homem grande e loiro com risonhos olhos azuis. Ele vira Lady Micheldever uma vez; uma notável beldade irlandesa, com cabelos negros e os olhos de um azul-violeta. Os dois eram pessoas bonitas e normais, mas, mesmo assim, era sabido que *havia* casos de insanidade na família Carr. O problema ressurgia vez ou outra, depois de pular uma geração. Era estranho, pensou ele, que Herr Schlagal fizesse questão de enfatizar o assunto.

– E a outra senhora – perguntou, desinteressado.

– A outra senhora... está morta.

Algo na voz dele fez com que Parker Pyne erguesse o olhar num impulso.

– Tenho coração – declarou Herr Schlagal. – Eu sinto. Ela era, para mim, a mais linda de todas; aquela mulher. Entende como é... essas coisas tomam conta das pessoas muito de repente. Era uma flor... uma flor. – Ele deu um suspiro profundo. – Fui fazer uma visita a elas uma vez... na casa em Shiraz. Lady Esther me convidara para ir. A minha pequena, a minha flor, estava com medo de alguma coisa, era evidente. Quando cheguei de Bagdá outra vez, fiquei sabendo que ela tinha morrido. Morrido!

Ele fez uma pausa e então continuou pensativo:

– Pode ser que a outra mulher a tenha matado. Ela era louca, estou lhe dizendo.

Suspirou, e o sr. Parker Pyne pediu dois licores Bénédictine.

– O curaçau, este é bom – disse o garçom georgiano e trouxe para eles dois curaçaus.

## II

Logo depois do almoço, no dia seguinte, o sr. Parker Pyne avistou Shiraz pela primeira vez. Haviam sobrevoado uma cordilheira de montanhas entremeada com vales estreitos e desolados e toda uma natureza árida, sedenta e ressequida. Então, de repente, Shiraz surgiu na paisagem; uma joia verde-esmeralda no coração da vida selvagem.

O sr. Parker Pyne apreciou Shiraz de um jeito que não conseguira apreciar Teerã. O caráter primitivo do hotel não o intimidou, tampouco o caráter igualmente primitivo das ruas.

Descobriu-se em meio a um feriado persa. O festival de Nan Ruz começara na noite anterior – o período de quinze dias no qual os persas celebram seu Ano-Novo. Andou a esmo pelos bazares vazios e foi parar no grande largo descampado na parte norte da cidade. Shiraz inteira estava comemorando.

Um dia, caminhou um pouco além da área urbana. Estivera visitando a tumba de Hafiz, o poeta, e estava fazendo o caminho de volta quando ficou fascinado por uma casa que ele viu. Era uma casa toda coberta de azulejos azuis, cor-de-rosa e amarelos, situada em meio a um jardim verdejante com fontes, laranjeiras e roseiras. Aquela, ele pensou, era uma casa saída de um sonho.

Naquela noite, estava jantando com um cônsul inglês e perguntou sobre a casa.

– Um lugar fascinante, não é mesmo? Foi construída por um antigo e riquíssimo governador de Luristan que soube fazer bom uso de sua posição oficial. Uma inglesa é a proprietária agora. Deve ter ouvido falar nela. Lady Esther Carr. Louca de atar. Embrenhou-se completamente nos costumes locais. Não quer saber de nada nem ter relação alguma com qualquer coisa ou pessoa britânica.

– E ela é jovem?

– Jovem demais para fazer uma tolice dessas. Tem uns trinta anos.

– Havia outra inglesa com ela, não havia? Uma mulher que morreu?

– Havia; isso foi há mais ou menos três anos. Aconteceu um dia depois de eu assumir meu posto aqui, para dizer a verdade. Barham, meu antecessor, morreu de maneira súbita, sabe.

– Como foi que ela morreu? – perguntou o sr. Parker Pyne de modo bem direto.

– Caiu daquele pátio ou varanda que fica no primeiro andar. Era a empregada ou dama de companhia de Lady Esther, não lembro bem. Enfim, ela estava levando a bandeja do café da manhã e deu um passo em falso sobre a beirada. Uma coisa muito triste; não se pôde fazer nada; quebrou o crânio no calçamento lá embaixo.

– Qual era o nome dela?

– King, eu acho, ou será que era Willis? Não... esse era o nome da missionária. Uma moça bastante bonita.

– E Lady Esther ficou chateada?

– Sim... não. Não sei. Ela era muito esquisita; nunca consegui decifrá-la. É uma criatura muito... digamos, imperiosa. A gente logo vê que é alguém importante, se é que me entende; ela me assustou bastante com o jeito de mandar em tudo e aqueles olhos escuros e brilhantes.

Ele riu, um pouco constrangido, então observou seu companheiro com curiosidade. O sr. Parker Pyne parecia estar olhando para o nada. O fósforo que acabara de riscar para acender o cigarro estava queimando, esquecido na mão dele. Queimou até chegar aos dedos, e ele largou o palito com uma interjeição de dor. Foi então que reparou na expressão de assombro do cônsul e sorriu.

– O senhor me desculpe – disse.

– Perdido em pensamentos?

– Uma floresta deles – disse o sr. Parker Pyne com ar enigmático.

Conversaram sobre outros assuntos.

Naquela noite, sob a luz de um lamparina a óleo, o sr. Parker Pyne escreveu uma carta. Hesitou um bocado sobre a composição ideal. Contudo, o resultado final foi bastante simples.

> *O sr. Parker Pyne oferece seus cumprimentos a Lady Esther Carr e busca informar que está hospedado no Hotel Fars pelos próximos três dias, caso deseje consultá-lo.*

Em anexo, incluiu um recorte; o famoso anúncio:

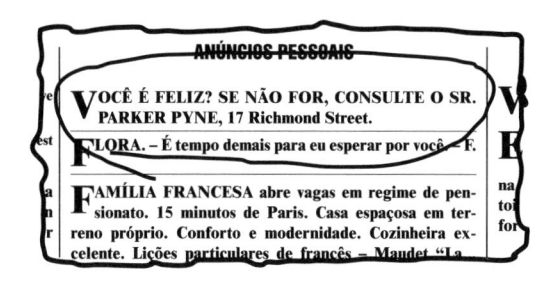

**ANÚNCIOS PESSOAIS**

**VOCÊ É FELIZ? SE NÃO FOR, CONSULTE O SR. PARKER PYNE, 17 Richmond Street.**

**FLORA.** – É tempo demais para eu esperar por você. – F.

**FAMÍLIA FRANCESA** abre vagas em regime de pensionato. 15 minutos de Paris. Casa espaçosa em terreno próprio. Conforto e modernidade. Cozinheira excelente. Lições particulares de francês – Mandet "La

– Isso deve funcionar – disse o sr. Parker Pyne enquanto deitava, meticuloso, sobre a cama bastante desconfortável. – Deixe-me ver, são quase três anos; sim, vai dar resultado.

No dia seguinte, por volta das quatro da tarde, a resposta veio. Foi um criado persa que não entendia inglês quem trouxe o recado.

Lady Esther Carr ficará agradecida se o sr. Parker Pyne puder visitá-la esta noite, às nove horas.

O sr. Parker Pyne sorriu.

O mesmo empregado o recebeu naquela noite. Foi conduzido pelo jardim escuro e subiu uma escadaria externa que levava até os fundos da casa. A partir dali, uma porta foi aberta, e ele adentrou uma espécie de pátio central ou varanda que ficava a céu aberto. Um grande divã fora colocado contra a parede e, sobre ele, encontrava-se reclinada uma figura admirável.

Lady Esther estava vestida com mantos orientais, e qualquer um poderia suspeitar que o motivo dessa preferência estivesse no fato de os mantos realçarem seu estilo de beleza suntuosa e exótica. Imperiosa foi a palavra que o cônsul usara para descrevê-la e, de fato, imperiosa era a imagem que ela ostentava. Mantinha o queixo erguido e as sobrancelhas com uma expressão arrogante.

– É o sr. Parker Pyne? Sente-se aqui.

A mão dela apontou para uma pilha de almofadas. No terceiro dedo cintilava uma enorme esmeralda, entalhada com um brasão de armas. Era uma joia de família e deveria valer uma pequena fortuna, refletiu o sr. Parker Pyne.

Ele se abaixou, obediente, embora com um pouco de dificuldade. Não era fácil para um homem com seu porte manter a elegância ao sentar-se no chão.

Um criado apareceu trazendo café. O sr. Parker Pyne pegou uma xícara e saboreou o líquido com gosto.

Sua anfitriã adquirira o hábito oriental de ociosidade infinita. Não se apressava para começar a conversa. Ela também estava tomando café, com os olhos semicerrados. Por fim, falou.

– Então ajuda as pessoas infelizes – disse. – Ao menos é o que alega no seu anúncio.

– Ajudo.

– Por que mandou o recorte para mim? É deste modo que faz negócios enquanto viaja?

Havia um tom deliberadamente agressivo na sua voz, mas o sr. Parker Pyne decidiu ignorar o fato. Respondeu apenas:

– Não. Minha ideia quando viajo é tirar férias completas do trabalho.

– Então por que me mandou o anúncio?

– Porque tenho motivos para acreditar que a senhora esteja... infeliz.

Fez-se um momento de silêncio. Ele estava curiosíssimo. Como será que ela receberia aquilo? Ela se reservou alguns instantes para tomar a decisão. E, então, riu.

– Suponho que pense que qualquer um que abandone o mundo, que leve a vida como eu, cortando os vínculos com a minha raça, o meu país, deve ter feito isso porque está infeliz! Tristeza, decepção... acha que algo dessa natureza me obrigou ao exílio? Ah, bem, como é que o senhor poderia compreender? Lá... na Inglaterra... eu era um peixe fora d'água. Aqui, sou eu mesma. No fundo, sempre pertenci ao Oriente. Adoro este isolamento. Arriscaria dizer que é incapaz de compreender isso. Para o senhor, devo parecer – hesitou por um instante – louca.

– Não é louca – disse o sr. Parker Pyne.

O tom dele estava imbuído de uma confiança intensa e discreta. Ela o observou com curiosidade.

– Mas andam dizendo por aí que eu sou, imagino. Uns tolos! O mundo é feito de todo tipo de pessoa. Estou perfeitamente feliz.

– E mesmo assim me convidou para vir aqui – disse o sr. Parker Pyne.

– Devo admitir que fiquei curiosa para conhecê-lo.

Ela titubeou.

– Além disso, não quero voltar para lá nunca mais... para a Inglaterra... mas ao mesmo tempo, às vezes, gosto de ficar sabendo do que está acontecendo no...

– No mundo que a senhorita abandonou?

Ela concordou balançando a cabeça.

O sr. Parker Pyne começou a falar. A voz macia e reconfortante começou baixinha, então subia o tom, com muita sutileza, ao enfatizar um ou outro ponto.

Contou de Londres, das fofocas da sociedade, dos homens e mulheres famosos, dos novos restaurantes e casas noturnas, das corridas de cavalos, dos grupos que saem para caçar e dos escândalos daqueles que viviam nas mansões. Falou das roupas, das modas de Paris, das lojinhas em vielas deselegantes, mas onde se conseguiam umas pechinchas maravilhosas.

Descreveu os teatros e cinemas, deu as últimas notícias sobre a indústria de filmes, descreveu a construção de novos jardins de subúrbio, falou dos bulbos, plantas e de jardinagem e, por fim, chegou a uma descrição singela de Londres à noitinha, com seus bondes e ônibus, e as multidões apressadas voltando para casa depois de um dia de trabalho, das pequenas casas que aguardavam pela chegada deles e de todo aquele estranho modelo tão particular da vida familiar inglesa.

Foi uma performance notável, demonstrando um conhecimento vasto e incomum, além de uma apresentação inteligente dos fatos. O queixo erguido de Lady Esther caíra; a arrogância de sua pose fora abandonada.

Por algum tempo, suas lágrimas escorreram discretamente, mas, depois que ele terminara, ela abandonou qualquer afetação e passou a chorar abertamente.

O sr. Parker Pyne não disse nada. Ficou sentado observando. O rosto dele tinha a expressão calma e satisfeita de alguém que conduzira um experimento e obtivera o resultado desejado.

Enfim, ela ergueu a cabeça.

– Bem – falou com amargura –, está satisfeito?

– Acho que sim... agora sim.

– Como vou suportar isso; como vou suportar isso? Nunca poder sair daqui; nunca mais rever... ninguém!

O bramido irrompeu como se tivesse sido arrancado dela à força. Ela se recompôs, ruborizada.

– E então? – perguntou com ferocidade. – Vai deixar de fazer o comentário óbvio? Não vai perguntar: "Se deseja tanto ir para casa, por que não o faz?"

– Não – o sr. Parker Pyne meneou a cabeça. – Não é tão fácil assim para a senhorita.

Pela primeira vez uma breve expressão de medo invadiu os olhos dela.

– Sabe o motivo por que não posso ir?

– Creio que sei.

– Engana-se – ela balançou a cabeça. – O motivo pelo qual não posso ir é um motivo que jamais vai adivinhar.

– Não adivinho nada – disse o sr. Parker Pyne. – Observo... e classifico.

Ela balançou a cabeça.

– O senhor não sabe de nada.

– Terei de convencê-la então – disse o sr. Parker Pyne em tom agradável. – Quando veio para cá, Lady Esther, a senhorita veio de Bagdá num avião, acredito, da nova German Air Service?

– Sim?

— Foi transportada por um jovem piloto, Herr Schlagal, que depois veio até aqui visitá-la.
— Sim.

Este outro "sim" soou diferente; foi um "sim" mais suave.

— E tinha consigo uma amiga, ou acompanhante que... morreu.

A voz dela era quase um aço agora; fria, agressiva.

— Minha acompanhante.
— Seu nome era...?
— Muriel King.
— Era afeiçoada a ela?
— O que quer dizer com afeiçoada?

Ela fez uma pausa, controlou-se.

— Era útil para mim.

Disse aquilo com altivez, e o sr. Parker Pyne lembrou-se do cônsul dizendo: "Logo se vê que ela é alguém importante, se entende o que quero dizer".

— Ficou triste quando ela morreu?
— Eu... é natural! Francamente, sr. Pyne, é necessário revisitarmos tudo isso?

Ela falou com irritação e continuou, sem esperar pela resposta:

— Foi muita bondade sua ter vindo até aqui. Mas estou um pouco cansada. Se me disser quanto lhe devo...?

Mas o sr. Parker Pyne não se moveu. Não demonstrou nenhum sinal de ter ficado ofendido. Prosseguiu com as perguntas com toda a tranquilidade.

— Desde a morte dela, Herr Schlagal não veio mais visitá-la. Se ele decidisse vir, a senhorita o receberia?
— É claro que não.
— Recusa-se terminantemente?
— Terminantemente. Herr Schlagal não seria admitido.

— Claro – disse o sr. Parker Pyne, pensativo. – Não poderia responder qualquer outra coisa.

A armadura de defesa de sua arrogância dissolveu-se um pouco. Disse, insegura:

— Eu... não sei do que está falando.

— A senhorita sabia, Lady Esther, que o jovem Schlagal se apaixonou por Muriel King? Ele é um jovem sentimental. Ainda guarda a memória dela com carinho.

— Guarda, é? – a voz dela era quase um sussurro.

— Como ela era?

— Como assim, como ela era? Como vou saber?

— Deve ter olhado para ela algumas vezes – disse o sr. Parker Pyne com brandura.

— Ah, isso! Era uma jovem bastante atraente.

— Mais ou menos da sua idade?

— Por aí.

Fez-se uma pausa, então ela acrescentou:

— Por que acha que... que Schlagal gostava dela?

— Porque ele me contou. Sim, afirmou isso com todas as letras. Como disse, é um jovem sentimental. Estava feliz de poder confiar em mim. Estava muito aborrecido por ela ter morrido daquele jeito.

Lady Esther deu um salto e pôs-se de pé.

— Acredita que eu a matei?

O sr. Parker Pyne não deu nenhum salto para colocar-se de pé. Não era do tipo que dava saltos.

— Não, minha querida – disse. – Eu *não* acredito que a tenha assassinado e, sendo assim, acho que quanto antes parar com esse faz de conta e voltar para casa, melhor para você.

— Que quer dizer com faz de conta?

— A verdade é que perdeu a coragem. Foi isso, você perdeu. Perdeu totalmente a coragem. Achou que seria acusada de assassinar sua patroa.

A garota fez um movimento brusco.

O sr. Parker Pyne continuou.

– Você não é a Lady Esther Carr. Já sabia disso antes de vir até aqui, mas testei a senhorita para ter certeza.

Ele abriu um sorriso, calmo e benevolente.

– Durante meu monólogo ainda agora, fiquei lhe observando, e todo o tempo a senhorita reagiu como *Muriel King*, não como Esther Carr. As lojinhas baratas, os cinemas, os novos jardins de subúrbio, as pessoas voltando para casa de ônibus e bonde... você reagiu a todas essas coisas. As fofocas das mansões, as novas casas noturnas, o disse me disse de Mayfair, as corridas de cavalos; nenhum desses exemplos teve qualquer significado para você.

A voz dele foi se tornando ainda mais persuasiva e paternal.

– Sente-se e conte-me tudo. Não assassinou Lady Esther, mas achou que poderia ser acusada de ter feito isso. Apenas me conte como tudo aconteceu.

Ela respirou profundamente; então se afundou mais uma vez no divã e começou a falar. As palavras saíam apressadas, em pequenos jorros.

– Preciso começar... do começo. Eu... tinha medo dela. Era louca... não bem louca... mas um pouco. Ela me trouxe para cá com ela. Como uma tola, fiquei encantada; achei que era como um sonho. Tão tolinha. Era isso que eu era, uma tolinha. Teve uma história ligada a um chofer. Ela era louca pelo homem... absolutamente enlouquecida. Ele não queria nada com ela, e a fofoca se espalhou; as amigas dela ficaram sabendo e deram risada. E ela rompeu com a família e veio embora para cá.

"Era tudo pose para salvar a reputação dela... a solidão do deserto... todo este tipo de coisa. O plano era manter a imagem por um tempo e depois voltar. Mas ela foi ficando cada vez mais esquisita. E então teve o piloto. Ela... ficou gostando dele. Ele veio até aqui para me ver, e ela achou que... ah, bem... o senhor consegue entender. Mas ele deve ter deixado bem claro para ela...

"E, depois, ela de repente se voltou contra mim. Era terrível, assustadora. Dizia que jamais me deixaria voltar para casa. Dizia que tinha poder sobre mim. Dizia que eu era uma escrava. Nada além disso... uma escrava. Que ela tinha o poder de decidir a minha vida."

O sr. Parker Pyne assentiu. Pôde antecipar o desenrolar da situação. Lady Esther aos poucos beirando os limites da insanidade, assim como ocorrera com outros familiares dela, e a moça amedrontada, ignorante e sem experiência de viagens, acreditando em tudo o que diziam para ela.

— Mas, um belo dia, algo em mim deu um estalo. Eu a enfrentei. Disse que se chegássemos às vias de fato, no fim das contas, eu era mais forte do que ela. Disse que a jogaria no calçamento lá embaixo. Ela estava assustada, realmente assustada. Imagino que me julgasse apenas um verme. Dei um passo na direção dela... não sei o que ela achou que eu fosse fazer. Ela foi dando uns passos para trás; ela... recuou sobre a beirada!

Muriel King enterrou o rosto nas mãos.

— E depois? – o sr. Parker Pyne a encorajou com delicadeza.

— Perdi a cabeça. Achei que diriam que eu a empurrei. Achei que ninguém me daria ouvidos. Achei que seria jogada em alguma prisão horrível daqui.

Seus lábios tremiam. O sr. Parker Pyne pôde ver com clareza o medo irracional que tomara conta dela.

— E então me ocorreu... e se fosse eu? Sabia que teríamos um novo cônsul britânico que nunca havia visto nenhuma de nós duas. O outro tinha morrido.

"Achei que poderia me entender com os criados. Para eles, éramos duas inglesas doidas. Quando uma morreu, a outra continuou. Dei a eles bons presentes em dinheiro e mandei que chamassem o cônsul britânico. Ele veio e o recebi como Lady Esther. Estava usando o anel dela no dedo. Ele foi muito gentil e organizou tudo. Ninguém jamais pareceu desconfiar de nada."

O sr. Parker Pyne assentiu, pensativo. Lady Esther Carr podia ser louca de atar, mas ainda assim era a Lady Esther Carr.

– Então, mais tarde – continuou Muriel –, desejei não ter feito nada isso. Percebi que eu também cometera uma loucura. Fui condenada a ficar aqui representando um papel. Não podia vislumbrar um jeito de escapar algum dia. Se confessasse a verdade agora, mais do que nunca, daria a impressão de que a matei. Ai, sr. Pyne, o que devo fazer? O que devo fazer?

– Fazer? – o sr. Parker Pyne levantou-se o mais rápido que seu peso permitiu. – Minha cara criança, vai me acompanhar agora para falar com o cônsul britânico, que é um homem muito afável e gentil. Haverá uma série de formalidades desagradáveis pelas quais terá de passar. Não lhe prometo que vai correr tudo às mil maravilhas, mas não será enforcada por assassinato. A propósito, por que a bandeja do café da manhã foi encontrada junto ao corpo?

– Eu atirei lá. Eu... achei que se pareceria ainda mais comigo se a bandeja estivesse lá. Foi bobagem minha?

– Pelo contrário, foi um toque muito inteligente – disse o sr. Parker Pyne. – Na verdade, foi o único detalhe que me fez questionar se talvez você tivesse mesmo se livrado de Lady Esther... isto é, até eu ver você. Quando a vi, constatei que seria capaz de fazer qualquer coisa na vida, menos matar alguém.

– Porque não teria a coragem necessária, é isso que está dizendo?

– Seus reflexos não dariam conta do recado – disse o sr. Parker Pyne sorrindo. – E então? Vai me acompanhar?

Tem uma tarefa desagradável pela frente, mas vou lhe ajudar durante todo o processo e, depois... de volta a Streatham Hill... é de Streatham Hill, não é? Sim, foi o que pensei. Vi seu rosto se contrair quando mencionei uma linha de ônibus em particular. Está vindo, minha cara?

Muriel King empacou.

– Jamais vão acreditar em mim – disse ela, nervosa. – A família dela e tudo. Eles não vão acreditar que ela poderia ter agido do jeito que agiu.

– Deixe comigo – disse o sr. Parker Pyne. – Conheço um pouco do histórico da família. Venha, criança, pare de bancar a covarde. Lembre-se, há um jovem rapaz com o coração suspirando por você. É melhor garantirmos que é no avião dele que você vai viajar para Bagdá.

A garota sorriu e enrubesceu.

– Estou pronta – declarou com simplicidade.

Então, ao se aproximar da porta, virou-se.

– Disse que sabia que eu não era Lady Esther Carr mesmo antes de me ver. Como é que poderia saber uma coisa dessas?

– Estatísticas – disse o sr. Parker Pyne.

– Estatísticas?

– É. Tanto Lord como Lady Micheldever tinham olhos azuis. Quando o cônsul mencionou que a filha deles tinha olhos *escuros* e brilhantes, eu sabia que havia algo errado. Pessoas de olhos castanhos podem produzir uma criança de olhos azuis, mas não o contrário. É um fato científico, posso lhe assegurar.

– Acho que o senhor é maravilhoso! – declarou Muriel King.

# A pérola de grande valor

I

O grupo tivera um dia longo e cansativo. Partiram de Amã cedo da manhã com uma temperatura de 38 graus à sombra e por fim chegaram, bem no momento em que começava a escurecer, ao acampamento situado no coração daquela cidade de rochas vermelhas, fantásticas e ultrajantes chamada Petra.

Eram sete pessoas no total: o sr. Caleb P. Blundell, um magnata americano gordo e próspero; seu secretário moreno, atraente e um pouco taciturno, Jim Hurst; Sir Donald Marvel, do ministério público, um político inglês de aspecto cansado; dr. Carver, um senhor de idade, arqueólogo, conhecido no mundo inteiro; um francês galanteador, coronel Dubosc, em licença da Síria; um tal sr. Parker Pyne, que não tinha talvez um rótulo profissional muito claro, mas exalava um ar de solidez britânica; e, por fim, havia a srta. Carol Blundell; bonita, mimada e extremamente segura de si por ser a única mulher entre meia dúzia de homens.

Jantaram na tenda grande depois de escolherem as barracas ou grutas onde iriam dormir. Debateram sobre a política no Oriente Médio: o inglês, com cautela, o francês, com discrição, o americano com um quê de leviandade, e o arqueólogo e o sr. Parker Pyne, sem dizerem uma só palavra. Ambos, aparentemente, prefeririam o papel de ouvinte. Assim também fez Jim Hurst.

Depois, conversaram sobre a cidade que tinham a intenção de visitar.

— É romântica demais para ser descrita em palavras — afirmou Carol. — E pensar que aqueles... como se chamam mesmo?... os nabateus viveram aqui, tanto tempo atrás, quase que antes do começo dos tempos!

— Não chega a tanto — disse o sr. Parker Pyne com suavidade. — Hein, dr. Carver?

— Ah, essa é uma história de míseros dois mil anos atrás, e se os estelionatários podem passar por românticos, então suponho que os nabateus também possam. Eram um bando de canalhas muito ricos, eu diria, que convenciam os viajantes a usarem as rotas de caravanas deles e cuidavam para que todos os outros caminhos se tornassem perigosos. Petra era o depósito de todos os lucros obtidos com a extorsão.

— Acredita que eram meros pilantras? — perguntou Carol. — Apenas ladrões comuns?

— Ladrão é uma palavra muito pouco romântica, srta. Blundell. Um ladrão sugere apenas um belo larápio. Um pilantra abre uma gama maior de opções.

— Que tal o termo financista moderno? — sugeriu o sr. Parker Pyne com uma piscadela.

— Esta foi para o senhor, papai! — disse Carol.

— Um homem que ganha dinheiro beneficia a humanidade — afirmou o sr. Blundell com ar formal.

— A humanidade — murmurou o sr. Parker Pyne — é muito ingrata.

— O que é a honestidade? — perguntou o francês. — É uma *nuance*, uma convenção. Em países diferentes, significa coisas diferentes. Um árabe não tem vergonha de furtar. Ele não tem vergonha de mentir. Para ele, o que importa é de *quem* ele está roubando ou *para quem* está mentindo.

— Este é o ponto de vista deles, sim — concordou Carver.

– Que denota a superioridade do Ocidente sobre o Oriente – afirmou Blundell. – Quando essas pobres criaturas tiverem acesso à educação...

Sir Donald entrou no assunto de forma indolente.

– A educação é bastante falha, vocês sabem. Ensina para o sujeito uma porção de coisas inúteis. O que estou querendo dizer é que nada altera quem a pessoa realmente é.

– Que quer dizer com isso?

– Bem, quero dizer que, por exemplo, uma vez ladrão sempre ladrão.

Por um momento, fez-se um silêncio mortal. Então, Carol começou a falar fervorosamente sobre os mosquitos, e o pai apoiou a reclamação da filha.

Sir Donald, um pouco intrigado, murmurou para seu vizinho, o sr. Parker Pyne:

– Parece que cometi uma gafe terrível, hein?

– Interessante – comentou o sr. Parker Pyne.

Qualquer que tenha sido o constrangimento momentâneo que ocorreu no grupo, uma pessoa pareceu falhar por completo em perceber a situação. O arqueólogo ficara sentado em silêncio, com o olhar sonhador e absorto. Quando houve um intervalo na conversa, ele se manifestou de modo repentino e abrupto.

– Vocês sabem – disse –, concordo com isso, ou pelo menos, a partir do ponto de vista contrário. Um homem ou é fundamentalmente honesto, ou não é. Não há como fugir disso.

– Não acredita que uma tentação súbita, por exemplo, pode fazer um homem honesto tornar-se um criminoso? – perguntou o sr. Parker Pyne.

– Impossível! – disse Carver.

O sr. Parker Pyne balançou a cabeça devagar.

– Não diria que seja impossível. Veja bem, há muitos fatores que devemos levar em consideração. Há o ponto de ruptura, por exemplo.

– O que está chamando de ponto de ruptura? – perguntou o jovem Hurst, pronunciando-se pela primeira vez. Ele tinha uma voz profunda, bastante atraente.

– O cérebro está programado para suportar até uma certa quantidade de pressão. Aquilo que precipita uma crise, que transforma um homem honesto em um desonesto, pode ser uma coisinha de nada. É por este motivo que a maioria dos crimes é absurda. A causa, nove entre dez vezes, é aquela ninharia de pressão a mais, a última gota que faz entornar o caldo.

– Está falando de psicologia com isso aí, meu amigo – disse o francês.

– Se um criminoso fosse um psicólogo, seria um criminoso inacreditável! – disse o sr. Parker Pyne. O tom de voz dele indicava que tinha adorado a ideia. – Ainda mais quando se pensa que a cada dez pessoas que encontramos, pelo menos nove podem ser induzidas a agir da maneira que quisermos, bastando para isto que apliquemos o estímulo correto.

– Oh, explique isso melhor! – gritou Carol.

– Existe o homem que se sente intimidado por qualquer valentão. Grite bem alto com ele... e ele obedece. Há o homem contraditório. Aperte e oprima-o no sentido contrário que deseja que ele vá. E então existem as pessoas sugestionáveis, é o tipo mais comum de todos. São aquelas pessoas que *enxergaram* o automóvel porque ouviram o barulho da buzina; que *veem* o carteiro porque ouviram o ruído da caixa de correspondência sendo aberta; que *enxergam* uma faca em um ferimento porque lhes foi *dito* que um homem foi esfaqueado. Ou que chegam a *ouvir* uma pistola se lhes disserem que um homem levou um tiro.

– Acho que ninguém poderia me induzir a fazer ou pensar um negócio desses – disse Carol, incrédula.

– É inteligente demais para cair numa história dessas, docinho – disse o pai dela.

– É a pura verdade o que o senhor diz – falou o francês, refletindo sobre o assunto. – A ideia preconcebida engana os sentidos.

Carol bocejou.

– Vou para minha caverna. Estou morta de cansada. Abbas Effendi disse que temos de partir cedo pela manhã. Vai nos levar até o local dos sacrifícios; o que quer que seja isto.

– É onde eles sacrificam as mocinhas novas e bonitas – gracejou Sir Donald.

– Por misericórdia, espero que não! Bem, boa noite a todos. Oh, deixei cair um brinco.

O coronel Dubosc apanhou a joia que havia rolado pela mesa e devolveu-a à moça.

– São verdadeiras? – perguntou Sir Donald de modo brusco. Num descuido grosseiro, ele tinha os olhos cravados nas duas enormes pérolas solitárias nas orelhas da garota.

– É claro que são verdadeiras – respondeu Carol.

– Custaram oitenta mil dólares – complementou o pai exultante. – E ela os atarraxa de modo tão frouxo que chegam a cair e rolar pela mesa. Quer me arruinar, menina?

– Diria que não conseguiria arruiná-lo papai, nem mesmo se tivesse que me comprar outro par – disse Carol com ar afetuoso.

– É acho que não iria mesmo – concordou o pai. – Poderia lhe dar uns três pares de brincos sem fazer nem cócegas no meu extrato bancário.

Ele olhou ao redor todo orgulhoso.

– Que ótimo para o senhor! – disse Sir Donald.

– Bem, cavalheiros, acho que vou me retirar agora – disse Blundell. – Boa noite.

O jovem Hurst foi com ele.

Os outros quatro sorriram uns para os outros, como se tivessem compartilhado um pensamento em comum.

– Bom – disse Sir Donald num tom arrastado –, é bom saber que ele não sentiria falta do dinheiro. Ricaço arrogante! – acrescentou com rancor.

– Eles têm dinheiro demais, esses americanos – disse Dubosc.

– É difícil – comentou o sr. Parker Pyne com delicadeza – para um homem rico conseguir ser valorizado pelos pobres.

Dubosc riu.

– Inveja e malícia? – sugeriu. – Não está errado, monsieur. Todos desejamos ser ricos; podermos comprar pares e mais pares de brincos de pérolas. Com exceção, talvez, do monsieur aqui.

Fez uma reverência ao dr. Carver, que, como era de costume, estava outra vez distraído. Manuseava um pequeno objeto que tinha nas mãos.

– Como? – despertou ele. – Não, devo admitir que não cobiço pérolas gigantescas. O dinheiro, este é sempre útil, é claro.

Seu tom colocou as coisas em seu devido lugar.

– Mas vejam isto – disse. – Eis aqui algo que é cem vezes mais interessante do que as pérolas.

– O que é?

– É um sinete cilíndrico de hematita negra com uma cena de apresentação esculpida com cinzel; um deus introduzindo um suplicante para outro deus mais entronizado. O suplicante está carregando um cabrito como oferenda, e o augusto deus que está no trono tem um lacaio abanando uma folha de palmeira para espantar as moscas de perto dele. Aquela inscrição detalhada menciona o homem como sendo um criado de Hamurábi, portanto isso deve ter sido feito há apenas quatro mil anos.

Ele apanhou um pedaço de plastilina do bolso, amassou um pouco sobre a mesa, então besuntou com um pouquinho de vaselina e pressionou o sinete por cima da massa plástica, rolando de um lado a outro. Depois, com um canivete, desprendeu um quadrado da massa e o levantou devagar da mesa.

– Estão vendo? – perguntou.

A cena que descrevera se estendia diante deles na plastilina, nítida e bem definida.

Por alguns instantes, a magia do passado tomou conta de todos. Em seguida, lá de fora, ouviu-se a voz alta e desafinada do sr. Blundell.

– Vamos lá, seus negros! Tirem minha bagagem desta gruta maldita e levem para uma barraca! Os maruins estão me sugando vivo. Não vou conseguir pregar o olho.

– Maruins? – indagou Sir Donald.

– Provavelmente são as moscas de areia – respondeu o sr. Carver.

– Gosto mais de maruins – disse o sr. Parker Pyne. – É um nome muito mais sugestivo.

## II

O grupo partiu bem cedo na manhã seguinte, continuando a viagem após várias interjeições sobre as cores e inscrições feitas nas rochas. A cidade "rosa-avermelhada" era, na verdade, uma aberração projetada pela natureza em um de seus momentos mais coloridos e extravagantes. O grupo prosseguia devagar, já que o dr. Carver caminhava com os olhos grudados no chão, parando de vez em quando para apanhar pequenos objetos.

– A gente logo sabe dizer quem é arqueólogo... assim – disse o coronel Dubosc, sorrindo. – Ele nunca observa o céu, nem as montanhas, tampouco as belezas naturais. Caminha com a cabeça baixa, procurando.

– Sim, mas pelo quê? – disse Carol. – Que coisas são essas que está recolhendo, dr. Carver?

Com um leve sorriso, o arqueólogo mostrou a ela alguns fragmentos de cerâmica enlameados.

– Esse lixo! – exclamou Carol com desdém.

– Artefatos de cerâmica são mais interessantes do que ouro – afirmou o dr. Carver.

Carol pareceu incrédula.

Chegaram a uma curva fechada e passaram por duas ou três tumbas escavadas na rocha. A subida foi um tanto árdua. Os guardas beduínos foram na frente, lançando-se despreocupados encosta acima, sem nunca baixarem o olhar para o despenhadeiro que ficava em um dos lados do percurso.

Carol estava com a aparência bastante pálida. Um dos guardas se inclinou lá de cima e estendeu a mão. Hurst saltou na frente dela e esticou seu cajado para fazer as vezes de um corrimão pelo lado do penhasco. Ela o agradeceu com o olhar e, no minuto seguinte, já se encontrava na segurança de um trecho largo e rochoso. Os outros foram chegando devagar. O sol estava alto naquele momento, e o calor já se fazia sentir.

Finalmente, alcançaram um platô largo, quase no topo. Uma caminhada fácil levava até o cume de um bloco de rocha grande e quadrado. Blundell fez sinal para o guia de que o grupo subiria sozinho. Os beduínos se acomodaram confortavelmente contra as pedras e começaram a fumar. Passaram-se alguns minutos, e todos chegaram ao topo.

Era um local curioso e árido. A vista era maravilhosa, entendendo-se por todos os lados do vale. Estavam parados sobre uma superfície lisa e retangular, com depressões rochosas escavadas nas laterais e uma espécie de altar sacrifical.

– Um local divino para sacrifícios – disse Carol com entusiasmo. – Mas, minha nossa, devem ter passado por poucas e boas para arrastar as vítimas até aqui!

– Originalmente havia uma estrada de pedra em zigue-zague – explicou o dr. Carver. – Encontraremos vestígios dela quando descermos pelo outro lado.

Ficaram lá mais um bom tempo comentando e conversando. Então, ouviu-se um leve tilintar, e dr. Carver disse:

– Creio que deixou cair seu brinco mais uma vez, srta. Blundell.

Carol apertou a orelha com os dedos.

– Ora, e não é que deixei mesmo?

Dubosc e Hurst começaram a procurar.

– Deve estar por aqui – falou o francês. – Não pode ter rolado longe porque não há por onde escapar. Este lugar é como uma caixa bem quadrada.

– E não pode ter caído em uma rachadura? – indagou Carol.

– Não há nenhuma rachadura em lugar nenhum – disse o sr. Parker Pyne. – Pode conferir por si mesma. O local é perfeitamente plano e liso. Ah, encontrou alguma coisa, coronel?

– Só um pedacinho de cascalho – disse Dubosc, sorrindo e jogando para longe.

Gradualmente, um outro estado de espírito, uma atmosfera de tensão, tomou conta dos esforços de busca. Nada foi dito em voz alta, porém as palavras "oitenta mil dólares" estavam presentes na consciência de todos.

– Tem certeza de que estava com o brinco, Carol? – vociferou o pai. – Digo, talvez tenha deixado cair durante a subida.

– Estava com ele no momento em que pisamos neste platô aqui – garantiu Carol. – Sei disso porque o dr. Carver mostrou que estava frouxo e apertou a tarraxa para mim. Foi isso mesmo, não foi, doutor?

Dr. Carver assentiu. Foi Sir Donald quem deu voz ao que todos estavam pensando.

– Isso é um negócio muito desagradável, sr. Blundell – ele disse. – Estava nos contando ontem à noite sobre o valor desses brincos. Só um deles já vale uma pequena fortuna. Se este brinco não for encontrado, e não está parecendo que vá ser encontrado, todos nós ficaremos sob uma certa suspeita.

– E de minha parte, já peço para ser revistado – interrompeu o coronel Dubosc. – Não estou pedindo, estou exigindo como um direito meu!

– Vocês me revistem também – disse Hurst. O tom de voz dele soou ríspido.

– O que os outros acham dessa ideia? – perguntou Sir Donald, olhando ao redor.

– Com certeza – disse o sr. Parker Pyne.

– Uma ideia excelente – disse o dr. Carver.

– Vou participar disso também, cavalheiros – disse o sr. Blundell.– Tenho meus motivos, embora não faça questão de destacá-los.

– É claro, como quiser, sr. Blundell – disse Sir Donald, muito cortês.

– Carol, minha querida, pode descer e esperar com os guias?

Sem dizer uma palavra, a moça os deixou a sós. Sua expressão era dura e sombria. Havia um traço de desespero no rosto dela que chamou a atenção de pelo menos um dos membros do grupo. Ele ficou se perguntando sobre o significado daquilo.

A revista continuou. Foi drástica, detalhada e completamente insatisfatória. Uma coisa era certa: ninguém estava escondendo aquele brinco. Foi uma pequena tropa abatida que empreendeu a descida e escutou as descrições e informações dadas pelo guia sem prestar atenção.

O sr. Parker Pyne tinha acabado de se vestir para o almoço quando uma figura apareceu na entrada de sua tenda.

– Sr. Pyne, posso entrar?

– Certamente, minha cara jovem, certamente.

Carol entrou e sentou-se na cama. Seu rosto tinha o mesmo ar sombrio que ele percebera mais cedo.

– O senhor se propõe a ajeitar as coisas para as pessoas quando estão infelizes, não é mesmo? – perguntou.

– Estou de férias, srta. Blundell. Não estou aceitando nenhum caso no momento.

– Bem, vai aceitar este aqui – disse a garota com toda a calma. – Veja bem, sr. Pyne, sou a pessoa mais amargurada do mundo.

– O que está lhe preocupando? – perguntou. – É o problema com o brinco?

– É bem isso. O senhor já disse tudo. Jim Hurst não pegou o brinco, sr. Pyne. Sei que não foi ele.

– Não estou conseguindo acompanhar, srta. Blundell. Por que alguém iria presumir que foi ele?

– Por causa de seu histórico. Jim Hurst já foi ladrão, sr. Pyne. Foi apanhado roubando na nossa casa. Eu... fiquei com pena dele. Parecia tão jovem e desesperado...

"E tão bonito também", pensou o sr. Parker Pyne.

– Persuadi o papai a dar uma chance para ele se redimir. Meu pai faz qualquer coisa por mim. Bem, deu a Jim esta chance, e Jim se redimiu. Papai passou a contar com ele e a lhe confiar todos os segredos dos negócios. E, no final, ia dar a volta por cima completa, ou teria dado, se isso não tivesse acontecido.

– Quando a senhorita diz "dar a volta por cima"...?

– Estou me referindo ao fato de que quero me casar com Jim e ele quer se casar comigo.

– E Sir Donald?

– Sir Donald é ideia do meu pai. Não foi minha. Acha que iria querer me casar com um peixe empolado como o Sir Donald?

Sem manifestar nenhum ponto de vista quanto à expressão usada para descrever o jovem inglês, o sr. Parker Pyne perguntou:

– E Sir Donald, o que ele acha disso?

– Ouso dizer que ele acha que eu faria bem para seus hectares empobrecidos – respondeu Carol com desdém.

O sr. Parker Pyne considerou a situação.

– Gostaria de lhe perguntar duas coisas – disse. – Ontem à noite, foi feito o comentário de que "uma vez ladrão, sempre ladrão".

A moça concordou.

– Agora entendo a razão do constrangimento que o comentário parece ter causado.

– Sim, foi constrangedor para Jim... e para mim e o papai também. Fiquei com tanto medo de que Jim deixasse transparecer algo que falei a primeira coisa que me veio à cabeça.

O sr. Parker Pyne assentiu, pensativo. Então perguntou:

– E por que seu pai insistiu em ser revistado hoje?

– Não entendeu o motivo? Eu entendi. Papai pôs na cabeça que eu acharia que a coisa toda fora uma arapuca para pegar Jim. O senhor está vendo, ele está louco que eu me case com o rapaz inglês. Bem, queria provar para mim que não tinha jogado sujo com o Jim.

– Minha nossa – disse o sr. Parker Pyne –, isso é tudo muito esclarecedor. De um modo geral, digo. Dificilmente vai nos ajudar muito em nosso problema específico.

– Não vai desistir assim, vai?

— Não, não.

Ficou em silêncio um instante, depois disse:

— E o que exatamente deseja que eu faça, srta. Carol?

— Prove que não foi o Jim quem roubou a pérola.

— Mas suponhamos que... com seu perdão... que tenha sido ele?

— Se acha isso, está enganado... redondamente enganado.

— Sim, mas já parou para considerar a hipótese com toda a atenção? Não acha que a pérola pode ter se revelado uma tentação súbita para o sr. Hurst? A venda dela acarretaria uma grande soma em dinheiro... uma base para especulação, digamos assim? ...que o tornaria independente, de maneira que ele pudesse se casar com a senhorita com ou sem o consentimento do seu pai.

— Jim não fez isso — disse ela sem titubear.

Dessa vez, o sr. Parker Pyne aceitou a declaração dela.

— Bem, vou dar o melhor de mim.

Ela assentiu de jeito brusco e saiu da tenda. O sr. Parker Pyne, por sua vez, sentou-se na cama. Deixou-se levar pelos pensamentos. De repente, deu uma risada.

— Estou ficando estúpido — disse em voz alta.

Na hora do almoço, ele se encontrava bastante alegre.

A tarde transcorreu de forma pacífica. A maioria das pessoas aproveitou para dormir. Quando o sr. Parker Pyne chegou na tenda grande, às quatro e quinze, apenas o dr. Carver se encontrava lá. Estava examinando uns fragmentos de cerâmica.

— Ah! — disse o sr. Parker Pyne, puxando uma cadeira para perto da mesa. — Justamente o homem com quem eu precisava falar. Pode me passar aquele pedaço de plastilina que carrega sempre consigo?

O doutor tateou nos bolsos e tirou um bastão de plastilina, que ofereceu para o sr. Parker Pyne.

– Não – disse o sr. Parker Pyne, desconsiderando a oferta –, não é isso que eu quero. Quero aquele pedaço que o senhor usou ontem à noite. Para ser bem franco, não é a plastilina que eu quero. Estou interessado no que está dentro dela.

Deu-se uma pausa, e então o dr. Carver disse baixinho:

– Acho que não estou entendendo o que o senhor quer dizer.

– Pois eu acho que está – disse o sr. Parker Pyne. – Quero o brinco de pérola da srta. Blundell.

Houve um minuto de silêncio absoluto. Então Carver enfiou a mão no bolso e puxou um pedaço disforme de plastilina.

– Muito inteligente de sua parte – disse. Seu rosto estava inexpressivo.

– Gostaria que me contasse o que aconteceu – disse o sr. Parker Pyne. Seus dedos estavam ocupados. Com um grunhido, extraiu da massa o brinco de pérola um pouco grudento. – Só por curiosidade, eu sei – acrescentou desculpando-se. – Mas gostaria de ouvir seu lado da história.

– Vou lhe contar – disse Carver –, se explicar como foi que descobriu que eu era o culpado. Você não viu nada, viu?

O sr. Parker Pyne sacudiu a cabeça.

– Foi algo que simplesmente me ocorreu – disse.

– Foi de fato acidental, para começo de conversa – disse Carter. – Eu estava atrás de todos vocês hoje de manhã e encontrei o brinco caído na minha frente; deve ter caído da orelha da moça um pouco antes. Ela não percebera. Ninguém percebera. Recolhi e coloquei no bolso, com a intenção de devolver para ela assim que a alcançasse. Mas esqueci.

"E então, durante aquela subida, comecei a pensar. Aquela joia não significava nada para aquela garota idiota; o pai dela compraria outra sem nem perceber a despesa. E faria toda a diferença do mundo para mim. Com a venda daquela pérola, daria para equipar uma expedição inteira."

Seu rosto impassível de repente se contorceu e ganhou vida.

– Sabe a dificuldade que é hoje em dia conseguir levantar patrocínio para escavar? Não, não sabe. A venda daquela pérola deixaria tudo mais fácil. Há um sítio que quero escavar... fica no Baluchistão. Existe um capítulo inteiro do passado esperando para ser descoberto naquele lugar...

"Pensei naquilo que você disse ontem à noite... sobre uma testemunha sugestionável. Pensei que a garota pudesse ser do tipo. Assim que atingimos o cume, disse a ela que o brinco estava solto. Fingi que estava apertando a tarraxa. O que fiz de fato foi apertar a ponta de um pequeno lápis contra a orelha dela. Uns minutos depois, deixei cair uma pedrinha. Ela estava pronta para jurar de pés juntos que o brinco estivera na orelha dela e que acabara de cair. Nesse meio-tempo, empurrei a pérola para dentro da plastilina no meu bolso. Essa é a minha história. Não é nada edificante. Agora é a sua vez."

– Não há muito a contar na minha história – disse o sr. Parker Pyne. – Era o único homem que apanhava coisas do chão... foi isso que me fez pensar em você. E terem encontrado aquela pedrinha foi significativo. Dava ideia do truque utilizado. E a partir daí...

– Continue – disse Carver.

– Bem, entenda, falou sobre honestidade de um modo um pouco veemente demais ontem. Protestou com um tanto de exagero... bem, sabe o que Shakespeare diz. Parecia que, de alguma forma, estava tentando convencer a *si mesmo*. E era um pouco desdenhoso demais com relação ao dinheiro.

O rosto do homem diante dele pareceu cansado e cheio de rugas.

– Bem, então foi isso – disse ele. – Está tudo acabado para mim agora. Vai devolver o penduricalho da moça, imagino? É uma coisa estranha, esse instinto bárbaro de ornamentação. É possível encontrá-lo em épocas tão remotas quanto o período paleolítico. Um dos primeiros instintos do sexo feminino.

– Acho que julga mal a srta. Carol – declarou o sr. Parker Pyne. – Ela tem cérebro... e mais do que isso, tem um coração. Acho que ela vai guardar segredo disso.

– No entanto, o pai dela não vai – disse o arqueólogo.

– Acho que vai. Veja bem, "papai" tem seus motivos para ficar calado. Não há nada que valha quarenta mil dólares neste brinco. Uma nota qualquer de cinco já cobriria o valor.

– Está dizendo que...?

– Estou. A garota nem imagina. Acha que são genuínos, enfim. Fiquei desconfiado ontem à noite. O sr. Blundell falou um pouco demais sobre todo o dinheiro que tinha. Quando as coisas vão mal, e estamos no fundo do poço... bem, o melhor a fazer é disfarçar a situação e blefar. O sr. Blundell estava blefando.

De repente, o dr. Carver abriu um sorriso. Era um sorriso cativante de menino, estranho de se observar no rosto de um homem de idade.

– Então somos todos uns pobres-diabos – disse.

– Exatamente – concordou o sr. Parker Pyne e recitou o provérbio: – Na necessidade é que se conhecem os amigos.

# Morte no Nilo

## I

Lady Grayle estava nervosa. Desde o momento em que embarcara no *SS. Fayoum*, reclamara de tudo. Não gostara de sua cabine. Conseguia suportar o sol matinal, mas não o sol da tarde. Pamela Grayle, sua sobrinha, muito obsequiosa, ofereceu a cabine dela, que ficava do outro lado. Lady Grayle aceitou de má vontade.

Ela berrou com a srta. MacNaughton, a enfermeira, por ter lhe alcançado a echarpe errada e por ter empacotado seu travesseirinho na mala, em vez de tê-lo deixado à mão. Berrou com o marido, Sir George, por ter comprado o colar de contas errado. Era lápis-lazúli que ela queria, e não cornalina. George era um imbecil!

Sir George desculpou-se, muito ansioso:

– Perdoe-me, querida, me perdoe. Vou voltar lá e pedir para trocarem. Temos tempo suficiente.

Ela não berrou com Basil West, o secretário particular do marido, porque ninguém jamais estourava com o Basil. O sorriso dele desarmava qualquer um antes mesmo de a pessoa começar a reclamar.

Mas o pior de tudo recaiu seguramente sobre o dragomano; um personagem imponente, com roupas opulentas e ar imperturbável.

Quando Lady Grayle vislumbrou um estranho sobre uma das cadeiras de vime e percebeu que ele era um passageiro como ela, os frascos de sua ira foram derramados como água.

– Nos informaram de maneira muito específica no escritório que seríamos os únicos passageiros a bordo! Estamos no final da temporada e mais ninguém iria embarcar!

– Está certo, senhora – explicou Mohammed com toda a calma. – Apenas a senhora e acompanhantes e um cavalheiro, apenas esses.

– Mas me disseram que seríamos apenas nós.

– Está certíssima, senhora.

– Não, não está nada certo! Era mentira! O que é que aquele homem está fazendo aqui?

– Veio depois, senhora. Depois que comprou suas passagens. Só decide viajar hoje de manhã.

– Isso é um engodo absurdo!

– Está tudo bem, senhora; ele cavalheiro muito quieto, muito simpático, muito quieto.

– Você é um imbecil! Não sabe nada de nada. Srta. MacNaughton, onde está? Ah, aí está você. Já lhe pedi repetidas vezes para ficar perto de mim. Posso me sentir mal a qualquer instante. Ajude-me a chegar à minha cabine e me dê uma aspirina, e não deixe que o Mohammed chegue perto de mim. Ele fica dizendo o tempo todo: "Está certo, senhora"; chega a me dar vontade de gritar.

A srta. MacNaughton ofereceu o braço sem pronunciar uma palavra.

Era uma mulher alta de uns 35 anos, sua beleza era taciturna, um pouco melancólica. Ela acomodou Lady Grayle na cabine, apoiou-a contra as almofadas, administrou a aspirina e ouviu a ladainha de reclamações.

Lady Grayle tinha 48 anos. Desde os dezesseis, sofria com a mazela de ter dinheiro em demasia. Há dez anos, casara-se com aquele baronete empobrecido, Sir George Grayle.

Era uma mulher grande, não era feia no que diz respeito aos traços do rosto, mas sua expressão era rabugenta e enrugada, e a maquiagem exagerada que usava só fazia acentuar as marcas do tempo e do temperamento. O cabelo já passara do loiro platinado ao avermelhado da hena e, como consequência, adquirira um aspecto enfraquecido. Vestia-se sempre além do que pedia a ocasião e usava joias em excesso.

– Diga a Sir George – concluiu, enquanto a silenciosa srta. MacNaughton aguardava com o rosto inexpressivo –, diga a Sir George que ele *precisa* expulsar aquele homem do barco! Eu *preciso* de privacidade. Depois de tudo que tenho passado...

Fechou os olhos.

– Pois não, Lady Grayle – disse a srta. MacNaughton e saiu da cabine.

O passageiro ofensivo de última hora continuava sentado na cadeira do convés. Estava de costas para Luxor e contemplava o outro lado do Nilo, onde as colinas distantes se erguiam douradas acima da linha verde-escura.

A srta. MacNaughton, ao passar, fez uma rápida avaliação da figura dele.

Encontrou Sir George no bar. Ele segurava um colar de contas nas mãos e o examinava, indeciso.

– Diga, srta. MacNaughton, acha que estas contas aqui vão servir?

A srta. MacNaughton deu uma olhada rápida no lápis-lazúli.

– De fato são muito bonitas.

– Acha que Lady Grayle vai gostar, hein?

– Ah, não, eu não poderia dizer isso, Sir George. O senhor entende, é que *nada* consegue agradá-la. Essa é a verdade dos fatos. A propósito, me mandou dar um recado para o senhor. Ela quer se livrar daquele passageiro adicional.

O queixo de Sir George caiu.

– Como é que vou fazer isso? O que é que poderia dizer para o sujeito?

– É claro que não pode fazer nada – a voz de Elsie MacNaughton era eficiente e gentil. – Diga apenas que não havia nada a ser feito.

E acrescentou, encorajando-o:

– Vai ficar tudo bem.

– Acha que vai, hein? – a expressão dele era caricata de tão patética.

A voz de Elsie MacNaughton ficou ainda mais doce ao dizer:

– Não deve mesmo se deixar afetar tanto por coisas assim, Sir George. É tudo por conta da saúde dela, entende. Não leve tão a sério.

– Acha que ela está tão mal assim, enfermeira?

Uma nuvem negra passou pelo rosto da enfermeira. Havia algo de estranho na voz dela ao responder:

– Digamos que eu... não gosto nem um pouco do estado em que ela se encontra. Mas, por favor, não se preocupe, Sir George. O senhor não deve se preocupar. De fato não deve.

Ela sorriu de maneira amistosa e saiu.

Pamela entrou, muito lânguida e refrescada, toda de branco.

– Olá, Nunks.

– Olá, minha cara Pam.

– O que tem nas mãos? Ah, que lindo!

– Bem, fico aliviado que pense assim. Acha que sua tia vai apreciar a peça também?

– Ela é incapaz de gostar de qualquer coisa. Não consigo entender por que você casou com essa mulher, Nunks.

Sir George calou-se. O cenário conturbado de corridas malsucedidas, a pressão dos credores e uma mulher bonita, embora dominadora, formou-se em sua imagem mental.

– Pobrezinho – disse Pamela. – Suponho que foi obrigado a fazer isso. Mas ela faz da nossa vida um inferno, não faz?

– Desde que adoeceu... – Sir George começou a dizer. Pamela o interrompeu.

– Não está doente! Não de fato. Sempre consegue fazer tudo que ela quer. Ora, enquanto você estava lá em Assuã, ela estava tão saltitante quanto... quanto um grilo no jardim. Aposto como a srta. MacNaughton sabe que ela é uma fraude.

– Não sei o que ela faria sem a srta. MacNaughton – confessou Sir George com um suspiro.

– É uma criatura eficiente – admitiu Pamela. – Mas eu não faço questão de bajular a moça como você faz, Nunks. Ah, bajula sim! Não adianta negar. Acha que ela é maravilhosa. E ela é mesmo, de certo modo. Mas é fechada em copas. Nunca sei o que está pensando. E, ainda sim, ela administra muito bem aquela gata velha.

– Olhe aqui, Pam, não deve falar assim da sua tia. Que diabos, ela é muito boa para você.

– Sim, paga todas as nossas contas, não paga? Entretanto, a vida com ela é um inferno.

Sir George decidiu passar para um assunto menos doloroso.

– O que vamos fazer com esse sujeito que se inseriu na nossa viagem? Sua tia quer o barco só para ela.

– Bem, ela não vai conseguir – disse Pamela com frieza. – O homem é bem apresentável. Seu nome é Parker Pyne. Acho que era um funcionário público do Departamento de Registros; se é que existe tal coisa. O mais engraçado é que acho que já escutei esse nome em algum lugar. Basil!

O secretário acabara de entrar.

– De onde é que conheço este nome, Parker Pyne?

– Da primeira página do *The Times*, na coluna dos classificados pessoais – respondeu o rapaz com presteza. –"Você é feliz? Se não for, consulte o sr. Parker Pyne."

– Não pode ser! Isso é de uma comicidade bárbara! Vamos aproveitar para contar a ele todos os nossos problemas até chegarmos ao Cairo.

– Não tenho problema nenhum – afirmou Basil West com simplicidade. – Vamos deslizar pelo áureo rio Nilo e visitar os templos – olhou de relance para Sir George, que acabara de apanhar o jornal para ler – juntos.

A última palavra fora apenas sussurrada, mas Pamela chegou a ouvi-la. Os olhos dos dois se encontraram.

– Tem razão, Basil – disse ela com suavidade. – É muito bom estar vivo.

Sir George levantou-se e saiu. A expressão de Pamela revelou seu desânimo.

– O que foi, minha doçura?

– Minha odiada tia por afinidade...

– Não se preocupe – disse Basil sem perder tempo. – Que diferença faz o que ela põe na cabeça? Não faça nada que a contradiga. Vai ver só – riu –, é uma boa estratégia.

A figura benevolente do sr. Parker Pyne entrou no bar. Atrás dele, entrou a figura pitoresca de Mohammed, pronto para fazer seu discurso.

– Senhora, senhores, vamos dar a partida agora. Em poucos minutos passamos templos de Karnak lado direito. Conto agora para vocês história sobre garotinho que foi comprar carneiro assado para o pai...

## II

O sr. Parker Pyne secou o suor da testa com a mão. Acabara de retornar de uma visita ao Templo de Dendera. Montar em um jumento, pôde constatar, não era um exercício muito adequado para sua silhueta. Estava começando a afrouxar o colarinho quando um bilhete apoiado em pé sobre a penteadeira lhe chamou a atenção. Abriu o envelope. Dizia o seguinte:

> *Caro senhor, ficaria agradecida se não visitasse o Templo de Ábidos e permanecesse no barco, já que desejo consultá-lo.*
>
> *Atenciosamente,*
> ARIADNE GRAYLE

Um sorriso enrugou o rosto grande e dócil do sr. Parker Pyne. Apanhou uma folha de papel e desparafusou a tampa da caneta tinteiro.

> *Cara Lady Grayle (escreveu ele), sinto muito em desapontá-la, mas no presente momento me encontro de férias e não gostaria de executar nenhum serviço profissional.*

Assinou seu nome e despachou a carta por um camareiro. Assim que ele completou a toalete, outro bilhete lhe foi entregue.

> *Caro sr. Parker Pyne, compreendo o fato de que está de férias, mas estou disposta a pagar o valor de cem libras por uma consulta.*
>
> *Atenciosamente,*
> ARIADNE GRAYLE

As sobrancelhas do sr. Parker Pyne ergueram-se. Ficou batendo nos dentes com a caneta tinteiro, pensativo. Queria conhecer Ábidos, mas cem libras eram cem libras. E o Egito se revelara ainda mais perversamente dispendioso do que pudera imaginar.

*Cara Lady Grayle (escreveu), não visitarei o Templo de Ábidos.*

*Cordialmente,*
*J. PARKER PYNE*

A recusa do sr. Parker Pyne em descer do barco foi motivo de grande tristeza para Mohammed.

– Muito bom templo. Todos meus cavalheiros gostam ver aquele templo. Pego carruagem para o senhor. Pego cadeira e marinheiros carregam o senhor.

O sr. Parker Pyne recusou todas aquelas ofertas tentadoras.

Os outros partiram.

O sr. Pyne aguardou no convés. Em instantes, a porta da cabine de Lady Grayle se abriu, e ela própria saiu caminhando pelo deque.

– Está uma tarde tão quente – observou com elegância. – Vejo que decidiu ficar, sr. Pyne. Muito sábio de sua parte. Quem sabe tomamos um chá juntos no salão?

O sr. Parker Pyne levantou-se imediatamente e a seguiu. Não se podia negar que ele estava curioso.

Pareceu que Lady Grayle estava tendo alguma dificuldade para chegar ao assunto. Flutuava de um tópico a outro. Mas, por fim, declarou com uma voz alterada.

– Sr. Pyne, o que estou prestes a lhe contar envolve o mais estrito sigilo! O senhor entende, não entende?

– Naturalmente.

Ela fez uma pausa, respirou profundamente. O sr. Parker Pyne esperou.

– Quero saber se meu marido está ou não me envenenando.

O sr. Parker Pyne esperava qualquer coisa, menos aquela revelação. Não conseguiu esconder o seu espanto.

– Essa é uma acusação muitíssimo séria de se fazer, Lady Grayle.

– Bem, não sou uma tonta e não nasci ontem. Já tenho minhas suspeitas há algum tempo. Sempre que George se afasta por uns dias, eu melhoro. Minha comida não me faz mal e me sinto como se fosse outra mulher. Deve haver algum motivo para isso.

– O que está dizendo é muito sério, Lady Grayle. Devo lembrá-la de que não sou um detetive. Sou, se quiser colocar desta forma, um especialista do coração...

Ela o interrompeu.

– Espere... e não acha que fico apreensiva com tudo isso? Não é um policial que eu quero... sei cuidar muito bem de mim, obrigada... o que quero é a certeza. Preciso *saber*. Não sou uma pessoa malévola, sr. Pyne. Trato com justiça aqueles que são justos comigo. Trato é trato. Eu mantive a minha parte do acordo. Sempre paguei as dívidas do meu marido e não escondo dinheiro dele.

O sr. Parker Pyne sentiu uma pontada de pena de Sir George.

– E quanto à garota, ela ganha roupas, frequenta as festas e isso, aquilo e mais um pouco. E tudo o que espero em troca é a gratidão de praxe.

– Gratidão não é algo que se demonstra sob encomenda, Lady Grayle.

– Que bobagem! – disse Lady Grayle. – Bem, aí está! Descubra a verdade para mim! *Assim* que eu descobrir... – continuou ela.

Ele a fitava com curiosidade.

– Assim que descobrir vai fazer o quê, Lady Grayle?
– Não é da sua conta.

Os lábios dela se fecharam bruscamente.

O sr. Parker Pyne hesitou um instante, então falou:

– Peço que me desculpe, Lady Grayle, mas tenho a impressão de que não está sendo inteiramente franca comigo.

– Que absurdo. Contei ao senhor exatamente o que desejo que descubra para mim.

– Sim, mas não contou o *motivo*.

Os olhos dos dois se encontraram. Ela baixou os dela primeiro.

– Achei que a razão fosse clara e evidente – disse.

– Não é, porque tenho dúvidas com relação a uma questão específica.

– E qual é a questão?

– Deseja que suas suspeitas se provem corretas ou equivocadas?

– Francamente, sr. Pyne!

A senhora se pôs de pé, trêmula de indignação.

O sr. Parker Pyne balançou a cabeça devagar.

– Sim, sim – disse. – Mas isso ainda não responde a minha pergunta, a senhora entende.

– Oh!

Não conseguiu dizer uma só palavra. Num impulso, desapareceu da sala.

A sós, o sr. Parker Pyne foi ficando mais e mais pensativo. Estava tão profundamente absorto em pensamentos que levou um susto perceptível quando alguém entrou e sentou-se diante dele. Era a srta. MacNaughton.

– É certo que vocês voltaram bem cedo – disse o sr. Parker Pyne.

– Os outros não voltaram. Falei que estava com dor de cabeça e retornei sozinha.

Ela hesitou um segundo.

– Onde está Lady Grayle?

– Imagino que foi deitar-se na cabine.

– Ah, então está tudo bem. Não quero que ela saiba que já voltei.

– Não voltou por causa dela, então?

A srta. MacNaughton balançou a cabeça.

– Não, voltei para falar com o senhor.

O sr. Parker Pyne ficou surpreso. Teria afirmado, sem pensar duas vezes, que a srta. MacNaughton era eminentemente capaz de resolver seus problemas sozinha, sem recorrer a conselhos externos. Ao que tudo indicava, havia se enganado.

– Estive observando o senhor desde que embarcamos. Acredito que seja uma pessoa de vasta experiência e julgamento claro. E preciso com urgência de um conselho.

– No entanto... desculpe-me, srta. MacNaughton... mas não é do tipo que costuma ir atrás de conselhos. Diria que é uma pessoa que fica muito satisfeita em poder confiar na sua própria opinião.

– Normalmente, sim. Mas me encontro em uma situação muito peculiar.

Ela hesitou um instante.

– Não tenho o costume de falar dos meus pacientes. Mas, neste caso, acho que é necessário. Sr. Pyne, quando saí da Inglaterra com Lady Grayle, ela era uma paciente com um caso muito simples. Em termos bem claros, não havia nada de errado com ela. Talvez isso não seja bem verdade. Tempo livre em excesso e dinheiro em demasia podem levar a uma nítida condição patológica. Se ela tivesse alguns pisos para esfregar todos os dias, além de cinco ou seis crianças para cuidar, Lady Grayle seria uma mulher de saúde perfeita e muito mais feliz.

O sr. Parker Pyne assentiu.

– Como enfermeira de hospital, a gente vê muitos casos nervosos como esse. Lady Grayle *se deliciava* com sua saúde fraca. O meu trabalho consistia em não amenizar seu sofrimento, usar de todo o tato necessário... e me divertir na viagem tanto quanto fosse possível.

– Muito sensato – disse o sr. Parker Pyne.

– Mas, sr. Pyne, as coisas não estão mais como eram. O sofrimento do qual Lady Grayle se queixa agora é real, e não imaginário.

– Está dizendo...?
– Comecei a suspeitar que Lady Grayle está sendo envenenada.
– Desde quando está suspeitando disso?
– Nas últimas três semanas.
– Desconfia... de alguém em especial?

Ela baixou o olhar. Pela primeira vez sua voz faltou com a sinceridade.

– Não.
– Pois vou lhe dizer, srta. MacNaughton, que desconfia, sim, de uma pessoa em especial, e que essa pessoa é Sir George Grayle.
– Oh, não, não, não posso acreditar que seja ele! É uma figura tão comovente, às vezes parece uma criança. Não poderia ser um envenenador de sangue tão frio.

A voz dela tinha um tom angustiado.

– E, no entanto, já percebeu que todas as vezes que Sir George se ausenta, a esposa dele melhora e que seus períodos de mal-estar correspondem ao retorno do marido.

Ela não respondeu.

– De que veneno suspeita? Arsênico?
– Algo do gênero. Arsênico ou antimônio.
– E que precauções tomou?
– Estou fazendo o que posso para supervisionar o que Lady Grayle come e bebe.

O sr. Parker Pyne assentiu.

– Acha que Lady Grayle, ela própria, desconfia de alguma coisa? – perguntou com ar casual.
– Oh, não, tenho certeza de que não.
– Aí você se engana – disse o sr. Parker Pyne. – Lady Grayle desconfia, *sim*.

A srta. MacNaughton demonstrou o seu espanto.

– Lady Grayle é mais habilidosa em guardar um segredo do que imagina – afirmou o sr. Parker Pyne. – É uma mulher que sabe muito bem seguir seus próprios conselhos.

— Isso muito me surpreende — disse devagar a srta. MacNaughton.

— Gostaria de lhe fazer mais uma pergunta, srta. MacNaughton. Acha que Lady Grayle lhe tem apreço?

— Nunca pensei sobre isso.

Eles foram interrompidos. Mohammed entrou na sala com um sorriso largo no rosto e os mantos esvoaçantes atrás dele.

— Senhora, ela soube que voltou; perguntou pela senhora. Perguntou por que não foi encontrar ela?

Elsie MacNaughton levantou-se às pressas. O sr. Parker Pyne também levantou.

— Uma consulta amanhã bem cedo ficaria bem para a senhorita? — perguntou ele.

— Ficaria. Esse seria o melhor momento para conversarmos. Lady Grayle dorme até tarde. Enquanto isso, tenho de ter muito cuidado.

— Acho que Lady Grayle também saberá ter cuidado.

A srta. MacNaughton desapareceu.

O sr. Parker Pyne não viu Lady Grayle até pouco antes da hora do jantar. Encontrou-a sentada, fumando um cigarro e queimando algo que parecia ser uma carta. Ignorou completamente a presença dele, e com isso ele entendeu que ela ainda se sentia ofendida.

Depois do jantar, ele jogou bridge com Sir George, Pamela e Basil. Todo mundo parecia um pouco desatento, e a partida terminou cedo.

Poucas horas mais tarde, o sr. Parker Pyne foi acordado. Foi Mohammed quem veio chamá-lo.

— Velha senhora, ela está muito doente. Enfermeira, ela está muito assustada. Eu tenta chamar doutor.

O sr. Parker Pyne se apressou em vestir uma roupa. Chegou à porta da cabine de Lady Grayle junto com Basil West. Sir George e Pamela estavam lá dentro. Elsie MacNaughton estava tentando desesperadamente ajudar sua paciente. Quando o sr. Parker Pyne chegou, a pobre senhora sofreu uma última convulsão. Seu corpo arqueado se contorceu e ficou enrijecido. Por fim, desfaleceu de novo sobre os travesseiros.

O sr. Parker Pyne foi discreto ao chamar Pamela para fora da cabine.

– Que horror! – a garota estava quase soluçando. – Que horror! Será que ela... que ela...?

– Morreu? Sim, receio que esteja tudo acabado.

Ele a entregou aos cuidados de Basil. Sir George saiu da cabine atordoado.

– Nunca pensei que estivesse doente de fato – resmungava ele. – Nem por um momento acreditei nisso.

O sr. Parker Pyne passou por ele e entrou na cabine.

O rosto de Elsie MacNaughton estava pálido e repuxado.

– Não mandaram chamar um médico? – perguntou ela.

– Mandaram.

Então ele perguntou:

– Estricnina?

– Foi. As convulsões são inconfundíveis. Oh, não posso acreditar nisso!

Ela afundou numa cadeira, chorando. Ele deu umas palmadinhas no ombro dela, para confortá-la.

Então, teve uma ideia. Deixou a cabine, apressado, e foi até o salão. Havia um pedacinho de papel que não fora queimado dentro do cinzeiro. Podia se distinguir apenas umas poucas palavras:

*psula de sonhos*
*Queime isto!*

– Ora, isto é muito interessante – disse o sr. Parker Pyne.

## III

O sr. Parker Pyne estava sentado na sala de um oficial proeminente do Cairo.

– Então esse é o conjunto das provas – disse, pensativo.

– Sim, e são bem conclusivas. O homem deve ter sido um completo idiota.

– Não diria que Sir George é nenhum crânio.

– Mas mesmo assim!

O outro pôs-se a recapitular:

– Lady Grayle pede uma tigela de caldo de carne. A enfermeira prepara a sopa para ela. Então ela pede que coloquem xerez dentro. Duas horas depois, Lady Grayle morre demonstrando sinais inconfundíveis de envenenamento por estricnina. Um pacotinho de estricnina é encontrado na cabine de Sir George, e outro envelope é achado no bolso de seu smoking.

– Tudo muito convincente – disse o sr. Parker Pyne. – A propósito, de onde veio a estricnina?

– Temos algumas dúvidas quanto a isso. A enfermeira tinha um pouco, para caso o coração de Lady Grayle apresentasse algum problema, mas ela se contradisse uma ou duas vezes. Primeiro, disse que seu estoque estava intacto, mas agora diz que não está.

– Não faz muito o perfil dela não ter certeza – foi o comentário do sr. Parker Pyne.

– Na minha opinião, os dois são cúmplices nisso. Têm uma queda um pelo outro, aqueles dois.

– É possível; mas se a srta. MacNaughton estivesse planejando um assassinato, teria sido muito mais primorosa na execução. É uma moça muito eficiente.

– Bem, isso é tudo. Na minha opinião, Sir George será condenado por isso. Não tem a menor chance.

— Bom, bom – disse o sr. Parker Pyne –, preciso verificar o que posso fazer.

Ele foi falar com a sobrinha bonita.

Pamela estava pálida e indignada.

— Nunks nunca teria feito uma coisa dessas... nunca... nunca... nunca!

— Então quem foi? – perguntou o sr. Parker Pyne com toda a calma do mundo.

Pamela se aproximou dele.

— Quer saber o que acho? *Ela mesma fez aquilo.* Andou numa esquisitice absurda nos últimos tempos. Ficava imaginando coisas.

— Que tipo de coisas?

— Coisas esquisitas. O Basil, por exemplo. Ficava sempre insinuando que Basil estava apaixonado por ela. E Basil e eu somos... estamos...

— Já percebi – disse o sr. Parker Pyne, sorridente.

— Toda aquela história sobre o Basil era pura imaginação. Acho que ela estava de má vontade com o pobrezinho do Nunks e que inventou aquela história e contou para o senhor e então botou a estricnina na cabine dele e no bolso e ela mesma se envenenou. Existem pessoas que já fizeram coisas assim, não fizeram?

— Fizeram – admitiu o sr. Parker Pyne. – Mas não acho que Lady Grayle tenha feito isso. Não fazia o tipo, se me permite dizê-lo.

— Mas e as alucinações?

— Pois é, gostaria de fazer umas perguntas ao sr. West sobre o assunto.

Encontrou o rapaz em seu quarto. Basil respondeu às perguntas dele muito prestativo.

— Não gostaria de parecer presunçoso, mas ela começou a gostar de mim. Foi por isso que não ousei contar sobre Pamela e eu. Ela faria com que Sir George me demitisse.

— Acha plausível a teoria da srta. Grayle?
— Bom, suponho que seja possível.

O rapaz demonstrou ter dúvidas.

— Mas não é o suficiente — falou Parker Pyne baixinho. — Não, precisamos encontrar uma explicação melhor.

Ficou perdido em pensamentos por alguns minutos.

— Uma confissão seria o melhor de tudo — disse de repente. Desenroscou a tampa da caneta-tinteiro e puxou uma folha de papel. — Vamos lá, escreva tudo aqui.

Basil West olhava fixo para ele com assombro.

— Eu? Que raios está querendo dizer com isso?

— Meu caro rapaz... — o sr. Parker Pyne soava quase paternal. — Já sei de tudo. Como fez amor com aquela boa senhora. Como ela tinha escrúpulos. Como o senhor se apaixonou pela linda sobrinha sem nenhum vintém. Como arquitetou todo seu plano. O envenenamento lento. Poderia passar por uma morte natural de gastroenterite... e, se não fosse assim, a culpa recairia sobre o Sir George, já que foi tão cuidadoso para que os ataques coincidissem com a presença dele.

"Depois, sua descoberta de que aquela senhora desconfiava de alguma coisa e havia conversado comigo a respeito. Teve de agir rápido! Subtraiu um pouco de estricnina do estoque da srta. MacNaughton. Depositou um pouco na cabine de Sir George, outro pouco no bolso, e pôs o suficiente dentro de uma cápsula que inseriu em um envelope com um bilhete para a dama, dizendo a ela que era uma 'cápsula de sonhos'.

"Era uma ideia romântica. Ela tomaria assim que a enfermeira a deixasse a sós, e ninguém jamais ficaria sabendo de nada. Mas cometeu um erro, meu rapaz. É inútil pedir a uma mulher que queime as cartas. Elas nunca obedecem. Tenho comigo toda aquela encantadora correspondência, inclusive a última, sobre a cápsula."

Basil West ficou verde. Todo seu charme e beleza desapareceram. Tinha o aspecto de um rato encurralado.

– Maldito – rosnou ele. – Então sabe de tudo. Seu maldito e intrometido Abelhudo Parker.

O sr. Parker Pyne só escapou da violência física pelo surgimento das testemunhas que ele teve a sensatez de convocar para ouvirem por trás da porta entreaberta.

## IV

O sr. Parker Pyne mais uma vez estava debatendo o caso com seu amigo, o oficial de alto escalão.

– E eu não tinha nem um fiapo de prova! Apenas o fragmento de uma carta, quase indecifrável, dizendo "*Queime isto*". Deduzi a história toda e arrisquei a sorte com ele. Funcionou. Tropecei na verdade sem querer. As cartas foram a solução. Lady Grayle queimou cada migalha que ele escrevera, mas *ele não sabia disso*.

"Era uma mulher de fato muito incomum. Fiquei perplexo quando me procurou. O que desejava era que lhe dissesse que o marido a estava envenenando. Nesse caso, ela tinha intenção de escapar com o jovem West. Mas ela queria tomar uma atitude justa. Uma personagem curiosa."

– Aquela pobre moça vai sofrer – disse o outro.

– Vai superar – disse Parker Pyne de modo grosseiro. – É bem jovem ainda. Estou ansioso para que Sir George consiga desfrutar um pouco da vida antes que seja tarde. Foi tratado como um verme por dez anos. Agora Elsie MacNaughton vai ser muito amável com ele.

Abriu o sorriso. Depois, suspirou.

– Estou pensando em viajar incógnito para a Grécia. Realmente estou *precisando* tirar umas férias!

# O oráculo de Delfos

## I

A sra. Willard J. Peters não se interessava de fato pela Grécia. E quanto a Delfos, não tinha nenhuma opinião formada, nem mesmo nos recônditos de seu coração.

Os lares espirituais da sra. Peters eram Paris, Londres e a Riviera. Era uma mulher que gostava da vida de hotel, mas sua ideia de quarto de hotel pressupunha um carpete alto e macio, uma cama luxuosa, uma profusão de arranjos diferentes em termos de luz elétrica, incluindo um abajur de cabeceira, água fria e quente em abundância e um telefone ao lado da cama, pelo qual poderia mandar pedir chá, refeições, águas minerais, coquetéis ou falar com os amigos.

No hotel em Delfos, não havia nenhuma dessas coisas. Tinha uma vista maravilhosa da janela, a cama era limpa, bem como o quarto todo pintado de branco. Havia uma cadeira, um lavatório e uma cômoda com gavetas. Era necessário reservar os banhos com antecedência, e eram por vezes decepcionantes no que se refere à água quente.

A sra. Peters imaginava que seria bom poder contar que estivera em Delfos e se esforçara muito para se interessar pela Grécia Antiga, mas achou a tarefa difícil. As estátuas deles pareciam muito inacabadas com tantas cabeças, braços e pernas faltando. Secretamente, preferia mil vezes o belíssimo anjo de mármore, completo com asas e tudo, que fora erigido no túmulo do falecido sr. Willard Peters.

Porém, todas essas opiniões secretas ela guardava para si, por medo de que seu filho, Willard, fosse menosprezá-la. Era para agradar a Willard que estava ali, naquele quarto gelado e desconfortável, tendo que contar com uma camareira carrancuda e um chofer aborrecido.

Pois Willard (até pouco tempo atrás chamado de Junior – um apelido que ele odiava) era o filho de dezoito anos da sra. Peters, e ela o venerava de modo quase obsessivo. Era Willard quem tinha aquela estranha paixão por arte antiga. Fora Willard, magro, pálido, de óculos e dispéptico, quem arrastara sua adorada mãe para aquele tour pela Grécia.

Já haviam passado por Olímpia, que a sra. Peters achara uma balbúrdia lamentável. Ela soube apreciar o Partenon, mas considerou Atenas uma cidade sem solução. E os passeios a Corinto e Micenas foram de pura agonia, tanto para ela quanto para o chofer.

Delfos, pensou a sra. Peters aborrecida, era o fim da picada. Não havia absolutamente nada para fazer, a não ser caminhar pela rua e olhar as ruínas. Willard passava várias horas ajoelhado, decifrando inscrições gregas, dizendo: "Mãe, escute só isso! Não é fantástico?". E então ele se punha a ler em voz alta alguma coisa que a sra. Peters achava o suprassumo da amolação.

Naquela manhã, Willard saíra bem cedo para ver uns mosaicos bizantinos. A sra. Peters, com a sensação instintiva de que mosaicos bizantinos a deixariam gélida (tanto no sentido literal quanto no estado de espírito), pedira para não acompanhá-lo.

– Compreendo, mãe – dissera Willard. – A senhora quer ficar sozinha para poder se sentar no anfiteatro ou lá no alto do estádio, olhar as ruínas de cima e se permitir absorver o significado de tudo aquilo.

– É isso mesmo, querido – confirmou a sra. Peters.

— Sabia que a senhora se comoveria com este lugar — disse Willard, exultante, antes de partir.

Enfim, com um suspiro, a sra. Peters se preparava para levantar da cama e tomar o café da manhã.

Chegou ao restaurante do hotel e encontrou o salão vazio, a não ser por quatro pessoas. Uma mãe acompanhada da filha, vestidas com um estilo muitíssimo peculiar na opinião da sra. Peters (não entendeu que babados eram aqueles), que discorriam sobre a arte da expressão pessoal na dança; um cavalheiro gordinho, de meia-idade, que lhe ajudara a recuperar a mala quando desceu do trem e cujo nome era Thompson; e um recém-chegado, um cavalheiro de meia-idade com a cabeça calva, que desembarcara na noite anterior.

Este personagem fora o último a permanecer no salão do refeitório, e a sra. Peters logo começou a conversar com ele. Era uma mulher simpática e gostava de ter com quem trocar ideias. O sr. Thompson fora bastante claro em desencorajá-la (culpa do tradicional recato britânico, assim interpretou a sra. Peters), e a mãe com a filha tiveram uma atitude muito altiva e esnobe, embora a garota tenha parecido se dar muito bem com Willard.

A sra. Peters descobriu no recém-chegado uma pessoa muito agradável. Era bem informado, sem fazer o tipo intelectual. Contou para ela vários pequenos detalhes interessantes e simpáticos sobre os gregos, o que fez com que ela afinal percebesse que eles eram pessoas reais e não apenas uma história maçante tirada de um livro.

A sra. Peters contou para seu novo amigo tudo sobre Willard, sobre como era um menino inteligente e como a palavra Cultura quase poderia ser o segundo nome dele. Havia algo de especial naquela figura bondosa e afável que o tornava muito acessível para uma boa conversa.

O que ele próprio fazia e qual era o seu nome, isso a sra. Peters não descobriu. Além do fato de que andava viajando e buscava um descanso absoluto do trabalho (que trabalho?) ele não comunicara nada sobre si mesmo.

De modo geral, o dia passou muito mais depressa do que ela poderia ter imaginado. A mãe com a filha e o sr. Thompson continuavam antissociais. Eles encontraram com este último na saída do museu, e ele, assim que os viu, partiu na direção contrária.

O novo amigo da sra. Peters ficou observando o homem com o cenho franzido.

– Agora me pergunto quem seria aquele sujeito! – disse ele.

A sra. Peters forneceu o nome do outro, mas não pôde ajudar mais.

– Thompson... Thompson. Não, não acho que o tenha conhecido antes; mesmo assim, de um jeito ou de outro, o rosto me parece familiar. Mas não consigo lembrar de onde.

À tarde, a sra. Peters aproveitou para tirar um cochilo em um local à sombra. O livro que levou para ler não era aquele excelente volume sobre arte grega recomendado pelo filho; este, pelo contrário, tinha o título de *O mistério da lancha do rio*. Havia quatro assassinatos na história, três raptos e uma vastíssima gama de criminosos perigosos. A sra. Peters se descobriu ao mesmo tempo revigorada e reconfortada com aquela leitura.

Já eram quatro da tarde quando retornou ao hotel. Willard, ela tinha certeza, já estaria de volta a uma hora daquelas. Estava tão distante de pressentir qualquer maldade no ar que quase esqueceu de ler o bilhete que o proprietário informou ter sido deixado por um homem desconhecido durante a tarde.

Era um envelope extremamente sujo. Distraída, ela o rasgou para abrir. Ao ler as primeiras linhas, seu rosto empalideceu e teve de se apoiar com a mão para não perder o equilíbrio. A letra era estrangeira, mas a mensagem fora escrita em inglês.

> *Senhora (assim começava),*
> *Este é entregue para avisar que seu filho foi aprisionado por nós em lugar de grande segurança. Nenhum mal vai acontecer para o honrado jovem cavalheiro se senhora obedecer às ordens deste que vos escreve. Exigimos para pagamento de resgate o valor de dez mil libras esterlinas inglesas. Se falar sobre isso com proprietário do hotel ou polícia ou qualquer pessoa dessas, seu filho será morto. Este foi dado senhora refletir. Amanhã instruções de como pagar dinheiro vão ser dadas. Se não forem obedecidas as orelhas do honrado jovem cavalheiro serão cortadas e enviadas para senhora. E dia seguinte se ainda não obedecer ele vai ser morto. Mais uma vez, esta não é ameaça vã. Deixe que a Kyria reflita bem – sobretudo – guarde segredo.*
>
> *Demetrius das Sobrancelhas Negras*

Seria inútil descrever o estado de espírito da pobre senhora. Mesmo o bilhete tendo sido escrito em tom tão absurdo e infantil, a exigência a mergulhou numa atmosfera de ameaça e perigo. Willard, seu menino, seu queridinho, seu delicado e sério Willard.

Iria imediatamente à polícia; colocaria os arredores em alas. Mas, talvez, se fizesse isso... Ela teve um calafrio.

Então se recompôs e saiu do quarto em busca do dono do hotel, a única pessoa no estabelecimento inteiro que sabia falar inglês.

– Está ficando tarde – disse ela. – Meu filho ainda não voltou.

O homenzinho simpático sorriu para ela.

– Verdade. O monsieur dispensou as mulas. Queria voltar a pé. Já deveria ter chegado aqui, mas, sem dúvida, está se demorando pelo caminho.

Ele sorriu, contente.

– Diga-me – disse a sra. Peters, de modo brusco –, vocês têm sujeitos do tipo mau-caráter nas redondezas?

Mau-caráter não era um termo que fazia parte do vocabulário que o homenzinho tinha do inglês. A sra. Peters teve de esclarecer sua pergunta. Como resposta, ele lhe assegurou de que, por toda a ilha de Delfos, só havia pessoas muito boas, muito calmas; todas dispostas a tratar bem os estrangeiros.

As palavras lhe tremiam nos lábios, mas decidiu engolir cada uma delas. Aquela ameaça sinistra amarrara sua língua. Poderia ser o mais puro blefe. Mas, suponha-se que não fosse? Uma amiga dela nos Estados Unidos tivera um filho sequestrado e, porque decidiu informar a polícia, a criança foi morta. Essas coisas aconteciam de fato.

Estava quase histérica. O que poderia fazer? Dez mil libras... que quantia era aquela? ...entre uns quarenta e cinquenta mil dólares! Mas o que era aquele montante em comparação com a segurança de Willard? Mas como é que poderia conseguir a tal quantia? Existiam dificuldades intermináveis apenas na questão de como obter o dinheiro e retirar aquela quantia em espécie. Uma carta de crédito de umas poucas centenas de libras era tudo o que tinha consigo.

Será que os bandidos compreenderiam isso? Seriam razoáveis? Será que poderiam *esperar*?

Quando a empregada veio atendê-la, ela dispensou a moça com ferocidade. Uma sineta tocou anunciando a hora do jantar, e a pobre senhora se dirigiu para o restaurante. Comeu mecanicamente. Não falou com ninguém. Para ela, era como se o salão estivesse vazio.

Na hora em que serviram as frutas, um bilhete foi colocado diante dela. Ela estremeceu, mas a letra era totalmente distinta daquela que temia encontrar; era uma caligrafia inglesa, elegante e com ar de escritório. Abriu sem muito interesse, mas descobriu um conteúdo intrigante:

*Em Delfos não se pode mais consultar o oráculo, mas a senhora pode consultar o sr. Parker Pyne.*

Logo abaixo, o recorte de um anúncio de jornal estava preso ao papel e, na parte inferior da folha, fora anexada a fotografia de um passaporte. Era o retrato de seu amigo calvo daquela manhã.

A sra. Peters leu o anúncio impresso duas vezes.

*Você é feliz? Se não for, consulte o sr. Parker Pyne.*

Feliz? Feliz? Será que alguém algum dia se sentira tão infeliz? Foi como uma resposta às suas preces.

Apressada, ela rabiscou em uma folha solta de papel que por acaso tinha na bolsa:

*Por favor, me ajude. Pode me encontrar fora do hotel em dez minutos?*

Inseriu a folha em um envelope e orientou o garçom a entregá-lo para o cavalheiro na mesa da janela. Dez minutos mais tarde, enrolada em um casaco de pele, pois a noite estava fria, a sra. Peters saiu do hotel e caminhou devagar pela avenida até as ruínas. O sr. Parker Pyne a estava esperando.

– Foi a misericórdia divina que o colocou aqui – disse a sra. Peters quase sem fôlego. – Mas como pôde adivinhar que eu estava com um problema terrível? Isso é o que quero saber.

– O semblante humano, minha cara madame – falou Parker Pyne com delicadeza. – Percebi de imediato que havia acontecido *alguma coisa*, mas fiquei esperando que me contasse o motivo.

E a história inteira veio como numa enxurrada. Ela mostrou a carta do resgate, e ele leu com a ajuda da luz do isqueiro que levava no bolso.

– Hmm... – disse ele. – Um documento excepcional. Um documento dos mais excepcionais. Contém certos pontos...

Mas a sra. Peters não estava com disposição para ouvir alguém discorrer sobre os pontos mais bem escritos da carta. O que deveria fazer quanto a Willard? Seu filho querido, o delicado Willard.

O sr. Parker Pyne ofereceu um pouco de alento. Delineou um cenário atraente sobre a vida dos bandidos gregos. Seriam especialmente cuidadosos com seu prisioneiro, já que ele representava uma mina de ouro em potencial. Aos poucos, conseguiu acalmá-la.

– Mas o que devo *fazer*? – soluçou a sra. Peters.

– Espere até amanhã – respondeu o sr. Pyne. – Isto é, a menos que prefira ir direto à polícia.

A sra. Peters o interrompeu com um guincho de horror. Seu querido Willard seria assassinado num só golpe!

– Acha que vou conseguir o Willard de volta, são e salvo?

– Não tenho a menor dúvida – disse o sr. Parker Pyne com ar reconfortante. – A única questão é se vai conseguir resgatá-lo sem ter que pagar as dez mil libras.

– Só quero o meu filho.

– Sim, sim – disse o sr. Parker Pyne reconfortando-a. – A propósito, quem trouxe a carta?

– Um homem que o proprietário não conhecia. Um estranho.

— Ah! Temos algumas possibilidades aí. O homem que trouxer a carta amanhã pode ser seguido. O que disse ao hotel com relação a ausência do seu filho?

— Não pensei ainda no que vou dizer.

— Fico pensando... — refletiu Parker Pyne. — Acho que a senhora poderia expressar alarme e preocupação com a ausência dele com naturalidade. Um grupo de busca poderia sair para procurá-lo.

— Não acha que esses facínoras...?

Ela engasgou.

— Não, não. Contanto que ninguém saiba do sequestro ou do pedido de resgate, eles não têm por que piorar as coisas. Afinal de contas, não se pode esperar que a senhora aceite o desaparecimento do seu filho sem fazer nenhum alarde.

— Posso deixar tudo com o senhor?

— Esta é minha especialidade — disse o sr. Parker Pyne.

Começaram a caminhar de volta para o hotel, mas quase esbarraram numa figura corpulenta.

— Quem era aquele? — perguntou o sr. Parker Pyne de repente.

— Acho que era o sr. Thompson.

— Ah! — disse o sr. Pyne, pensativo. — Thompson, foi é? Thompson... hmm.

## II

Ao deitar-se, a sra. Peters achou que a ideia do sr. Parker Pyne a respeito da carta era de fato boa. Quem quer que tenha trazido o bilhete *deve* estar em contato com os bandidos. Sentiu-se consolada e caiu no sono muito antes do que acreditava ser possível.

Quando estava se vestindo na manhã seguinte, subitamente percebeu algo caído no chão junto da janela.

Foi verificar... e seu coração deu um pulo. O mesmo envelope imundo e barato; a mesma letra odiosa. Rasgou o papel para abrir.

> *Bom dia, senhora. Fez suas reflexões? Seu filho está bem e ileso... até o momento. Mas precisamos do dinheiro. Pode não ser fácil para a senhora conseguir a quantia, mas nos disseram que trouxe consigo um colar de diamantes. Pedras muito valiosas. Ficaremos satisfeitos com isso, em vez do dinheiro. Escute, isso é o que deve fazer. A senhora ou outra pessoa que escolha mandar deve pegar o tal colar e levá-lo até o Estádio. De lá, siga em direção onde está uma árvore junto de um grande rochedo. Olhos vão observar para ver que somente uma pessoa venha. Então seu filho será trocado pelo colar. O horário deve ser amanhã às seis horas, logo depois do sol nascer. Se colocar a polícia atrás de nós depois, vamos atirar no seu filho enquanto seu carro se dirige para a estação.*
> *Esta é nossa última palavra, senhora. Se não tiver colar amanhã de manhã as orelhas de seu filho mandadas para a senhora. No dia seguinte morre.*
>
> *Saudações, senhora,*
> DEMETRIUS.

A sra. Peters saiu às pressas em busca de Parker Pyne. Ele leu a carta com toda a atenção.

– É verdade isso – ele perguntou – sobre um colar de brilhantes?

– A mais absoluta verdade. Cem mil dólares foi o que meu marido pagou por ele.

– Esses nossos ladrões estão muito bem informados – murmurou o sr. Parker Pyne.

– O que foi que disse?

— Estava apenas considerando certos aspectos da questão.

— Escute o que digo, sr. Pyne, não temos tempo para aspectos. Tenho que pegar meu menino de volta.

— Mas é uma mulher destemida, sra. Peters. Está gostando de se sentir intimidada e lograda em dez mil dólares? Está feliz com a ideia de entregar seus diamantes de bandeja para um bando de malfeitores?

— Bem, claro que não, quando o senhor coloca as coisas dessa maneira!

O lado destemido da sra. Peters estava lutando contra o lado maternal.

— Como eu gostaria de ir à forra com eles... esses brutamontes covardes! No mesmo instante em que recuperar o meu menino, sr. Pyne, vou botar a polícia inteira da região atrás deles e, se necessário, vou contratar um carro blindado para levar Willard e eu para a estação de trem!

A sra. Peters estava exaltada e com sede de vingança.

— Is-so — balbuciou o sr. Parker Pyne. — Porém, minha cara senhora, temo que estarão preparados para essa manobra da sua parte. Sabem muito bem que, uma vez que Willard lhe for devolvido, nada pode impedi-la de dar o sinal de alerta para a toda a região. O que leva a gente a pensar que devem estar preparados para isso.

— Bem, e o que quer que eu faça?

O sr. Parker Pyne sorriu.

— Gostaria de arriscar um pequeno plano que eu mesmo elaborei.

Olhou ao redor do refeitório. Estava vazio e as portas dos dois lados estavam fechadas.

— Sra. Peters, há um homem que conheço em Atenas, um joalheiro. Ele é especializado em diamantes artificiais de qualidade; coisa de primeira classe.

A voz transformou-se quase em um sussurro.

– Vou entrar em contato com ele por telefone. Pode chegar aqui ainda esta tarde, trazendo uma boa seleção de pedras com ele.

– Está sugerindo?

– Ele vai retirar os diamantes verdadeiros do colar e substituir por réplicas falsas.

– Ora bolas, se esta não é a ideia mais astuciosa que já ouvi na vida!

A sra. Peters olhava para ele cheia de admiração.

– Shh! Não fale tão alto. Pode fazer uma coisa por mim?

– Certamente.

– Não deixe ninguém se aproximar e ouvir minha conversa ao telefone.

A sra. Peters assentiu.

O telefone ficava no escritório do gerente. Ele, muito solícito, saiu da sala depois de ajudar o sr. Parker Pyne a obter a chamada. Quando reapareceu, encontrou a sra. Peters do lado de fora da porta.

– Estou apenas esperando pelo sr. Parker Pyne – disse ela. – Vamos sair para dar uma caminhada.

– Ah, sim, madame.

O sr. Thompson também estava no saguão. Aproximou-se deles e começou a conversar com o gerente.

Havia alguma casa de campo, uma vila para alugar em Delfos? Não? Mas é certo que havia visto uma logo acima do hotel.

– Aquela pertence a um cavalheiro grego, monsieur. Ele não a aluga.

– E não há nenhuma outra vila?

– Há uma que pertence a uma senhora americana. Fica do outro lado do povoado. Está fechada esta época. E há outra que pertence a um senhor inglês, um artista... fica na beira do penhasco com vista para Iteia.

A sra. Peters se intrometeu. A natureza lhe havia dotado de uma voz possante, e ela, de propósito, falou ainda mais alto.

– Ora – disse –, eu bem que adoraria ter uma vila aqui! É tudo tão intocado e natural. Estou simplesmente louca pelo lugar, o senhor não está, sr. Thompson? Mas é claro que deve estar se está até procurando por uma vila. É a primeira vez que visita Delfos? Nem parece.

Ela continuou o assunto com total determinação até que o sr. Parker Pyne emergisse do escritório. Ele lhe dirigiu um discretíssimo sorriso de aprovação.

O sr. Thompson caminhou devagar descendo os degraus que levavam à rua, onde se encontrou com a mãe e a filha esnobes; as duas pareciam estar sentindo frio com o vento que lhes batia nos braços descobertos.

Tudo correu bem. O joalheiro chegou logo antes do jantar em um ônibus recheado com outros turistas. A sra. Peters levou o colar até o quarto dele. Ele deu um resmungo de aprovação. Então, falou em francês:

– *Madame peut être tranquille. Jê réussirai.*

Retirou algumas ferramentas de sua maletinha e se pôs a trabalhar.

Às onze da noite, o sr. Parker Pyne bateu à porta da sra. Peters.

– Aqui estão eles!

Entregou a ela uma sacolinha de chamois. Ela abriu para dar uma olhada.

– Meus diamantes!

– Fale mais baixo! E este é o colar com o strass no lugar dos diamantes. Ficou muito bom, não acha?

– Simplesmente maravilhoso.

– Aristopoulos é um sujeito muito talentoso.

– Não acha que eles vão desconfiar?

– Como poderiam? Sabem que a senhora trouxe o colar para cá. A senhora entrega a joia para eles. Como poderiam suspeitar do truque?

– Bem, eu acho maravilhoso – reiterou a sra. Peters, entregando o colar de volta para ele. – O senhor pode levar até eles? Ou seria pedir demais?

– É claro que posso levar. Apenas deixe a carta comigo, assim posso confirmar as instruções de como chegar ao local. Obrigado. Então, boa noite e *bon courage*. Seu menino vai estar com a senhora já na hora do café da manhã.

– Oh, torço para que seja verdade!

– Agora, nada de ficar se preocupando. Deixe tudo por minha conta.

A sra. Peters não teve uma boa noite de sono. Quando conseguia dormir, tinha sonhos terríveis. Sonhos em que bandidos armados em carros blindados disparavam fuzilaria pesada contra Willard, que descia correndo a montanha em seu pijama.

Respirava aliviada ao acordar dos pesadelos. Por fim, apareceram os primeiros raios da manhã. A sra. Peters levantou-se e se vestiu. Então sentou... à espera.

Às sete horas, ouviu uma batida à porta. Sua garganta estava tão seca que mal podia falar.

– Entre – disse ela.

A porta se abriu e o sr. Thompson entrou. Ela o encarou. Ficou sem palavras. Teve um pressentimento sinistro de que algo desastroso acontecera. Entretanto, o tom dele, quando falou, era completamente natural e prático. Tinha uma voz encorpada e mansa.

– Bom dia, sra. Peters – disse ele.

– Como ousa, senhor! Como ousa...

– Deve desculpar a minha visita nada convencional e tão cedo da manhã – disse o sr. Thompson. – Mas a senhora entende, tenho uma questão de negócios para resolver.

A sra. Peters inclinou-se para a frente com o olhar acusatório.

– Então foi você quem sequestrou o meu menino! Não era bandido nenhum!

– Com certeza não eram bandidos. Essa parte inclusive foi feita da forma menos convincente possível, na minha opinião. Para começar, faltava qualquer senso artístico.

A sra. Peters era uma mulher de uma ideia só.

– Onde está meu menino? – exigiu, com olhos de uma tigresa furiosa.

– Para dizer a verdade – respondeu o sr. Thompson –, está aqui do lado de fora da porta.

– Willard!

A porta se escancarou. Willard, lívido, de óculos e com a barba claramente por fazer, foi apertado contra o coração da mãe. O sr. Thompson ficou observando com ar benévolo.

– Mesmo assim – disse a sra. Peters, de repente voltando a si e voltando-se contra ele –, vou colocar a justiça atrás de você por conta disso. Ah, vou sim.

– Entendeu tudo errado, mãe – interveio Willard. – Este cavalheiro me salvou.

– Onde é que você estava?

– Em uma casa na ponta do penhasco. A apenas um quilômetro daqui.

– E me permita, sra. Peters – disse o sr. Thompson –, devolver o que é de sua propriedade.

Ele entregou um pacotinho mal e mal envolto em papel de seda. O papel caiu, revelando o colar de diamantes.

– Não precisa guardar aquela outra sacolinha com as pedras, sra. Peters – disse o sr. Thompson, sorridente. – As pedras verdadeiras ainda estão no seu colar. A bolsinha de chamois contém apenas umas imitações de brilhante de qualidade excelente. Como dissera seu amigo, Aristopoulos é um gênio e tanto.

– Não estou entendendo uma só palavra dessa história toda – disse a sra. Peters fraquejando.

– Deve analisar o caso pelo meu ponto de vista – explicou o sr. Thompson. – Meu interesse foi aguçado no momento em que ouvi um certo nome. Tomei a liberdade de seguir a senhora e seu amigo gordo até a rua e, admito com toda a franqueza, fiquei ouvindo a sua conversa, que era extremamente interessante. Achei tudo muito sugestivo, tanto que estabeleci uma relação de confiança com o gerente. Ele anotou o número para o qual o seu plausível amigo telefonou e também arranjou para que um dos garçons escutasse a conversa de vocês no refeitório pela manhã.

"O esquema todo funcionou de maneira muito clara. A senhora estava sendo vítima de uma dupla muito esperta de ladrões de joias. Eles obtêm todas as informações sobre o seu colar de brilhantes; seguem a senhora até aqui; sequestram seu filho e escrevem uma carta de 'bandidos' bastante cômica; então, armam um jeito para que a senhora troque confidências com o mestre incitador da trama.

"Depois disso, tudo fica muito simples. O bom cavalheiro lhe entrega uma bolsinha com diamantes falsos e... se manda daqui com seu comparsa. Esta manhã, quando seu filho não retornasse, a senhora ficaria histérica. O sumiço de seu amigo a levaria a acreditar que também ele fora sequestrado. Imagino que já tivessem deixado acertado para alguém passar pela vila amanhã. Essa pessoa é quem encontraria o seu filho; quando a senhora e ele conseguissem concatenar as ideias, poderiam chegar a ter uma pista real de todo o enredo. Mas, àquela altura, os vilões já teriam conseguido adiantar bastante a fuga.

– E agora?

– Ah, agora os dois estão bem seguros com tranca e cadeado. Tomei as providências necessárias para que isso acontecesse.

– O vilão! – disse a sra. Peters, tomada de ira, relembrando tantas de suas confidências tão insuspeitas. – Aquele nojento escorregadio, um verdadeiro vilão.

– Não é de modo nenhum um sujeito decente – concordou o sr. Thompson.

– Não consigo entender como foi que o senhor percebeu o esquema – disse Willard, admirado. – Muito inteligente de sua parte.

O outro balançou a cabeça, encabulado.

– Não foi nada de mais, não – disse ele. – Quanto se está viajando incógnito e se escuta o próprio nome sendo usado em vão...

A sra. Peters o encarou.

– Quem é o senhor? – indagou com jeito rude.

– *Eu sou o sr. Parker Pyne* – explicou o cavalheiro.

# **Problemas em Pollensa Bay**

### I

O navio a vapor de Barcelona para Maiorca deixou o sr. Parker Pyne em Palma nas primeiras horas da manhã; mas, em seguida, ele teve de encarar a decepção. Os hotéis estavam lotados! O melhor que podiam arranjar era uma despensa abafada com vista para o pátio interno de um hotel no centro da cidade; e aquilo o sr. Parker Pyne não estava preparado para aturar. O proprietário do hotel permaneceu indiferente em relação ao desapontamento dele.

– O que mais o senhor quer? – observou, dando de ombros.

Palma agora era popular! O câmbio estava favorável! Todo mundo – os ingleses, os americanos – todos visitavam Maiorca durante o inverno. O lugar ficava tomado pelas multidões. Era difícil de acreditar que o cavalheiro inglês fosse conseguir se hospedar em qualquer lugar; exceto talvez por Formentor, onde os preços eram tão desastrosos que até os estrangeiros recuavam diante deles.

O sr. Parker Pyne tomou um pouco de café, comeu um pãozinho e saiu para ver a catedral, mas descobriu que não tinha disposição para apreciar as belezas arquitetônicas.

Na sequencia, deliberou com um simpático taxista usando um francês imperfeito entremeado com a língua espanhola nativa, e os dois debateram as vantagens e possibilidades de se tentar Soller, Alcudia, Pollensa e Formentor, onde havia bons hotéis, ainda que bem mais caros.

O sr. Parker Pyne foi incitado a perguntar quão caros.

Eles cobravam, garantiu o taxista, uma quantia que seria absurda e ridícula de se pagar; não era de conhecimento geral que os ingleses iam para a ilha porque os preços eram baixos e razoáveis?

O sr. Parker Pyne disse que aquilo era bem verdade, mas, mesmo assim, que *quantias* eram essas que eles cobravam em Formentor?

Um preço inacreditável!

Perfeito; mas DE QUE PREÇO ESTAMOS FALANDO?

O motorista finalmente concordou em se expressar em termos numéricos.

Recém-chegado das extorsões cometidas pelos hotéis de Jerusalém e do Egito, a cifra não abalou o sr. Parker Pyne de forma exagerada.

A negociação foi feita, o táxi foi carregado com as malas do sr. Pyne de modo um pouco acidental, e logo os dois começaram a dirigir ao redor da ilha, tentando encontrar alguma hospedaria no caminho, mas tendo Formentor como objetivo final.

No entanto, jamais alcançaram aquela derradeira morada da plutocracia, pois logo após terem passado pelas estreitas ruas de Pollensa, ao seguirem pelas curvas da orla, chegaram ao Hotel Pino d'Oro; um pequeno estabelecimento localizado à beira-mar com vista para uma paisagem que, na névoa embranquecida de uma bela manhã, tinha a estranha ambiguidade de uma gravura japonesa. O sr. Parker Pyne soube de imediato que aquele lugar, aquele exato lugar, era bem o que ele estava procurando. Parou o táxi e entrou pelo portão pintado na esperança de que encontraria um lugar para descansar.

O casal de idosos a quem o hotel pertencia não falava inglês nem francês. No entanto, a questão foi resolvida de modo satisfatório. O sr. Parker Pyne foi encaminhado para um quarto com vista para o mar, as malas foram descarregadas, o motorista parabenizou o passageiro por ter conseguido evitar as exigências monstruosas "daqueles hotéis modernos", recebeu seu pagamento pela corrida e partiu com uma amigável saudação espanhola.

O sr. Parker Pyne consultou o relógio e, ao constatar que eram ainda apenas quinze para às dez, saiu para o pequeno terraço, agora banhado por uma esplêndida luz matinal, e pediu café com pãezinhos pela segunda vez na mesma manhã.

Havia quatro mesas ali: a dele, uma que estava sendo limpa dos restos do café da manhã de outro hóspede, e mais duas, ocupadas. Na mais próxima, estava uma família de pai, mãe e duas filhas já de idade; eram alemães. Além deles, no canto do terraço, encontrava-se uma dupla claramente formada por uma mãe inglesa com seu filho.

A mulher tinha uns 45 anos. Os cabelos dela eram grisalhos e tinham uma coloração bonita; estava vestida de modo elegante, mas discreto, com um casaco e uma saia de tweed, e tinha aquele confortável autocontrole que é característico das inglesas acostumadas a viajar muito para o exterior.

O rapaz que estava diante dela deveria ter uns 25 anos e também tinha a aparência típica de sua idade e classe social. Não era nem bonito nem feio, nem alto nem baixo. Evidentemente, se dava muito bem com a mãe: os dois faziam pequenos gracejos juntos, e ele era atencioso ao passar as coisas para ela.

Enquanto os dois conversavam, o olhar dela encontrou o do sr. Parker Pyne. Passou por ele com aquela indiferença habitual dos bem-nascidos, mas ele sabia que acabara de ser digerido e rotulado.

Fora reconhecido como inglês e, sem dúvida, no devido tempo, algum comentário agradável e descompromissado lhe seria dirigido.

O sr. Parker Pyne não tinha nenhuma objeção em particular. Seus compatriotas no estrangeiro, tanto os homens quanto as mulheres, tendiam a aborrecê-lo um pouco, mas estava bastante disposto a passar os dias de maneira amigável. Em um hotel pequeno, causaria constrangimento se a pessoa não agisse assim. Aquela mulher em particular, ele tinha certeza, possuía uma excelente "educação hoteleira", como gostava de dizer.

O garoto inglês levantou-se de sua cadeira, fez algum comentário engraçado e entrou no hotel. A mulher recolheu suas cartas e a bolsa e se acomodou em uma cadeira de frente para o mar. Desembrulhou um exemplar do *Continental Daily Mail*. Estava de costas para o sr. Parker Pyne.

Enquanto tomava sua última gota de café, o sr. Parker Pyne olhou de relance na direção dela e teve um arrepio instantâneo. Ficou temeroso... receoso pela continuidade do sossego de suas férias! Aquelas costas eram de uma expressão atroz. No seu tempo já havia classificado muitas costas como aquelas. A rigidez característica, a tensão usada para manter a pose... mesmo sem ver o rosto dela, sabia muito bem que os olhos brilhavam com lágrimas contidas, que a mulher mantinha sua compostura por conta de um esforço inflexível.

Com movimentos prudentes, semelhante a um animal perseguido, o sr. Parker Pyne se recolheu no hotel. Não fazia meia hora, ele fora convidado a assinar seu nome no livro sobre a mesa da recepção. Lá estava a elegante assinatura – C. Parker Pyne, Londres.

Poucas linhas acima, o sr. Parker Pyne reparou nos registros anteriores: sra. R. Chester, sr. Basil Chester – Holm Park, Devon.

Apoderando-se de uma caneta, o sr. Parker Pyne rabiscou com rapidez sobre a própria assinatura. Agora se lia (com dificuldade) Christopher Pyne.

Se a sra. R. Chester estava infeliz em Pollensa Bay, não tinha por que facilitar as coisas para que ela consultasse o sr. Parker Pyne.

Já se tornara uma fonte de constante admiração para aquele cavalheiro o fato de que tantas pessoas com as quais cruzou no estrangeiro soubessem seu nome e tivessem reparado em seus anúncios. Na Inglaterra, alguns milhares de pessoas liam o *Times* todos os dias e poderiam responder, com toda a sinceridade do mundo, que jamais haviam ouvido falar daquele nome na vida. No exterior, refletiu ele, as pessoas liam o jornal com mais cuidado e atenção. Nenhum item, nem mesmo as páginas dos classificados, elas deixavam escapar.

Até o momento suas férias já haviam sido interrompidas em diversas ocasiões. Tivera de resolver uma gama completa de problemas, que iam desde assassinatos até tentativas de chantagem. Estava determinado a ter um pouco de paz em Maiorca. Pressentia, instintivamente, que uma mãe angustiada poderia perturbar aquela paz de maneira considerável.

O sr. Parker Pyne se estabeleceu muito feliz no Pino d'Oro. Havia um hotel maior não muito longe dali, o Mariposa, onde um bom número de ingleses costumava se hospedar. Havia também uma monumental colônia de artistas vivendo nos arredores. Era possível caminhar pela orla até a vila de pescadores, onde havia um bar que servia coquetéis e aonde as pessoas iam para se encontrar – e havia algumas lojas. Tudo era muito tranquilo e agradável. As meninas passeavam por toda parte vestindo calças e uns lenços de cores vibrantes amarrados na parte superior do corpo. Rapazes de boina e cabelos muito compridos conversavam no "Mac's

Bar" sobre assuntos modernos, como valores plásticos e a abstração na arte.

No dia seguinte à chegada do sr. Parker Pyne, a sra. Chester fez alguns comentários sobre assuntos tradicionais como a vista do lugar e a probabilidade de o tempo continuar bom. Depois ela foi conversar um pouco sobre tricô, com a senhora alemã, e trocou umas palavras simpáticas sobre a lamentável situação política com os dois cavalheiros dinamarqueses que passavam os dias levantando-se ao raiar do sol e caminhando por onze horas seguidas.

O sr. Parker Pyne achou Basil Chester um rapaz muito agradável. Ele chamava o sr. Pyne de "sir" e ouvia com total educação tudo que o mais velho tinha a dizer. Às vezes, os três ingleses tomavam juntos o cafezinho após o jantar. Depois do terceiro dia, Basil deixou o grupo passados uns dez minutos, e o sr. Parker Pyne foi deixado frente a frente com a sra. Chester.

Falaram sobre flores e de como plantá-las, do estado lamentável da moeda inglesa, do quanto a França havia se tornado cara e das dificuldades de se encontrar um bom local para tomar o chá da tarde.

Todas as noites, quando o filho se despedia, o sr. Parker Pyne observava o tremor mal disfarçado nos lábios da mãe, mas rapidamente ela se recompunha e discorria de modo afável sobre os assuntos mencionados acima.

Pouco a pouco, começou a falar mais de Basil; de como ele se saíra bem na escola: "era um dos melhores jogadores do time, o senhor sabe"; de como todos gostavam dele; do quanto o pai teria ficado orgulhoso do menino se estivesse vivo, e do quanto era agradecida por Basil nunca ter sido "rebelde".

– É claro que sempre o incentivo a conviver com outros jovens, mas parece realmente preferir passar o tempo comigo.

Falou aquilo demonstrando uma espécie de deleite discreto com o fato.

Pela primeira vez, o sr. Parker Pyne não respondeu com nenhum dos comentários diplomáticos que costumava fazer com tanta facilidade. Disse em vez disso:

– Ah! Bem, parece haver um bom número de outros jovens por aqui; não no hotel, mas nas redondezas.

Ao ouvir aquilo, ele percebeu, a sra. Chester ficou rígida. Ela disse que era claro que havia muitos *artistas*. Talvez ela fosse muito antiquada; arte *de verdade*, é claro, era bem diferente daquilo, mas muitos jovens apenas usavam aquele tipo de coisa como desculpa para ficarem jogados por aí, sem fazer nada; e as mocinhas bebiam muito além da conta.

No dia seguinte, Basil confessou ao sr. Parker Pyne:

– Estou contentíssimo que o senhor tenha aparecido por aqui; especialmente por causa de minha mãe. Ela gosta de conversar com o senhor todas as noites.

– O que vocês costumavam fazer logo que chegaram aqui?

– Para dizer a verdade, jogávamos piquet no baralho.

– Entendo.

– É claro que é fácil ficar enjoado de jogar piquet. Na verdade, tenho alguns amigos aqui. Uma turma tremendamente animada. Acredito que minha mãe na verdade não os aprova...

Ele riu como se achasse a ideia em si muito engraçada.

– A velha é muito antiquada... Fica chocada só de ver as garotas usando calças!

– De fato... – disse o sr. Parker Pyne.

– Bom, é o que eu sempre digo para ela; as pessoas têm de evoluir para acompanhar os novos tempos... As garotas na região onde moramos são insuportavelmente sem graça...

– Entendo – disse Parker Pyne.

Tudo aquilo o interessava bastante. Era um espectador de um drama em miniatura, mas não fora chamado para fazer parte dele.

E então, o pior – sob o ponto de vista do sr. Parker Pyne – aconteceu. Uma senhora esfuziante que era conhecida sua foi se hospedar no Mariposa. Encontraram-se na loja de chá, na presença da sra. Chester.

A recém-chegada gritou:

– Ora, se não é o sr. Parker Pyne, o inconfundível sr. Parker Pyne! E Adela Chester! Vocês dois se conhecem? Ah, é mesmo? Estão hospedados no mesmo hotel? Ele é o mais inacreditável dos magos de verdade, Adela... a maravilha do século... todos seus problemas são resolvidos enquanto você espera! Ah, você não *sabia*? Já deve ter *ouvido* falar nele? Nunca leu os anúncios que ele faz? "*Está com problemas? Consulte o sr. Parker Pyne.*" Não existe nada que ele não possa resolver. Marido e mulher voando no pescoço um do outro, e ele os deixa unidos outra vez; se você perdeu o interesse pela vida, ele lhe presenteia com as aventuras mais emocionantes. Só o que posso dizer é que o homem é um *mago*!

A ladainha continuou ainda mais um bocado; o sr. Parker Pyne, a intervalos regulares, desmentia uma ou outra coisa com modéstia. Não estava gostando do jeito que a sra. Chester começou a olhar para ele. Gostou menos ainda de vê-la retornar pela praia confabulando em segredo com a tagarela que cantou seus louros.

O clímax aconteceu mais depressa do que ele esperava. Naquela noite, depois do café, a sra. Chester disse de repente:

– Pode me acompanhar até o salão menor, sr. Pyne? Tenho algo para lhe dizer.

Não pôde fazer nada, a não ser curvar-se e ceder.

O autocontrole da sra. Chester estava por um fio e, assim que a porta do salão pequeno se fechou atrás dos dois, o fio arrebentou. Ela sentou-se e começou a chorar.

– Meu menino, sr. Parker Pyne. O senhor tem de salvá-lo. *Nós* temos de salvá-lo. Está me partindo o coração!

– Minha cara senhora, como um mero observador...

– Nina Wycherley garantiu que não há *nada* que o senhor não possa fazer. Disse que eu deveria ter total confiança no senhor. Recomendou que lhe contasse tudo, e que iria fazer tudo voltar ao normal.

Intimamente o sr. Parker Pyne amaldiçoou a indiscreta sra. Wycherley.

Mais resignado, disse:

– Bem, vamos esmiuçar a questão. O problema é uma garota, suponho?

– Ele contou alguma coisa para o senhor?

– Apenas de modo indireto.

As palavras fluíam da sra. Chester numa corrente impetuosa. "A garota era um desastre. Bebia, falava palavrões; não usava roupas com um mínimo de dignidade. A irmã dela morava por ali... era casada com um artista... um holandês. O grupo todo de amigos era muitíssimo indesejável. Muitos dos casais estavam morando juntos sem serem casados. Basil estava completamente diferente. Sempre fora muito sossegado, muito interessado em assuntos sérios. Chegara num dado momento a pensar em se dedicar à arqueologia..."

– Bem, bem – disse o sr. Parker Pyne. – A natureza sempre consegue sua revanche.

– O que está dizendo?

– Não é saudável para um rapaz ficar se interessando por assuntos sérios. Seu dever é fazer papel de bobo tentando conquistar uma garota atrás da outra.

– Por favor, pare com as brincadeiras, sr. Pyne.

– Estou falando com total seriedade. Essa moça, por um acaso, é a mesma que estava tomando chá com a senhora ontem à tarde?

Ele reparara na garota; com suas calças de flanela acinzentada, o lenço escarlate amarrado meio solto em torno do busto, a boca vermelha e o fato de que ela escolhera tomar um coquetel em vez do chá.

– O senhor a viu? Terrível! Não é o tipo de moça que costumava deixar Basil encantado.

– A senhora não deu a ele muita chance de se encantar com nenhuma garota, ou deu?

– Eu?

– Afinal, ele apreciava tanto a *sua* companhia! Péssimo! Entretanto, ouso dizer que essa fase vai passar; a menos que a senhora precipite as coisas.

– Não está entendendo. Ele quer se casar com essa moça, Betty Gregg; os dois estão *noivos*!

– Já foi tão longe assim?

– Foi. Sr. Parker Pyne, o senhor *precisa* fazer alguma coisa. Precisa livrar o meu menino desse casamento desastroso! Vai arruinar a vida dele por completo.

– A vida de alguém só pode ser arruinada pela própria pessoa.

– A de Basil vai ser – disse a sra. Chester com ar afirmativo.

– Não estou preocupado com Basil.

– Não vá dizer que está preocupado com a *moça*?

– Não, estou preocupado com a *senhora*. Está jogando fora um direito que é seu de nascença.

A sra. Chester o fitou, tomada de leve surpresa.

– De que são constituídos os anos dos vinte aos quarenta? É quando passamos acorrentados e amarrados por nossas relações pessoais e emocionais. É assim que deve ser. Assim é a vida. Mas, depois, passamos para um novo estágio. Podemos refletir, observar a vida, descobrir algo novo sobre outras pessoas e a verdade sobre nós mesmos. A vida se torna mais real, com mais significado. Podemos enxergá-la como um todo. Não apenas uma cena, a cena em que nós, como atores, estamos representando. Nenhum homem ou mulher é na verdade ele mesmo (ou ela mesma) a não ser depois dos 45 anos. Só então a individualidade tem uma chance de se manifestar.

A sra. Chester disse:

– Passei a vida envolvida com o Basil. Ele tem sido *tudo* para mim.

– Bem, não deveria ter sido. É o preço que está pagando agora. Ame seu filho tanto quanto quiser; mas a senhora é Adela Chester, lembre-se disso; é uma pessoa, não apenas a mãe do Basil.

– Vai me partir o coração se a vida do Basil for destruída – disse a mãe.

Ele observou as rugas delicadas no rosto dela, a curva melancólica da boca. Era, de certa maneira, uma mulher cativante. Não queria que ela se magoasse. Disse então:

– Vou ver o que posso fazer.

Encontrou Basil Chester afoito para conversar, ansioso para defender seu ponto de vista.

– Esse negócio virou um inferno. Minha mãe é incorrigível, preconceituosa, intolerante. Se ao menos ela se permitisse, poderia *enxergar* o quanto Betty é uma pessoa bacana.

– E a Betty?

Ele suspirou.

– Betty está dificultando as coisas! Se ao menos pudesse se adaptar um pouco; digo, deixar de usar batom por um dia só que fosse, poderia fazer toda a diferença do mundo. Ela parece fazer todo o possível para ser... bem... moderna... quando minha mãe está por perto.

O sr. Parker Pyne sorriu.

– Betty e minha mãe são duas das pessoas mais encantadoras do mundo; eu achava que cairiam nas graças uma da outra sem dúvida nenhuma.

– Tem muito o que aprender, meu caro rapaz – disse o sr. Parker Pyne.

– Gostaria que o senhor pudesse vir comigo para encontrar Betty e conversarmos sobre a coisa toda.

O sr. Parker Pyne prontamente aceitou o convite.

Betty, a irmã e o marido dela moravam em uma vila pequena e dilapidada um pouco mais afastada do mar. A vida deles era de uma simplicidade refrescante. A mobília consistia em três cadeiras, uma mesa e as camas. Havia um armário na parede que guardava o mínimo necessário em termos de copos e pratos. Hans era um rapaz emotivo, de cabelos loiros e selvagens, arrepiados no topo da cabeça. Falava um inglês muito esquisito com incrível rapidez e caminhava de um lado a outro da sala enquanto conversava. Stella, a mulher dele, era pequena e bonita. Betty Gregg tinha cabelos ruivos, sardas e um olhar levado. Percebeu que ela não estava tão maquiada quanto estivera no dia anterior no Pino d'Oro.

Ela serviu um coquetel para ele e disse, dando uma piscadinha:

– Está sabendo do grande conflito?

O sr. Parker Pyne fez um gesto afirmativo.

– E de que lado você está, garotão? Dos jovens amantes... ou da dama que desaprova o romance?

– Posso lhe fazer uma pergunta?

– Com certeza.

– A senhorita chegou usar de muita diplomacia para resolver a questão?

– Nem um pouco – respondeu a srta. Gregg com franqueza. – Mas aquela gata velha me deixou irritada. (Ela deu uma olhada ao redor para ter certeza de que

Basil não conseguiria ouvir.) Aquela mulher só me deixa nervosa. Ela manteve o Basil amarrado na barra do avental dela por todos esses anos, e esse tipo de coisa deixa um homem com cara de bobo. Basil não é nenhum bobo de verdade. E, além disso, ela faz o tipo *pukka sahib*.\*

– Isso não é de fato uma coisa tão ruim. É apenas "fora de moda" no momento presente.

Betty Gregg piscou os olhos de repente.

– Está dizendo que isso é o mesmo que guardar as cadeiras do estilo rococó no sótão durante a época vitoriana? E, no período seguinte, baixá-las para a sala de novo dizendo: "Não são lindas?".

– Algo nessa linha.

Betty Gregg ponderou.

– Talvez esteja certo. Vou ser sincera com o senhor. Foi o Basil quem me deixou nervosa, com toda a ansiedade dele a respeito da impressão que eu causaria na sua mãe. Fui de um extremo ao outro. Ainda agora acredito que ele possa desistir de mim, se a mãe se esforçar para convencê-lo.

– Poderia sim – disse o sr. Parker Pyne. – Se ela usasse a estratégia certa.

– Vai dizer para ela qual é a estratégia certa? Ela não vai conseguir ter a ideia sozinha, sabe. Vai apenas seguir desaprovando e isto não vai dar resultado. Mas se o senhor a incentivasse a...

Ela mordeu o lábio; ergueu um olhar franco e azul para encontrar o dele.

– Já ouvi falar do senhor, sr. Parker Pyne. Supostamente entende um pouco sobre a natureza humana. Acha que o Basil e eu temos alguma chance... ou não?

---

\* Gíria inglesa de origem híndi que indica uma atitude absoluta, superior ou poderosa, usada para se referir aos europeus no império britânico. (N.T.)

– Preciso das respostas para três perguntas minhas.
– Um teste de compatibilidade? Tudo bem, vá em frente.
– Dorme com a janela aberta ou fechada?
– Aberta. Gosto de ar em abundância.
– A senhorita e o Basil gostam do mesmo tipo de comida?
– Gostamos.
– Prefere ir deitar-se cedo ou tarde?
– Na verdade, sem fazer alarde, eu prefiro cedo. Às dez e meia da noite começo a bocejar e, no meu íntimo, me sinto muito mais disposta pela manhã; mas é claro que jamais ousaria admitir isso em público.
– Vão se dar muito bem um com o outro – disse o sr. Parker Pyne.
– Mas foi um teste tão superficial.
– De jeito nenhum. Sei de pelo menos sete casamentos que foram totalmente destruídos porque o marido gostava de ficar acordado até a meia-noite e a esposa caía no sono às nove e meia, ou vice-versa.
– É uma pena – lamentou Betty – que não possamos todos estar felizes com isso. Basil e eu, e a mãe dele nos dando sua bênção.

O sr. Parker Pyne tossiu.

– Acho – disse ele – que isso poderia provavelmente ser arranjado.

Ela olhou para ele sem convicção.

– Agora me pergunto – disse – se o senhor está fazendo jogo duplo comigo?

A expressão do sr. Parker Pyne não revelou nada.

Para a sra. Chester ele teve uma atitude consoladora, mas evasiva. Um noivado não era um casamento. Ele estava indo passar a semana em Soller. Sugeriu que a linha de ação dela deveria indicar desprendimento. Deixe que pensem que ela consentiu.

Ele passou uma semana muito agradável em Soller.

Ao retornar, descobriu a ocorrência de um novo acontecimento, completamente inesperado.

Ao entrar no Pino d'Oro, a primeira coisa que viu foram a sra. Chester e Betty Gregg tomando chá juntas. Basil não estava lá. A sra. Chester parecia abatida. Betty também parecia bem pálida. Estava usando pouquíssima maquiagem, e suas pálpebras davam a entender que ela estivera chorando.

Cumprimentaram-se de maneira amigável, mas nenhuma das duas mencionou o nome de Basil.

De repente, ouviu a moça ao lado dele inspirar de maneira abrupta, como se alguma coisa a tivesse machucado. O sr. Parker Pyne virou a cabeça para olhar.

Basil Chester estava subindo os degraus que davam para a praia. Ao lado dele vinha uma moça de uma beleza tão exótica que era capaz de tirar o fôlego de quem a visse. Era morena e tinha um corpo lindíssimo. Ninguém poderia deixar de observar esse detalhe, já que ela não vestia nada além de uma única peça de crepe azul-clarinho. Usava maquiagem pesada com um pó ocre no rosto e a boca laranja brilhante; mas tais unguentos apenas destacavam sua beleza extraordinária de forma ainda mais pronunciada. Quanto ao jovem Basil, parecia não conseguir tirar os olhos do rosto dela.

– Está muito atrasado, Basil – disse a mãe. – Era para você ter levado a Betty no Mac's.

– Foi culpa minha – disse a bela desconhecida, com a voz arrastada. – Perdemos a hora.

Ela se voltou para Basil.

– Meu anjo, pegue alguma coisa bem forte para mim!

Jogou longe os sapatos e esticou os dedos com a pedicure bem feita, em tom de verde-esmeralda que combinava com o esmalte das mãos.

Não deu a mínima atenção às duas mulheres, mas se inclinou um pouco na direção do sr. Parker Pyne.

– Que ilha horrível esta aqui – disse. – Estava morrendo de tédio antes de conhecer o Basil. Ele, *sim*, é uma gracinha e tanto!

– Sr. Parker Pyne, a srta. Ramona – apresentou a sra. Chester.

A moça confirmou a apresentação com um sorriso preguiçoso.

– Acho que vou chamá-lo de Parker, já de imediato – murmurou ela. – Meu nome é Dolores.

Basil retornou com os drinques. A srta. Ramona dividiu o assunto (ao menos o pouco que estava conversando; praticamente só trocava olhares) entre Basil e o sr. Parker Pyne. Desconsiderou por completo as outras duas mulheres. Betty tentou por uma ou duas vezes participar da conversa, mas a outra garota apenas a encarava e começava a bocejar.

Subitamente, Dolores se levantou.

– Então acho que vou indo. Estou no outro hotel. Alguém me acompanha até lá?

Basil deu um salto da cadeira.

– Eu acompanho você.

A sra. Chester disse:

– Basil, meu querido...

– Volto num instante, mãe.

– Não é mesmo o filhinho da mamãe? – a srta. Ramona perguntou a esmo. – Só fica piando ao redor dela, não é, querido?

Basil ficou envergonhado e sem graça. A srta. Ramona assentiu na direção da sra. Chester, deu um sorriso deslumbrante para o sr. Parker Pyne, e ela e Basil saíram dali juntos.

Assim que partiram, fez-se um silêncio bastante constrangido. O sr. Parker Pyne não gostava de ser o primeiro a falar. Betty Gregg estava contorcendo seus dedos e olhando para o mar. A sra. Chester estava vermelha e zangada.

Betty disse:

– Bem, o que acha da nossa nova aquisição em Pollensa Bay?

A voz dela não demonstrava nenhuma firmeza.

O sr. Parker Pyne falou com cautela:

– Um pouco... ahn... exótica.

– Exótica? – Betty deu uma risada curta e amargurada.

A sra. Chester se pronunciou:

– Ela é terrível... terrível. Basil deve estar completamente louco.

Betty disse com rispidez:

– Não há nada de errado com o Basil.

– As unhas dos pés dela – disse a sra. Chester com um arrepio de náusea.

Betty levantou-se de repente.

– Acho, sra. Chester, que vou voltar para casa; não vou ficar para o jantar no final das contas.

– Ah, minha querida... Basil vai ficar tão decepcionado.

– Vai mesmo? – perguntou Betty com uma risadinha curta. – De qualquer jeito, acho que vou embora. Estou com uma dor de cabeça daquelas.

Sorriu para os dois e partiu. A sra. Chester virou-se para o sr. Parker Pyne.

– Como eu queria nunca ter posto os pés neste lugar... nunca!

O sr. Parker Pyne balançou a cabeça, entristecido.

– O senhor não deveria ter se afastado – disse a sra. Chester. – Se tivesse ficado aqui, isso não teria acontecido.

O sr. Parker Pyne respondeu, ressentido:

– Minha cara senhora, posso lhe garantir que, quando a questão envolve uma jovem belíssima, eu não tenho a mínima influência sobre o que seu filho faz ou deixa de fazer. Ele... ahn... parece ter uma natureza bastante suscetível.

– Não costumava ser assim – disse a sra. Chester com os olhos cheios de lágrimas.

– Bom – alegou o sr. Parker Pyne tentando alegrar os ânimos –, esse novo fascínio dele parece ter acabado de uma vez por todas com a paixão que tinha pela srta. Gregg. Isso deve trazer alguma satisfação à senhora.

– Não sei do que está falando – disse a sra. Chester. – Betty é uma joia de menina e é totalmente dedicada ao Basil. Está se comportando de maneira exemplar em meio a tudo isso. Acho que meu filho deve estar maluco.

O sr. Parker Pyne recebeu aquela assombrosa mudança de atitude sem pestanejar. Já fora testemunha da inconstância das mulheres. Disse de maneira atenuante:

– Não diria maluco; mas enfeitiçado.

– A criatura é um demônio. Ela é impossível.

– Mas extremamente linda.

A sra. Chester bufou.

Basil chegou correndo pelos degraus que subiam da praia.

– Alô, mamãe, aqui estou. Onde está a Betty?

– A Betty foi para casa com dor de cabeça. Não me admira.

– Amuada, é o que está dizendo.

– Estou achando, Basil, que você está sendo extremamente descortês com a Betty.

– Pelo amor de Deus, mãe, não venha me recriminar. Se a Betty vai fazer cena cada vez que eu falar com outra garota, vamos ter uma vida bem desagradável juntos.

– Vocês estão *noivos*.

– Estamos noivos, sim. Isso não significa que não possamos ter nenhuma outra amizade. Nos dias de hoje, as pessoas tentam levar suas vidas e deixar o ciúme de lado.

Ele se deteve por um instante.

– Olha aqui, se a Betty não vai jantar conosco, acho que vou voltar para o Mariposa. Fui convidado para jantar lá...

– Ah, Basil...

O garoto olhou para ela indignado e, em seguida, desceu correndo os degraus.

O olhar com que a sra. Chester fitou o sr. Parker Pyne foi muito eloquente.

– O senhor está vendo? – disse.

Ele estava.

A crise se intensificou alguns dias depois. Betty e Basil deveriam ter saído para uma longa caminhada, levando um lanche para fazerem um piquenique. Betty chegou ao Pino d'Oro e descobriu que Basil esquecera-se do compromisso e fora passar o dia em Formentor com a turma de amigos de Dolores Ramona.

A garota apertou os lábios, mas não demonstrou nenhum sentimento. Em seguida, no entanto, levantou e se pôs diante da sra. Chester (as duas estavam sozinhas no terraço).

– Está tudo bem – disse. – Não importa. Mas, mesmo assim, acho que seria melhor cancelarmos tudo.

Ela retirou do dedo o anel de sinete que Basil lhe dera; ele ficara de comprar um verdadeiro anel de noivado mais tarde.

– Pode devolver isto a ele, sra. Chester? E diga que está tudo bem; que ele não precisa se preocupar...

– Betty querida, não faça isso! Ele ama você, *sim*... de verdade.

– É o que está parecendo, não é mesmo? – disse a moça com uma gargalhada rápida. – Não... ainda me resta algum orgulho. Diga a ele que está tudo certo e que eu... lhe desejo boa sorte.

Quando Basil retornou ao entardecer foi recebido por uma tempestade.

Ficou um pouco encabulado ao se deparar com o anel.

– Então é isso que ela acha, não é? Bom, diria mesmo que é melhor assim.

– Basil!

– Mãe, com toda a franqueza, não acho que estivéssemos nos acertando ultimamente.

– E de quem era a culpa?

– Não acho que eu tenha particularmente nada a ver com isso. O ciúme é um verdadeiro inferno e, de fato, não vejo por que a *senhora* deveria se incomodar tanto com isso. Chegou mesmo a me implorar para não casar com a Betty.

– Isso foi antes de eu poder conhecê-la. Basil... meu adorado... não está pensando em se casar com aquela outra criatura.

Basil Chester anunciou em tom austero:

– Casaria com ela em um piscar de olhos se me aceitasse, mas receio que não me queira.

Uma série de calafrios percorreu a espinha da sra. Chester. Ela foi procurar e encontrou o sr. Parker Pyne lendo um livro, tranquilamente, em um recanto discreto.

– O senhor *tem* de fazer alguma coisa! *Precisa* fazer alguma coisa! A vida do meu filho vai ser arruinada.

O sr. Parker Pyne estava ficando um pouco cansado da vida de Basil Chester ser arruinada por qualquer coisa.

– Mas o que é que posso fazer?

– Vá falar com aquela criatura terrível. Se necessário, ofereça dinheiro a ela.

– Isso pode acabar custando bastante caro.
– Não me importa.
– Acho uma pena. Ainda assim, pode haver algum outro jeito.

Ela pareceu perplexa. Ele balançou a cabeça.

– Não posso prometer nada, mas verei o que posso fazer. Já lidei com aquele tipo de mulher antes. A propósito, não diga uma palavra a respeito disso para o Basil... seria fatal.

– Claro que não.

O sr. Parker Pyne voltou do Mariposa à meia-noite. A sra. Chester estava acordada esperando por ele.

– E então? – perguntou, afoita.

Os olhos dele brilharam.

– A *señorita* Dolores Ramona partirá de Pollensa Bay amanhã pela manhã e deixará a ilha à noite.

– Oh, sr. Parker Pyne! Como foi que conseguiu?

– Não vai lhe custar nenhum centavo – afirmou o sr. Parker Pyne. Mais uma vez com aquele brilho no olhar. – Tive a impressão de que poderia ter algum poder de persuasão sobre ela e... eu estava certo.

– O senhor é maravilhoso. Nina Wycherley tinha toda a razão. Precisa me informar de seus... ahn... seus honorários.

O sr. Parker Pyne ergueu a mão de unhas bem-feitas.

– Nenhum centavo. Foi um prazer poder ajudar. Espero que corra tudo bem. Claro que o garoto vai ficar bem chateado assim que descobrir que ela desapareceu sem deixar um endereço. Tenha paciência com ele por uma ou duas semanas.

– Ah, se ao menos Betty o perdoasse...

– Vai perdoá-lo com certeza. Formam um belo casal. A propósito, estou partindo amanhã também.

– Oh, sr. Parker Pyne, vamos sentir sua falta.

– Talvez seja melhor que eu vá antes que aquele seu filho se apaixone ainda por uma terceira moça.

## II

O sr. Parker Pyne se debruçou sobre a amurada do vapor e contemplou as luzes de Palma. A seu lado estava Dolores Ramona. Ele a estava elogiando:

– Um trabalho muito bem executado, Madeleine. Ainda bem que lhe telegrafei para vir até aqui. Chega a ser estranho porque sei que na verdade é uma moça tranquila e caseira.

Madeleine de Sara, também conhecida por Dolores Ramona, também conhecida como Maggie Sayers, disse de forma cerimoniosa:

– Fico feliz que esteja satisfeito, sr. Parker Pyne. Foi uma agradável mudança de ares. Acho que vou descer agora e deitar na cama antes que o navio saia do porto. Sou péssima como marinheira.

Alguns minutos depois, a mão de alguém tocou o ombro do sr. Parker Pyne. Ele virou-se e deu de cara com Basil Chester.

– Tive de vir até aqui para me despedir, sr. Parker Pyne, e também lhe trazer um abraço da Betty e os nossos mais profundos agradecimentos. Foi um golpe de mestre. A Betty e a mamãe estão que é unha e carne. Fico um pouco sem jeito de ter enganado a velha... mas ela estava inflexível *demais*. Enfim, agora está tudo certo. Só tenho de cuidar para continuar bem aborrecido por mais alguns dias. Nossa gratidão para com o senhor é infinita, tanto de Betty quanto a minha.

– Desejo a vocês toda a felicidade do mundo – disse o sr. Parker Pyne.

– Obrigado.

Basil esperou alguns segundos e então perguntou com um quê de exagerada indiferença:

– E a senhorita... a srta. De Sara... ela está por aqui? Gostaria de agradecer pessoalmente a ela também.

O sr. Parker Pyne lançou um olhar penetrante. Ele respondeu:

– Receio que a srta. De Sara já tenha ido se deitar.

– Ah, que pena... bem, talvez eu possa encontrar com ela em Londres em algum momento.

– Na verdade ela viaja para a América quase que imediatamente, vai cuidar de negócios para mim.

– Ah! – exclamou Basil em tom de espanto. – Bem – disse –, acho que estou de saída então...

O sr. Parker Pyne sorriu. A caminho da cabine, bateu na porta de Madeleine.

– Como está, minha querida? Tudo bem? O rapazinho nosso amigo acaba de passar por aqui. Está com uma versão leve do costumeiro ataque de madeleinite. Ele vai superar isso em um ou dois dias, mas a senhorita é uma distração e tanto.

# O mistério da regata

I

O sr. Isaac Pointz removeu o charuto dos lábios e disse em tom de aprovação:

– Um lugarzinho pitoresco.

Tendo desta forma estampado o seu selo de aprovação no porto de Dartmouth, recolocou o charuto na boca e olhou ao redor com ares de um homem muito satisfeito consigo mesmo, com sua aparência física, seu entorno e a vida em geral.

Com relação ao primeiro item da lista, o sr. Isaac Pointz era um homem de 58 anos, gozava de boa saúde e condicionamento físico, com talvez alguma tendência a sofrer de males do fígado. Não se poderia dizer que era gordo, mas tinha uma aparência bem nutrida, e o uniforme de iatismo, o qual vestia naquele momento, não é das roupas mais indulgentes com um homem de meia-idade que tem tendência a acumular peso. O sr. Pointz estava muito bem vestido – impecável em cada detalhe, do vinco ao botão – com o rosto moreno e levemente oriental numa expressão radiante sob a aba do chapéu de velejador. Com relação à descrição do ambiente, este poderia se resumir aos seus companheiros: seu sócio, o sr. Leo Stein; Sir George e Lady Marroway; sr. Samuel Leathern, um americano que conhecera em função do trabalho, e a filha dele, Eve, uma menina em idade escolar; a sra. Rustington e Evan Llewellyn.

O grupo acabara de desembarcar do iate do sr. Pointz, o *Merrimaid*. Pela manhã, assistiram à corrida de iate e agora estavam em terra firme para aproveitar um pouco as atrações do parque de diversões: tentar a sorte na banca de atirar coco, ver bizarrices – como mulheres muito gordas e a aranha humana – e andar no carrossel. Sem dúvida nenhuma, quem mais estava aproveitando esses divertimentos era Eve Leathern. Quando o sr. Pointz afinal sugeriu que estava na hora de se dirigirem para o Royal George para o jantar, a voz dela foi a única dissidente.

– Oh, sr. Pointz... queria tanto que a Cigana de Verdade do vagão de trem lesse a minha sorte.

O sr. Pointz tinha suas dúvidas quanto à autenticidade da Cigana de Verdade em questão, mas consentiu para agradar a menina.

– Eve está enlouquecida com o parque – disse o pai dela, desculpando-se. – Mas não lhe dê atenção se quiser que sigamos adiante.

– Temos bastante tempo – disse o sr. Pointz, sendo simpático. – Deixe que a pequena senhorita se divirta. Vou lhe desafiar para um jogo de dardos, Leo.

– Acima de 25 já leva um prêmio – entoava o homem que coordenava o jogo de dardos, com uma voz aguda e nasalizada.

– Aposto uma nota de cinco que minha pontuação total é maior do que a sua – provocou Pointz.

– Feito – respondeu Stein com desembaraço.

Os dois logo estavam engajados de corpo e alma na batalha.

Lady Marroway murmurou para Evan Llewellyn:

– A Eve não é a única criança do grupo.

Llewellyn sorriu concordando, mas parecia um pouco distraído.

Estivera distraído o dia todo. Vez ou outra as respostas que dava não chegavam nem perto do que lhe fora perguntado.

Pamela Marroway se afastou dele e disse ao marido:
— Aquele rapaz não para de pensar em alguma coisa.
Sir George murmurou:
— Ou seria em alguém?

E seu olhar foi pousar ligeiro sobre Janet Rustington.

Lady Marroway franziu a testa um pouco. Era uma mulher alta, muito bem cuidada. O carmim de suas unhas combinava com os brincos de coral vermelho nas orelhas. Tinha os olhos escuros e vigilantes. Sir George se esforçava para fazer o gênero descuidado de "simpático cavalheiro inglês"; mas seus olhos azuis e brilhantes partilhavam o mesmo ar vigilante da esposa.

Isaac Pointz e Leo Stein eram mercadores de diamantes em Hatton Garden. Sir George e Lady Marroway pertenciam a um mundo diferente; o mundo da Riviera Francesa, de Antibes e Juan les Pins, das partidas de golfe em St. Jean-de-Luz, dos banhos de mar nas encostas rochosas da Madeira no inverno.

Para um observador externo, os dois pareciam ser como os lírios do campo, que não trabalham nem fiam. Mas talvez isso não fosse bem verdade. Existem diversas formas de labuta e também de urdidura.

— Eis a garota de volta — disse Evan Llewellyn para a sra. Rustington.

Ele era um rapaz moreno; tinha um aspecto que lembrava um pouco um lobo faminto, o que algumas mulheres consideravam atraente.

Era difícil dizer se a sra. Rustington também o considerava assim. Ela não costumava demonstrar seus sentimentos. Casara muito cedo, e o casamento terminara em desgraça antes de completar o primeiro ano. Desde aquela época, era difícil saber o que Janet Rustington achava de qualquer pessoa ou coisa; seu comportamento era sempre o mesmo: encantadora, porém totalmente distante.

Eve Leathern foi dançando até eles, seus cabelos finos e loiros chacoalhando cheios de animação. Ela tinha quinze anos; era uma menina desajeitada, mas cheia de vitalidade.

– Vou me casar antes de eu completar dezessete anos – exclamou sem fôlego. – Com um homem muito rico e vamos ter seis filhos e terças e quintas são meus dias de sorte e deveria sempre usar ou verde ou azul e a esmeralda é minha pedra da sorte e...

– Que bom, filhinha, acho que precisamos seguir adiante – disse o pai dela.

O sr. Leathern era alto, claro, com aspecto dispéptico e uma expressão um tanto quanto lúgubre.

O sr. Pointz e o sr. Stein estavam se afastando dos dardos. O sr. Pointz ria, e o sr. Stein levava no rosto uma expressão de arrependimento.

– É tudo uma questão de sorte – dizia ele.

O sr. Pointz, muito alegre, deu um tapa no bolso.

– Tomei cincão de você, foi sim. É puro talento, meu caro, talento. Meu velho pai era um jogador de dardos de primeira linha. Bem, companheiros, vamos adiante. Leram a sorte para você, Eve? Avisaram para tomar cuidado com um homem moreno?

– Uma mulher morena – corrigiu Eve. – Ela tem um feitiço no olhar e vai ser muito malvada comigo se eu não me proteger. E vou me casar antes de fazer dezessete anos...

Seguiu correndo, toda contente, enquanto o grupo fazia o caminho até o Royal George.

O jantar fora encomendado antecipadamente, pois o sr. Pointz pensava em tudo, e um garçom muito educado os levou até o andar de cima, para uma sala reservada no primeiro andar. Ali, uma mesa redonda fora arrumada. Uma janela gigante se abria para o largo do ancoradouro. Da mesa, podiam ouvir o burburinho do parque de diversões, além da gritaria desordenada de três carrosséis, cada um ecoando uma música diferente.

– É melhor fechar a vidraça caso tenhamos a intenção de conversar uns com os outros – observou o sr. Pointz com um jeito seco, e acrescentou a ação às palavras.

Tomaram seus assentos ao redor da mesa, e o sr. Pointz sorriu afetuosamente para seus convidados. Achou que estava agradando a todos e gostava de agradar os outros. Observou um por um dos presentes. Lady Marroway, uma mulher elegante, mas nem tão fina assim, é claro – ele sabia bem disso –, tinha total consciência de que o que chamara a vida inteira de *crème de la crème* tinha muito pouco em comum com os Marroway; mas, enfim, a verdadeira nata da sociedade, acima de tudo, não tinha sequer consciência da existência dele. Em todo o caso, Lady Marroway era uma mulher danada de bonita, e ele não se importava se ela *roubava* dele no bridge. Já não tolerava da mesma maneira quando era Sir George quem lhe passava a perna. Aquele sujeito tinha um olhar muito suspeito. Cada vez mais desavergonhado. Mas não conseguiria abusar muito de Isaac Pointz. Ele cuidaria para que isso não acontecesse.

O velho Leathern não era de todo mau – prolixo, claro, como todos os americanos – gostava de contar histórias longas e intermináveis. E tinha aquele hábito desconcertante de exigir sempre informações precisas. Qual era a população de Dartmouth? Em que ano a Escola Naval fora construída? E assim por diante. Esperava que seu anfitrião fosse uma espécie de guia de viagem ambulante. Eve era boazinha e alegre, e ele gostava de amolar a menina. A voz dela era esganiçada, mas demonstrava ter juízo. Era uma menina esperta.

O jovem Llewellyn... esse parecia um pouco quieto demais. Dava a impressão de estar com a cabeça em outro lugar. Sem dinheiro, provavelmente. Esses camaradas escritores geralmente eram duros. Deixava transparecer que talvez estivesse interessado em Janet Rustington. Uma mulher simpática, atraente e inteligente também. Mas não enfiava os livros dela goela abaixo de ninguém. Escrevia umas coisas bem eruditas, mas ninguém intuiria isso só de ouvi-la falar. E o velho Leo! *Este* não estava ficando nem mais novo, nem mais magro. E, com abençoado desconhecimento de que, naquele instante, seu sócio também estava pensando o mesmo dele, o sr. Pointz esclareceu para o sr. Leathern que as sardinhas estavam relacionadas a Devon e não à Cornualha e se preparou para saborear o jantar.

— Sr. Pointz — indagou Eve, assim que os pratos fumegantes de cavalinha foram servidos na frente deles, e os garçons haviam saído da sala.

— Pois não, mocinha.

— Aquele diamante grande está com o senhor agora? Aquele que nos mostrou ontem à noite e disse que sempre carregava para qualquer lugar?

O sr. Pointz deu uma risada.

— É isso mesmo. Minha mascote, é assim que o chamo. Sim, está comigo neste momento.

— Acho que é perigoso demais. Alguém pode conseguir roubar do senhor no meio da multidão do parque.

— Não vão conseguir — garantiu o sr. Pointz. — Vou cuidar bem dele.

— Mas *pode ser* que consigam — insistiu Eve. — Vocês têm gângsteres na Inglaterra, assim como nós temos, não têm?

— Não vão conseguir afanar a Estrela da Manhã — afirmou o sr. Pointz. — Para começo de conversa, está guardado num bolso interno especial. E de qualquer jeito... o velho Pointz aqui sabe do que está falando. Ninguém vai roubar a Estrela da Manhã.

Eve deu uma gargalhada.

– Arrã, aposto que eu conseguiria roubar!

– Aposto que não conseguiria.

O sr. Pointz deu uma piscadinha para ela.

– Bom, aposto que consigo. Fiquei pensando nisso ontem à noite na cama; depois que o senhor passou o diamante em volta da mesa, para todo mundo olhar. Pensei num jeito bem bonitinho de roubar a pedra.

– E que jeito é esse?

Eve inclinou a cabeça para o lado, os cabelos claros balançavam animados.

– Não vou lhe contar... ainda. Aposta quanto que consigo?

As memórias da juventude do sr. Pointz lhe voltaram à lembrança.

– Meia dúzia de pares de luvas – disse.

– Luvas – exclamou Eve, enojada. – Quem é que usa luvas?

– Pois bem... você usa meias de náilon?

– E não uso? O melhor par que eu tinha rasgou hoje de manhã.

– Muito bem, então. Meia dúzia de pares das melhores meias de náilon do mercado...

– U-au – exclamou Eve, nas nuvens. – E quanto ao senhor?

– Bem, preciso de uma nova bolsa para guardar tabaco.

– Certo. Estamos combinados. Não que vá ganhar sua bolsa de tabaco. Agora vou lhe dizer o que deve fazer. Deve passar a pedra de mão em mão, como fez ontem à noite...

Ela interrompeu o assunto assim que dois garçons entraram para retirar os pratos. Quando estavam começando a comer o segundo prato de frango, o sr. Pointz declarou:

– Lembre-se disso, mocinha, se esta demonstração resultar em um roubo de verdade, vou chamar a polícia e a senhorita será revistada.

– Por mim está tudo ok. Não precisa fazer nada tão sério a ponto de chamar a polícia para vir aqui. Mas Lady Marroway ou a sra. Rustington podem me revistar o quanto quiserem.

– Bem, então está tudo certo – disse o sr. Pointz. – No que está planejando se transformar? Em uma ladra de joias de primeira categoria?

– Poderia escolher seguir carreira... se de fato pagasse bem.

– Se conseguisse afanar a Estrela da Manhã, pode ter certeza de que estaria feita na vida. Mesmo se lapidassem aquela pedra de novo, ainda assim valeria mais de trinta mil libras.

– Nossa! – disse Eve, impressionada. – O que seria isso em dólares?

Foi a vez de Lady Marroway fazer uma exclamação.

– E fica levando uma pedra dessas com você para todos os lugares? – disse em tom de reprovação. – Trinta mil libras.

Suas pestanas escuras tremiam.

A sra. Rustington falou baixinho:

– É muito dinheiro... E também há o fascínio da pedra em si... É lindíssima.

– Apenas um pedaço de carvão – comentou Evan Llewellyn.

– Sempre ouvi dizer que o "receptador" é o maior problema nos roubos de joias – disse Sir George. – Ele que acaba ficando com a parte gorda do dinheiro... não é, hein?

– Vamos lá – disse Eve, animada. – Vamos começar. Nos apresente o diamante e repita o que falou ontem à noite.

O sr. Leathern se pronunciou com uma voz profunda e melancólica:

– Peço que me perdoem pela minha prole. Ela fica meio agitada...

– Pare com isso, papai – disse Eve. – E então, sr. Pointz...

Sorrindo, o sr. Pointz remexeu no bolso interno. Retirou alguma coisa dali. Lá estava então, na palma da mão dele, brilhando na luz.

– Um diamante...

Muito desajeitado, o sr. Pointz repetiu tudo o que conseguiu lembrar de seu discurso da noite anterior no *Merrimaid*.

– Quem sabe as senhoras e os senhores gostariam de examiná-lo mais de perto? É uma pedra de rara beleza. Eu a batizei de Estrela da Manhã, e funciona como se fosse minha mascote; me acompanha a todos os lugares. Gostariam de examinar?

Alcançou a pedra para Lady Marroway, que a recebeu, admirou-se com sua beleza e passou adiante para o sr. Leathern.

– Bela pedra... sim, bela pedra – disse ele, de um jeito meio artificial e, por sua vez, passou adiante para Llewellyn.

Com a entrada dos garçons naquele momento, houve uma breve pausa no processo. Quando mais uma vez eles se retiraram, Evan disse:

– É uma pedra muito requintada – e passou adiante para Leo Stein, que não se deu ao trabalho de fazer nenhum comentário, entregando o diamante de imediato para Eve.

– Perfeitamente adorável – bradou Eve numa voz alta e afetada.

– Oh! – ela deu um grito de preocupação ao deixar o diamante escorregar dos dedos. – Deixei cair.

Empurrou a cadeira para trás e se abaixou para tatear o piso embaixo da mesa. Sir George, à direita dela, também se abaixou. Alguém derrubou um copo no meio da confusão. Stein, Llewellyn e a sra. Rustington, todos se puseram a ajudar nas buscas. Por fim, Lady Marroway também se juntou ao grupo.

Apenas o sr. Pointz não tomou parte nos procedimentos. Permaneceu em seu lugar, tomando vinho e estampando um sorriso sardônico no rosto.

– Ai, minha nossa – disse Eve, ainda com seu jeito artificial –, que coisa horrível! Onde *é* que foi parar essa pedra? Não consigo encontrar em lugar nenhum.

Um por um, os que ajudavam na busca foram se levantando do chão.

– E não é que o negócio desapareceu mesmo, Pointz – disse Sir George, sorridente.

– Foi muito bem-feito – disse o sr. Pointz, assentindo com ar de aprovação. – Daria uma ótima atriz, Eve. A pergunta agora é: escondeu a pedra em algum lugar ou guardou com você?

– Podem me revistar – declarou Eve com tom dramático.

O olhar do sr. Pointz procurou o grande biombo que ficava no canto da sala.

Ele apontou para lá com a cabeça e depois olhou para Lady Marroway e a sra. Rustington.

– Se as senhoras pudessem me fazer a gentileza...

– Ora, com certeza – disse Lady Marroway sorrindo. As duas se levantaram.

Lady Marroway disse:

– Não tema, sr. Pointz. Vamos submetê-la a um exame minucioso.

As três foram para trás do biombo.

A sala estava bastante abafada. Evan Llewellyn escancarou a janela. Um vendedor de jornais estava passando. Evan jogou uma moeda lá embaixo e o jornaleiro atirou um exemplar para cima.

Llewellyn abriu as folhas do jornal.

– A situação na Hungria não está nada boa – disse.

– É a gazeta local? – perguntou Sir George. – Tem um cavalo no qual estou interessado que deve ter corrido em Haldon hoje; Natty Boy.

– Leo – disse o sr. Pointz. – Tranque a porta. Não queremos que nenhum daqueles garçons infelizes fique entrando e saindo daqui até encerrarmos este assunto.

– Natty Boy ganhou de três para um – disse Evan.

– Que azar – disse Sir George.

– A maioria das notícias são sobre a regata – disse Evan, dando uma examinada geral nas páginas.

As três jovens saíram de trás do biombo.

– Nem sinal do diamante – disse Janet Rustington.

– Pode confiar no que estou dizendo, ela não está com a pedra – afirmou Lady Marroway.

O sr. Pointz se descobriu bastante disposto a confiar na palavra dela. Falara com um tom austero na voz, e ele não tinha dúvidas de que a revista fora bem completa.

– Conte para nós, Eve, não engoliu o diamante? – perguntou o sr. Leathern, muito ansioso. – Porque talvez isso não fosse fazer muito bem para você.

– Eu teria visto se ela tivesse feito isso – garantiu Leo Stein, em voz baixa. – Fiquei de olho na garota. Não colocou nada na boca.

– Não conseguiria engolir uma coisa grande daquele jeito, cheia de pontas – disse Eve. Ela pôs as mãos na cintura e encarou o sr. Pointz. – E o que me diz, garotão? – perguntou.

– Fique bem parada onde está e não se mexa daí – respondeu o cavalheiro.

Os homens se juntaram, retiraram tudo de cima da mesa e a viraram de cabeça para baixo. O sr. Pointz examinou cada centímetro dela. Depois, transferiu sua atenção para a cadeira onde Eve estivera sentada e também as outras duas, que cercavam aquela.

A complexidade da vistoria não deixou nada de fora. Os outros quatro homens participaram da inspeção, e as mulheres também. Eve Leathern aguardava em pé junto à parede próxima do biombo e dava gargalhadas de um profundo deleite.

Cinco minutos depois, o sr. Pointz abandonou sua posição de joelhos, resmungando um pouco, e, entristecido, bateu com as mãos nas calças para limpar o pó. Seu impecável frescor estava um tanto comprometido.

– Eve – confessou. – Tiro meu chapéu para você. É o exemplo mais sofisticado de ladrão de joias que já encontrei na vida. O que fez com a pedra está além da minha compreensão. Até onde consigo imaginar, deve estar aqui na sala, já que não está com você. Dou meus parabéns.

– As meias são minhas então? – quis saber Eve.

– São suas, mocinha.

– Eve, minha filha, onde *foi* que conseguiu esconder? – perguntou a sra. Rustington com curiosidade.

Eve deu uns passos à frente.

– Vou mostrar para vocês. Vão ficar todos furiosos com vocês mesmos.

Caminhou em direção à mesa lateral onde as coisas que estavam sobre a mesa do jantar foram empilhadas às pressas. Apanhou sua bolsinha social preta...

– Bem embaixo do nariz de vocês. Bem embaixo...

O tom alegre e triunfante da voz dela esmaeceu de repente.

– *Oh* – disse ela. – *Oh*...

– O que foi, minha querida? – acudiu o pai.

Eve cochichou:

– Ela sumiu... a pedra *sumiu*...

– O que está acontecendo aqui? – indagou Pointz, adiantando-se.

Eve virou-se para ele impulsivamente.

– Era o seguinte. Esta bolsinha que eu tenho tem uma pedra de mentira bem no meio da fivela. Caiu ontem à noite e, bem na hora em que estava passando aquele diamante de mão em mão, percebi que era praticamente do mesmo tamanho. E então, durante a noite, fiquei pensando que seria uma ótima ideia para um roubo se enfiasse o seu diamante naquela abertura e o prendesse com um pouco de plastilina. Tinha certeza que ninguém jamais perceberia. Foi o que fiz hoje à noite. Primeiro deixei a pedra cair, depois me abaixei atrás dela segurando a bolsa, enfiei no buraco com um pouco de massa plástica que tinha à mão, pus a bolsa na mesa e continuei fingindo que estava procurando pelo diamante. Achei que seria como na história de *A carta roubada*, sabem, bem ali, totalmente a olhos vistos, embaixo do nariz de todos vocês, apenas disfarçada como se fosse uma pedra fajuta de vidro. E era um bom plano... nenhum de vocês *percebeu* nada.

– Tenho minhas dúvidas – disse o sr. Stein.

– O que disse?

O sr. Pointz pegou a bolsa, examinou o buraco vazio que ainda tinha um pedaço de plastilina grudado nele, e disse com calma:

– Pode ter caído. É melhor procurarmos de novo.

A inspeção foi repetida, mas desta vez foi feita sob um silêncio muito singular. Uma atmosfera de tensão tomou conta da sala.

Finalmente, um a um, foram desistindo. Ficaram parados, olhando uns para os outros.

– Não está nesta sala – disse Stein.

– E ninguém saiu daqui – declarou Sir George, com autoridade.

Houve um momento de pausa. Eve começou a chorar.

O pai dela dava palmadinhas no ombro da menina para acalmá-la.

– Não foi nada, não foi nada – dizia ele sem jeito.

Sir George voltou-se para Leo Stein.

– Sr. Stein – declarou ele. – Agora há pouco o senhor resmungou alguma coisa bem baixinho. Quando pedi que repetisse, afirmou que não era nada. Mas, para falar a verdade, eu ouvi o que o senhor disse. A srta. Eve havia acabado de dizer que nenhum de nós percebera o lugar onde ela escondera o diamante. As palavras que o senhor resmungou foram: "Tenho minhas dúvidas". O que devemos levar em consideração é a probabilidade de que *alguém* de fato tenha percebido... e que esta pessoa se encontra nesta sala agora. Sugiro que a única coisa justa e honrosa a se fazer seria que cada um dos presentes se sujeitasse a ser revistado. O diamante não pode ter saído desta sala.

Quando Sir George fazia o papel de cavalheiro inglês à moda antiga, ninguém era páreo. A voz dele ecoava com sinceridade e indignação.

– Um tanto desagradável este desenrolar dos acontecimentos – declarou o sr. Pointz com ar infeliz.

– É tudo culpa minha – soluçava Eve. – Não tive a intenção de...

– Fique tranquila, menininha – disse o sr. Stein, de um jeito amável. – Ninguém está botando a culpa em você.

O sr. Leathern se pronunciou com seu estilo lento e pedante:

– Ora, com certeza acredito que a sugestão de Sir George será recebida com total aprovação por todos nós. De minha parte, aprovo totalmente.

– Concordo – disse Evan Llewellyn.

A sra. Rustington olhou para Lady Marroway, que assentiu num gesto rápido com a cabeça. As duas foram para trás do biombo e Eve, soluçando, as acompanhou.

Um garçom bateu à porta e foi mandado embora.

Cinco minutos depois, oito pessoas se olhavam mutuamente com ar de incredulidade.

A Estrela da Manhã desaparecera no espaço...

## II

O sr. Parker Pyne contemplou, pensativo, a expressão agitada no rosto moreno do rapaz diante dele.

– É claro – disse ele. – O senhor é galês, sr. Llewellyn.

– O que isso tem a ver com o assunto?

O sr. Parker Pyne acenou com sua mão enorme e bem cuidada.

– Não tem nada a ver, confesso. Estou interessado na classificação das reações emocionais conforme demonstradas por certos padrões raciais. Apenas isso. Voltemos às considerações sobre o seu problema em particular.

– Nem sei direito por que foi que procurei o senhor – disse Evan Llewellyn. As mãos dele se mexiam nervosas, e o rosto moreno tinha um aspecto abatido. Não olhava diretamente para o sr. Parker Pyne, e o escrutínio por parte do cavalheiro parecia deixá-lo desconfortável. – Não sei por que procurei o senhor – repetiu. – Mas aonde diabos eu *poderia* ir? E que diabos *posso* fazer? É esta impotência de não conseguir fazer absolutamente nada que me incomoda... Vi seu anúncio e lembrei de um camarada que mencionara o senhor certa vez e disse que podia conseguir bons resultados... E... enfim... aqui estou! Suponho que tenha sido tolice. É o tipo de situação a respeito da qual ninguém pode fazer nada.

– De jeito nenhum – disse o sr. Parker Pyne. – Sou a pessoa certa para procurar numa hora dessas. Sou um especialista em infelicidade. Esse problema, obviamente, tem lhe causado uma boa dose de sofrimento. Tem certeza de que os fatos são exatamente como me relatou?

– Acho que não deixei nada de fora. Pointz tirou o diamante do bolso e passou de mão em mão. Aquela menina americana desgraçada o enfiou na bolsinha ridícula dela e, quando fomos examinar a bolsa, o brilhante desaparecera. Não estava com ninguém, até o próprio velho Pointz foi revistado, por sugestão dele mesmo, e posso jurar que não estava em nenhum lugar daquela sala! *E ninguém havia deixado a sala...*

– Nem os garçons, por exemplo? – sugeriu o sr. Parker Pyne.

Llewellyn balançou a cabeça.

– Eles saíram antes de a menina começar a fazer toda a função com o diamante e, depois, Pointz trancou a porta para que não pudessem entrar. Não, ele tem de estar com algum de nós do grupo.

– Certamente é o que parece ter acontecido – disse o sr. Parker Pyne, pensativo.

– Aquele maldito jornal vespertino – praguejou Evan Llewellyn. – Vi quando a ideia passou pela cabeça deles; era o único jeito...

– Apenas me conte mais uma vez como tudo aconteceu.

– Foi tudo muito simples. Escancarei a janela, assoviei para o homem, joguei uma moedinha e ele me atirou o jornal. E aí está, o senhor entende, a única maneira possível de o diamante ter deixado aquela sala: sendo jogado por mim para um cúmplice que aguardava na calçada lá embaixo.

– Não é a *única* maneira possível – disse o sr. Parker Pyne.

– E que outra maneira o senhor sugere?

– Se não foi o senhor quem jogou para fora, *deve* ter havido alguma outra maneira.

– Ah, entendo. Esperava que fosse dizer algo mais específico do que isso. Bem, posso afirmar apenas que *eu* não joguei o diamante para fora. Não posso esperar que acredite em mim; ou que qualquer pessoa acredite em mim.

– Ah, sim, eu acredito no senhor – afirmou o sr. Parker Pyne.

— Acredita? Por quê?

— Não faz o tipo criminoso – disse o sr. Parker Pyne. – Isto é, não o tipo criminoso específico que rouba joias. Há outros crimes, claro, que seria capaz de cometer... mas não vamos entrar no mérito da questão. De qualquer jeito, não vejo o senhor como o gatuno da Estrela da Manhã.

— E, no entanto, todos os outros pensam que sim – declarou Llewellyn, amargurado.

— Entendo – disse o sr. Parker Pyne.

— Olharam para mim de um jeito esquisito já na hora. O Marroway apanhou o jornal e deu uma olhada para a janela. Não disse nada. Mas o Pointz captou a mensagem rapidinho! Logo vi o que estavam pensando. Ninguém me acusou abertamente, isto é o pior de tudo.

O sr. Parker Pyne assentiu, compreensivo.

— É pior do que isso – disse.

— Sim. É apenas uma suspeita. Teve um sujeito que apareceu para me fazer umas perguntas; investigação de rotina, foi o que ele disse. Um desses policiais novos, do tipo engomadinho, suponho eu. Foi muito diplomático, não deixou nada subentendido. Estava só interessado no fato de que eu andara meio duro e, de repente, estava fazendo uns gastos mais extravagantes.

— E o senhor estava?

— Estava; tive sorte com um ou dois cavalos. Por azar, minhas apostas foram feitas no jóquei; não há nada que prove que foi dali que veio o dinheiro. Também não podem provar que não foi, claro; mas é justamente o tipo de mentira fácil que o sujeito poderia inventar se não quisesse dar explicações de onde conseguiu o dinheiro.

— Concordo. Ainda assim teriam de obter muito mais do que isso para poderem fundamentar qualquer acusação.

— Oh! Não tenho medo de ser preso de fato e acusado do roubo. De certo modo, isso seria mais fácil, saberia assim onde estou pisando. O mais pavoroso é o fato de todas aquelas pessoas acreditarem que fui eu que roubei.

– Alguma pessoa em particular?

– Como assim?

– Mera sugestão, nada além disso...

Mais uma vez, o sr. Parker Pyne acenou com um gesto reconfortante com a mão.

– Havia uma pessoa em especial, não havia? Digamos, a sra. Rustington?

O rosto moreno de Llewellyn ficou vermelho.

– Por que ela?

– Ah, meu caro senhor; existe, obviamente, alguém cuja opinião lhe importa muito mais, e é provável que seja uma mulher. Quais as mulheres que estavam lá? Uma tolinha americana? Lady Marroway? Mas provavelmente o senhor subiria, e não cairia no conceito de Lady Marroway se tivesse conseguido realizar um golpe desses. Sei uma coisa ou outra sobre essa senhora. É claro, então, que deve ser a sra. Rustington.

Llewellyn teve de fazer um esforço para falar:

– Ela... teve uma experiência de vida muitíssimo lamentável. O marido era um canalha de cima a baixo. Isso a deixou relutante em confiar nas pessoas. Ela... se ela achar que...

Teve dificuldades para prosseguir.

– Muito bem – disse o sr. Parker Pyne. – Vejo que a questão é importante. Precisa ser esclarecida.

Evan deu uma risada curta.

– Isso é fácil de dizer.

– E bastante fácil de resolver – afirmou o sr. Parker Pyne.

– Acha mesmo?

– Ah, sim... o problema é demasiado claro. Podemos eliminar várias possibilidades. A resposta deve ser de fato extremamente simples. Na verdade, já tenho uma espécie de pressentimento...

Llewellyn fitava o outro com um olhar incrédulo.

O sr. Parker Pyne puxou para perto um bloco de papel e apanhou uma caneta.

– Talvez pudesse me fornecer uma breve descrição do grupo.

– Já não fiz isso?

– A aparência pessoal, cor do cabelo e assim por diante.

– Mas, sr. Parker Pyne, no que isso pode influenciar o caso?

– Em uma série de coisas, meu rapaz, uma série de coisas. Na classificação e assim por diante.

De modo um tanto incrédulo, Evan descreveu a aparência pessoal dos membros do grupo de iatismo.

O sr. Parker Pyne anotou uma ou duas coisas, empurrou para longe o bloco de papel e disse:

– Excelente. A propósito, disse que alguém quebrou uma taça de vinho?

Evan olhou fixo para ele novamente.

– Disse. Foi derrubada da mesa, e depois pisaram em cima.

– Uma coisa nojenta, esses estilhaços de vidro – comentou o sr. Parker Pyne. – De quem era a taça?

– Acho que era da menina... Eve.

– Ah! ...e quem estava sentado daquele lado da menina?

– Sir George Marroway.

– Não conseguiu ver qual deles derrubou a taça da mesa?

– Receio que não. Faz diferença?

– Não muita. Não. Foi uma pergunta supérflua. Bem – levantou-se –, um bom dia para o senhor, sr. Llewellyn. Pode voltar aqui em três dias? Acho que o problema todo estará esclarecido muito satisfatoriamente dentro desse prazo.

– Está brincando comigo, sr. Parker Pyne?

– Jamais brinco com assuntos profissionais, meu caro senhor. Poderia ocasionar a perda de confiança por parte dos meus clientes. Digamos, sexta-feira, às onze e meia da manhã? Obrigado.

### III

Evan entrou no escritório do sr. Parker Pyne na sexta de manhã num estado de agitação considerável. A esperança e o ceticismo brigavam dentro dele com unhas e dentes.

O sr. Parker Pyne se levantou para recebê-lo exibindo um sorriso largo.

– Bom dia, sr. Llewellyn. Sente-se. Aceita um cigarro?

Llewellyn recusou a carteira que lhe fora oferecida.

– E então? – perguntou.

– Pois então, tudo muito bem – disse Parker Pyne. – A polícia prendeu a gangue ontem à noite.

– A gangue? Que gangue?

– A quadrilha dos Amalfi. Lembrei-me deles assim que o senhor me relatou sua história. Reconheci logo pelos métodos e, depois de ter descrito os convidados, bem, não restava nem uma sombra de dúvida.

– Quem é a quadrilha dos Amalfi?

– Pai, filho e nora; isto é, se é que Pietro e Maria são de fato casados, o que alguns duvidam.

– Não estou entendendo.

– É bastante simples. O nome é italiano e, sem dúvida, a origem é italiana, mas o velho Amalfi nasceu nos Estados Unidos. Os métodos que ele usa são geralmente os mesmos. Como impostor, se faz passar por um homem de negócios de verdade, apresenta-se para alguma figura importante do comércio joalheiro em algum país europeu e, então, arma o truque de sempre. Neste caso, estava deliberadamente atrás da Estrela da Manhã. A idiossincrasia de Pointz era bem conhecida no mercado. Maria Amalfi fez o papel da filha dele (uma criatura fantástica; tem pelo menos 27 anos e quase sempre faz o papel de uma garota de dezesseis).

– Não a Eve! – assombrou-se Llewellyn.

– A própria. O terceiro membro da gangue conseguiu ser chamado para trabalhar como garçom adicional no Royal George; era o período de férias, lembre-se, e precisariam aumentar o número do pessoal. Pode até ser que tenha subornado um dos garçons regulares para não ir trabalhar. A cena estava preparada. Eve desafia o velho Pointz, e ele aceita a aposta. Passa o diamante de mão em mão como fizera na noite anterior. Os garçons entram na sala e o Leathern segura a pedra na mão até que eles tenham saído. Quando vão embora, o diamante vai com eles, muito bem preso com um pedaço de chiclete na parte de baixo do prato carregado por Pietro. Tão simples!

– Mas eu *vi* a pedra depois disso.

– Não, não, o que viu foi uma réplica em vidro, boa o suficiente para enganar um olhar desatento. O Stein, o senhor me disse, mal olhou para o diamante. Eve o deixa cair, arrasta para baixo da mesa também uma taça e pisa com firmeza em cima da pedra e do vidro juntos. Dá-se o desaparecimento milagroso do diamante. Tanto Eve quanto Leathern podem se submeter a tantas revistas quantas qualquer um desejar.

– Bom... estou... – Evan balançou a cabeça, não conseguia se expressar em palavras.

– Disse que conseguiu reconhecer a quadrilha pela descrição que fiz. Eles já haviam aplicado o mesmo golpe antes?

– Não exatamente o mesmo, mas era bem o ramo de negócio deles. Naturalmente, a garota Eve chamou minha atenção de imediato.

– Por quê? Eu não desconfiei dela, ninguém desconfiou. Parecia ser tão... tão *infantil*.

– Aí está a genialidade peculiar de Maria Amalfi. Ela é mais infantil do que qualquer criança poderia ser! E a história da plastilina! A aposta supostamente era para ter surgido de forma muito espontânea... no entanto, a pequena senhorita tinha com ela um pouco de plastilina bem à mão. Isso demonstra premeditação. As minhas suspeitas recaíram sobre ela imediatamente.

Llewellyn levantou-se da cadeira.

– Muito bem, sr. Parker Pyne, minha gratidão não tem tamanho.

– Classificação – murmurou o sr. Parker Pyne. – A classificação dos tipos criminosos... este é um assunto que muito me interessa.

– Vai mandar me avisar quanto custou... hã...

– Meus honorários serão bem razoáveis – disse o sr. Parker Pyne. – Não vão causar muito estrago nos seus... ahn... lucros com as corridas de cavalo. Ainda assim, meu caro rapaz, se fosse o senhor, deixaria os cavalos em paz no futuro. É um animal muito incerto, o cavalo.

– Está certo, então – disse Evan.

Ele apertou a mão do sr. Parker Pyne e saiu do escritório a passos largos.

Chamou um táxi e deu o endereço do apartamento de Janet Rustington.

Sentia-se confiante que seria recebido de braços abertos.

# Série Agatha Christie na Coleção **L&PM** POCKET

*O homem do terno marrom*
*O segredo de Chimneys*
*O mistério dos sete relógios*
*O misterioso sr. Quin*
*O mistério Sittaford*
*O cão da morte*
*Por que não pediram a Evans?*
*O detetive Parker Pyne*
*É fácil matar*
*Hora Zero*
*E no final a morte*
*Um brinde de cianureto*
*Testemunha de acusação e outras histórias*
*A Casa Torta*
*Aventura em Bagdá*
*Um destino ignorado*
*A teia da aranha (com Charles Osborne)*
*Punição para a inocência*
*O Cavalo Amarelo*
*Noite sem fim*
*Passageiro para Frankfurt*
*A mina de ouro e outras histórias*

MISTÉRIOS DE HERCULE POIROT

*Os Quatro Grandes*
*O mistério do Trem Azul*
*A Casa do Penhasco*
*Treze à mesa*
*Assassinato no Expresso Oriente*
*Tragédia em três atos*
*Morte nas nuvens*
*Os crimes ABC*
*Morte na Mesopotâmia*
*Cartas na mesa*
*Assassinato no beco*
*Poirot perde uma cliente*
*Morte no Nilo*
*Encontro com a morte*
*O Natal de Poirot*
*Cipreste triste*
*Uma dose mortal*
*Morte na praia*
*A Mansão Hollow*
*Os trabalhos de Hércules*
*Seguindo a correnteza*
*A morte da sra. McGinty*
*Depois do funeral*

*Morte na rua Hickory*
*A extravagância do morto*
*Um gato entre os pombos*
*A aventura do pudim de Natal*
*A terceira moça*
*A noite das bruxas*
*Os elefantes não esquecem*
*Os primeiros casos de Poirot*
*Cai o pano: o último caso de Poirot*
*Poirot e o mistério da arca espanhola outras histórias*
*Poirot sempre espera e outras histórias*

MISTÉRIOS DE MISS MARPLE

*Assassinato na casa do pastor*
*Os treze problemas*
*Um corpo na biblioteca*
*A mão misteriosa*
*Convite para um homicídio*
*Um passe de mágica*
*Um punhado de centeio*
*Testemunha ocular do crime*
*A maldição do espelho*
*Mistério no Caribe*
*O caso do Hotel Bertram*
*Nêmesis*
*Um crime adormecido*
*Os últimos casos de Miss Marple*

MISTÉRIOS DE TOMMY & TUPPENCE

*O adversário secreto*
*Sócios no crime*
*M ou N?*
*Um pressentimento funesto*
*Portal do destino*

ROMANCES DE MARY WESTMACOTT

*Entre dois amores*
*Retrato inacabado*
*Ausência na primavera*
*O conflito*
*Filha é filha*
*O fardo*

TEATRO

*Akhenaton*
*Testemunha de acusação e outras peças*
*E não sobrou nenhum e outras peças*